Hertha Koenig · Der Zuckerkönig

Hertha Koenig

Der Zuckerkönig

Eine Familiengeschichte

Mit einem Vorwort
von Stefanie Viereck

PENDRAGON

Inhalt

Spurensuche – eine Annäherung

Spurensuche. Wo fängt sie an? Wie nähern wir uns einem Menschen, dessen Leben wir erkunden wollen? Der Rohstoff für jede Fiktion findet sich im eigenen Leben, so dass sich die Frage bei Schriftstellern zu erübrigen scheint. Wir brauchen doch nur zu lesen. In der einen oder anderen Weise gibt jeder Schreibende sich preis, sonst bliebe sein Wort ohne Gewicht. Und zweifellos gewährt das Werk auch einigen Aufschluss über das Wesen des Verfassers – nur kommen wir ihm deshalb noch lange nicht auf die Spur, sondern begeben uns nur allzu leicht auf irreführende Fährten.

Der Schreibende lässt uns in sein Innerstes blicken, um sich im nächsten Moment wieder zu verbergen. Das Ich taucht in verschiedensten Zusammenhängen auf, verfremdet, verhüllt, in der dritten Person, mit entgegengesetzten Vorzeichen versehen oder auf verschiedene Protagonisten verteilt. Je mehr wir lesen, desto komplizierter wird die Suche. Mannigfaltige Wirklichkeiten entstehen und die Kontur des Verfassers verflüchtigt sich, kaum meinen wir, ihrer habhaft geworden zu sein. Was wir erkennen, ist eine Art Grundmotiv, eine wiederkehrende Melodie, Ton und Themen lassen sich benennen und erlauben Rückschlüsse auf das wahre Wesen, sein Denken, sein Werden, seinen Weg, seine Ängste, Träume und Sehnsüchte. Eine objektive Wahrheit entsteht deshalb noch lange nicht. Die gibt es nicht als Lebensgeschichte, jeder Versuch bleibt eine Annäherung.

Das gilt, so widersinnig es klingen mag, letztlich auch

für die Lebenserinnerungen – Erinnerungen an Menschen und Dinge, an das Kind, das man selbst einmal gewesen ist, an Orte und Landschaften, Farben und Gerüche, an den Wandel der Zeiten und das Weltgeschehen. Zum einen ist die eigene Wahrnehmung immer subjektiv, zum anderen birgt die Chance, das eigene Leben im Nachhinein zu manipulieren, große Verlockung.

Das muss nicht aus Eitelkeit oder Geltungsbedürfnis geschehen. Schreibend ist man dem Schicksal nicht länger ausgeliefert, das Gefühl von Ohnmacht kehrt sich ins Gegenteil, erlaubt für Augenblicke die Illusion, das eigene Leben vollständig beherrschen und lenken zu können, das eigene Schicksal selbst zu bestimmen. So nimmt bei aller Faktentreue jeder autobiographische Text partiell fiktive Züge an. Und oft verrät die Art und Weise des Erzählens, die Klangfarbe – Wahrhaftigkeit in der Sprache oder anekdotenhaftes Geplauder – mehr über das Wesen des Erzählenden, als das, was er tatsächlich berichtet.

Bleibt das Bild, Gemälde oder Fotografie, die spontane Begegnung oder auch Konfrontation mit dem Porträt, das mit der Vorstellung von der schreibenden Person übereinstimmen mag – oder eben auch nicht. Leidenschaftliche Leser wissen, wie sehr ein Foto des Autors auf der Rückenklappe des Schutzumschlags irritieren kann, und, falls es sich um einen besonders geschätzten Text handelt, möchte man es manchmal lieber nicht gesehen haben.

Meist ist es allerdings umgekehrt. Eingehend betrachtet man die Züge des Autors, begierig darauf, mehr und Intimeres von dem Menschen zu erfahren, dessen erfundene Figuren Intimstes preisgeben, begierig darauf, einen Blick hinter die Kulissen zu werfen. Wer war oder ist dieser Mensch, was sagt sein Ausdruck, die Augen, der Mund, ähnelt er dem Bild, das man sich während des Lesens von einem Protagonisten gemacht hat, dem man selbst sich womöglich verwandt fühlt? Spurensuche ist immer auch die Suche nach Selbsterkenntnis und Nähe.

Eine Dichterin wie Hertha Koenig, groß geworden in einem anderen Jahrhundert, verankert in familiären Traditionen und geprägt vom Standesbewusstsein einer feudalistischen Gesellschaftsordnung, war stets in besonderer Weise darauf bedacht, die Grenzen der Diskretion zu wahren, Werk und Wesen streng voneinander getrennt zu halten. Umso bemerkenswerter, dass sie in ihrer Lyrik ein leidenschaftliches Liebesverlangen offenbart, dessen Gegenüber leicht zu erraten ist, aber davon später. Und fast eine Ironie, dass ihre Lebenserinnerungen unter dem Titel *Hinter den Kulissen eines Lebens* erschienen sind.

Doch die Diskretion bleibt gewahrt. Nur Hertha Koenig selbst kommt zu Wort. Der Blick hinter die Kulissen gelingt aufgrund der Zusammenstellung – eine Auswahl von Texten und Briefen aus dem Nachlass, die zu verschiedenen Zeiten entstanden sind und wechselnde Befindlichkeiten spiegeln. Mal erzählt die Dichterin leicht, beschwingt und beinahe burlesk, dann wieder mit großem Ernst und zarter Empfindsamkeit, mal zeigt sie sich in der ersten Person, als *ich*, dann wieder zieht sie sich an den Rand des Geschehens zurück. Es ist, als könnten wir durch verschiedene Fenster in ein und denselben Raum sehen, jedes Mal aus einer leicht veränderten Perspektive, und aus diesen unterschiedlichen Blickwinkeln betrachtet nimmt eine Figur Gestalt an, von der wir in Fiktion und Lyrik allenfalls Ausschnitte gesehen haben.

Eine Figur, verwundbar und kraftvoll, die einen Sinn für Komik besitzt, einen feinen Humor gepaart mit Schwermut. Die ihre Enttäuschungen ahnen lässt, ihre Einsamkeit, die sie weder beklagt noch beschönigt, nicht einmal ausdrücklich in Worte fasst. Aber wir können die Schatten wahrnehmen, die sie von Anfang an begleitet haben, die Dunkelheiten ihres Gemüts. Ihre Kindheit eine glückliche zu nennen, „wäre diesem Begriffe nicht entsprechend", schreibt Hertha Koenig. Zu dunkel sei sie gewesen und zu still. Und dann der überraschend gefügige Satz: „Aber man bekommt ja die Kindheit, die man braucht; ..."

Diese Kindheit im ausgehenden 19. Jahrhundert auf dem entlegenen westfälischen Gut Böckel ist durchdrungen „vom Erdgeruch des niederen Landes und vom Wesen der langsamen Bäche". Ein dunkler melancholischer Unterton bestimmt den Klang der Schilderung selbst kleiner heiterer Begebenheiten, die sich im Übrigen recht bescheiden ausnehmen. Von dem „köstlichen, königlichen Reichtum" aus dem „Schatzhaus der Erinnerungen", wie der ihr später freundschaftlich verbundene Rilke in seinen *Briefe(n) an einen jungen Dichter* über den Stoff der Kindheit schreibt, macht sie nur sparsamen Gebrauch.

Die Stimme, mit der Hertha Koenig von ihrer Kindheit erzählt, bleibt verhalten, und wenn man ihr zuhört, könnte man meinen, die melancholische Schwermut der Landschaft sei ihr von Geburt an zu eigen gewesen. Aber vermutlich war es vor allem der Tod der Schwester, der auf ihrer frühen Kindheit lastete. Die Schwester starb, zwei Jahre alt, wenige Monate vor Hertha Koenigs Geburt.

Die tote Schwester stellt sie ins Licht, sich selbst in den Schatten. Ein „strahlendes, heiter beglückendes Kind" sei diese Schwester gewesen, sie selbst hingegen ein wahres Herbstkind, „dunkel und ernst". Vier Jahr später wird der kleine Bruder geboren und, blond und vergnügt wie er ist, gleich zu der Schwester ins Helle gerückt. Der ältere Bruder, der mit achtzehn starb, findet nur flüchtig Erwähnung – vielleicht, weil die Wunde nicht heilen wollte, denn in der Kindheit soll er ihr besonders nah gewesen sein.

In den Erinnerungen findet sich nichts davon. Die Nächsten bleiben seltsam fern und unverbunden. Als sei das dunkle Kind dem Land näher anverwandt gewesen als den leiblichen Verwandten. Man muss es nicht Todessehnsucht nennen, das wäre ein zu großes Wort, aber von der sonderbar anheimelnden Düsternis des Landes geht doch ein unüberhörbares Locken aus, ein verführerischer Sog in eine unbestimmte Weite, ein Ton, der auch später in der Lyrik anklingt. Wann immer Hertha Koenig sich der Natur zuwendet, gleichnishaft die Stimmung einer Landschaft beschwört, einer Jahreszeit, einer Witterung, gewinnt ihre Sprache eine eigene Kraft.

Sie selbst hätte wohl, allemal als alte Frau, jede Art von kindlich unbewusstem Todessehnen weit von sich gewiesen. Eher scheint es, als sei sie freudig erstaunt, wenn neben dem stillen Herbstkind auf einmal ein keckes und schlagfertiges Kind in der Erinnerung auftaucht. Auch das ist also sie gewesen. Kaum zu glauben, und doch – wie schön.

Unbeschwerte Lustigkeit war in der Familie allerdings nicht eben an der Tagesordnung, der vorherrschende Ton allem Anschein nach eher höflich und verhalten. Wenn die Mutter, von der andere später zu Hertha Koenig sagen, „welch liebreizende Mutter sie gewesen sei“, sich am Spiel der Kinder beteiligt, empfindet die Tochter das oft als beklemmend. Der Ernst, die Erwartung, die Regeln. Eben herrschte noch Leichtigkeit, jetzt wird es dumpf und man spielt weiter „mit einem engen Gefühl um die Brust.“

Und der Vater? Von ihm erfahren wir am allerwenigsten. Es scheint kaum eine Beziehung gegeben zu haben – was Hertha Koenig andererseits Raum für die Vorstellung lässt, eine solche wäre immerhin möglich gewesen: „Der Vater hätte einen vielleicht verstanden …“ Dass es nicht dazu kam, führt sie auf ein Ereignis von ähnlich anheimelnder Düsternis zurück, wie das unbestimmte Locken des Landes. Einmal, als sie in der Nacht wach lag, habe sie durch die offene Tür des Elternschlafzimmers ganz deutlich die Stimme des Vaters gehört: „Und nachts die Sterne.“ Das habe so seltsam geklungen, so weit fort, „als hätte er die kleinen blanken Sterne da oben angefasst“. Von da an sei der Vater ihr unheimlich gewesen.

Der ferne Himmel, „der meistens viel zu hoch über uns stand“, war schließlich der Ort, von dem die Menschen niemals zurückkehrten, die helle Schwester nicht und auch nicht Herr Horstmann, der Polsterer, der einzige Mensch aus der frühen Kindheit, von dem Hertha

Koenig ganz ohne Scheu und Zurückhaltung schreibt: „Ich liebte ihn; ich wurde nie müde, in sein stilles, liebes Gesicht zu schauen."

Von der Mutter wollte sie wissen, ob es im Himmel auch Puppen gebe, um gleich darauf zu verkünden, sie werde später mit der Mama *zusammen* in den Himmel gehen, aber vorher wollten sie noch sehen, wie es in der Hölle sei. „Dieses vorwitzige Begehren nach dem *Ganzen*", so heißt es weiter, „habe ich bis ins späte Alter büßen müssen." Wieder klingt das freudige Erstaunen an – das andere Kind, vorwitzig und keck, ach ja, auch das. Aber da ist noch etwas anderes, etwas, das einen hellhörig macht, wenn man Hertha Koenig ein wenig zu kennen meint. Aus dem kurzen Überschwang wächst ein kühner Bogen – Himmel und Hölle, Begehren und Buße bis ins hohe Alter? Als hätte sie, egal um welchen Preis, das Leben ausgekostet bis zum Letzten.

Eher wohl hat sie im Begehren nach dem Ganzen keine Halbheiten gelten lassen und sich jede Ausschweifung ohne hehre Weihen versagt. Nach allem, was wir von ihr wissen, hat es in ihrem Leben keine gelebte Leidenschaft gegeben. Die dreijährige Ehe mit dem zwanzig Jahre älteren Literaturwissenschaftler Roman Woerner war allem Anschein nach eine ebenso nüchterne wie ernüchternde Angelegenheit. In freundlicher Umschreibung des Scheiterns bekundet Hertha Koenig, sie habe Freundschaft und Ehe verwechselt.

Nur in der Lyrik bekennt sie sich freimütig zu ihrem Liebesverlangen. In den Blumengedichten, die zu ihren schönsten zählen, wagt sie viel und so gelingt ihr ein wahrer Ton. Sie lässt die Blumen sprechen, das Ich ist die Rose, der Mohn – „Ich hab mich dir geöffnet ohne Scheu, / brennend für dich als ein Jubel, / …“. Levkojen sind es, die den Rausch erleben, die Gladiole ahnt um die Vergeblichkeit – „Meine Liebe überdauert / ungestillt am vollen Mittag.“ Und vom „mutigen Blau“ des Rittersporns schließlich fordert die Dichterin, sich dem Licht zu stellen.

Das Spiel mit dem Blumen-Ich bleibt durchsichtig. Schon damals wird nicht nur der baltische Dichter Otto von Taube selbst gewusst haben, dass die Gedichte, 1919 im renommierten Insel Verlag von Anton und Katharina Kippenberg erschienen, an ihn gerichtet sind. Und Hertha Koenig will, dass er es weiß. In einem ihrer Briefe heißt es: „Rilke sagte neulich, er habe mit Anderen über meinen *Blumen* gesessen und sie bestaunt … Natürlich sind sie herrlich, es ist doch meine Liebe zu Dir darin …“

Der blaue Mut des Rittersporns. Ein freimütiges Bekenntnis. Und doch hadert sie später mit sich, fragt in den Briefen, ob sie zu zaghaft gewesen sei, offenbart ihre wechselnden Empfindungen, ihre Zweifel. Obgleich Otto von Taube ihre Liebe zu keinem Zeitpunkt erwidert, gelangt sie schließlich zu der gegenteiligen Überzeugung. „Merkwürdig“, so schreibt sie ihm, „ich bin plötzlich gewiß, daß Du mich geliebt hast; …“

Was bleibt, ist Wehmut. Was bleibt, sind Zweifel. Ein Gefühl von Vergeblichkeit. Themen, die auch in der Prosa immer wieder anklingen. Sie zweifelt an sich, an ihrer Bestimmung, sieht sich im Zwiespalt zwischen Tradition und Emanzipation. Welchen Werten ist sie verpflichtet, wo wagt sie den Aufbruch und wie weit darf sie gehen. Ihr Talent hilft ihr dabei wenig, denn sie glaubt nicht daran, auch nicht nach den ersten Erfolgen, dem Lob der Literaturkritik, dem Beifall der Zeitgenossen.

Rilkes Lob wird ihr dennoch geschmeichelt haben. Und sicher ist es ehrlich gemeint, andernfalls hätte er sich kaum bei den Kippenbergs für Hertha Koenig stark gemacht. Aber was die beiden verbindet, bleibt immer auch geprägt von der Tatsache, dass Hertha Koenig ihn finanziell unterstützt. Sie ist reich, die Erbin des russischen *Zuckerkönigs*, sie erwirbt auf Rilkes Fürbitte hin Picassos Gaukler und überlässt ihm bald darauf für einen längeren Aufenthalt ihre weitläufige Münchner Wohnung, wo Rilke den Schreibtisch vor die Gaukler rückt, die später Einzug halten in die fünfte Duineser Elegie: „Wer aber *sind* sie, sag mir, die Fahrenden, diese ein wenig Flüchtigern noch als wir selbst ...?" Auch in den folgenden Jahren gewährt sie ihm großzügig ihre Gunst. Sie ist – vor allem? – Rilkes Mäzenin.

Und nicht nur Rilke, mit dem sie immerhin eine Art geistiger Wahlverwandtschaft verbindet, hat Hertha Koenig unterstützt. Zu dem Kreis der von ihr Geförderten gehören auch Oskar Maria Graf und der Mythenforscher Alfred Schuler, Mitglied der kosmischen Runde um den Dichter Stephan George, skurril und schillernd, eine eher ungewohnte Erscheinung in Hertha Koenigs Umfeld. In ihren Erinnerungen stellt sie ihn als „sonderlichen Privatgelehrten" vor, mokiert sich über seine Verschrobenheiten und ist doch fasziniert von seinem Geist und angezogen von seinem manchmal kindlichen Gemüt.

Fremd in der Runde erscheint auch Oskar Maria Graf, der bajuwarische Rebell, hemdsärmlig und heimatverbunden – später in seinem New Yorker Exil soll er die meiste Zeit in kurzen Lederhosen herumgelaufen sein – eine eher grobschlächtige Gestalt mit einer zarten gepeinigten Seele. Sie mochten einander, gewiss, aber waren sie Freunde? Hätte die Verbindung gehalten ohne das finanzielle Band? Diese Frage wird Hertha Koenig sich auch selbst gestellt haben. Mäzenatentum macht einsam, ist zumindest nicht eben dazu angetan, ausgewogene Freundschaften gedeihen zu lassen.

Andererseits ist ihr ein Miteinander oft gerade mit den Menschen leichter gelungen, von denen sie durch Stand und Herkunft geschieden war. Das mag für Oskar Maria Graf ebenso gegolten haben, wie damals für den Polsterer Horstmann. Im Rahmen der gesellschaftlichen Konvention sind der Nähe gewissermaßen natürliche Grenzen gesetzt, die Bandbreite der Gefühle ist vorgegeben, das emotionale Risiko bleibt überschaubar.

Mit klarem Blick und lebhafter Anteilnahme schildert Hertha Koenig in ihren Erinnerungen die Menschen, die dem Land ihrer Kindheit angehören, als wären sie daraus hervorgegangen, verwurzelt im Handwerk, in der Viehwirtschaft, Menschen von einem eigenen Schlag, gemächlich, bedächtig, voller Herzenswärme. Munter und unbeschwert geht es zu in der großen Gutsküche, wo das Leben spielt, damals und später, als sie Ende der zwanziger Jahre endgültig nach Böckel zurückkehrt und nach dem Tod des Vaters die Verwaltung der großen Landwirtschaft übernimmt.

Die Gutsfrau, die in den Texten auftaucht, bleibt allerdings am Rand des Geschehens, etwa so, als sähe sie selbst nur zum Fenster hinein in die bollernde Wärme und das rotgesichtige Treiben, als hörte sie nur gedämpft durch Türen das Lachen, den Lärm und die gutmütigen derben Scherze. Sie gehört dazu, und sie tut es auch nicht, sie nimmt die Mahlzeiten allein im Esszimmer ein, und wenn sie die Küche betritt, wird es still. Als Mensch bleibt Hertha Koenig auch dort so einsam, wie sie es ein Leben lang gewesen ist.

Der Schreibenden hingegen bietet dieses Bollwerk einer gelegentlich fast archaisch anmutenden Welt eine gesicherte Basis, um das Geschehen draußen zu betrachten, das wechselvolle Zeitgeschehen in der ersten Hälfte des zwanzigsten Jahrhunderts. Nicht Hertha Koenig selbst bezieht in ihren Erinnerungen Position, sondern sie lässt uns aus der Perspektive der Gutsküche an den Umwälzungen und Erschütterungen der Gesellschaft teilhaben. Wie in einem vom Dampf der Töpfe beschlagenen Spiegel tauchen die Ereignisse auf, deren Auswirkungen in diesem entlegenen Winkel des Landes nicht selten eher burleske als tragische Züge annehmen.

Humorvoll und ohne Schäfer, Melker, Kutscher oder Küchenmädchen zu verraten, von oben herab der Belustigung preiszugeben, schildert Hertha Koenig, was Weltgeschehen und Wandel in der Gutsküche bewirken, welche Äußerungen sie hervorrufen, welche gelegentlich bizarren Auswüchse. Sei es die gemächlich beschauliche Art, wie Schäfer Milius den Ersten Weltkrieg begrüßt, der habe kommen müssen, damit die Menschen zu Gott zurückfänden – und endlich wieder den Wert eines Schafes zu schätzen wüssten; sei es das aufmüpfige Gebaren der Hausmädchen, die nach der Revolution das Essen an Sonntagen in rotseidenen Kleidern servieren. Im Dritten Reich wird die Gutsküche der Erinnerung gar zum Hort der Menschlichkeit mit heilsamer Wirkung auf die im Herbst 1944 dort einquartierten Offiziere, die als SS-Leute kamen und als „richtige Menschen" gingen, wie es heißt – ein Hort, der noch im Rückblick Zuflucht gewährt vor unliebsamen Zweifeln an der eigenen Haltung.

Dass Hertha Koenig die bodenständige, bedächtige und auf ihre Weise doch sehr lebendige Art dieser Menschen so authentisch zu treffen vermag, ist eine ihrer Stärken – allerdings eine, die sie selbst wohl nur bedingt geschätzt hat. Zu fern ist ihre Begabung für das Burleske dem subtilen Feingeist eines Rainer Maria Rilke, zu gewöhnlich das Sujet für den hohen Ton des Pathos und der Poesie. Ihr Anspruch an sich selbst ist ein gänzlich anderer, allemal in jüngeren Jahren.

Vielleicht hätte sie sich mit der lebensnahen Komik ihrer auf Beobachtungen basierenden Erzählweise aussöhnen können, wenn auch ein Oskar Maria Graf – im Übrigen nicht weniger feinfühlig als Rilke, nur eben sehr viel näher am Dasein – ihr zum Vorbild gereicht hätte. Aber bei aller Achtung, die sie ihm zollt, verehrt und bewundert wie den zierlichen dunklen und ihr wahlverwandten Rilke hat sie ihn nicht.

Von Rilke wissen wir, dass er 1917 für einige Monate in Böckel zu Gast war und dort eher verloren im Nebel umherspazierte, bedrängt von der Nässe und den schweren Böden. Sein Missbehagen hat Hertha Koenig gedauert und sehnlich hat sie sich gewünscht, er würde es mögen, ihr Land. Das Dunkle, Geheimnisvolle, das war es doch, was sie miteinander verband. Und als Rilke dann endlich einmal froh von einem Spaziergang heimkam, war sie selig.

Was OMG, wie Oskar Maria Graf von vielen genannt wurde, während langer Wochen in Böckel getan hätte, darüber können wir nur mutmaßen. Wahrscheinlich wäre er mit weit ausholenden Schritten bei jedem Wetter durch aufgeweichte Felder und Wiesen gewandert, zerfurcht im Gesicht von Seelenqualen aber für den Moment doch eins mit den Elementen. Ihn, den Erdverbundenen, hätte sie wohl eher belächelt. Ein schlichter, gewiss begabter und gewiss auch liebenswerter, aber eben doch recht sonderbarer Kauz. Das Zarte in ihm hat sie gesehen, aber nicht, was daraus entstand.

So hat sie womöglich auch den Gehalt des Eigenen nicht erkannt, als es entstand, viele Jahre nach den Blumengedichten. Die Texte, in denen sie mit lebhafter Komik und warmer Anteilnahme erzählt, die *Lebenserinnerungen* und der Roman *Die lippische Rose*, stammen aus dem Nachlass. Da hat Hertha Koenig, die einst in ihrer Münchner Zeit unter Künstlern und Literaten verkehrte und selbst keine Unbekannte war, sich längst auf ihr Gut zurückgezogen.

Dort lebt sie über lange Jahrzehnte, eine fast vergessene Dichterin, die wie viele ihrer Generation im Nachkriegsdeutschland kaum mehr Gehör findet. Eine Zeitlang kommen noch Gäste, auch namhafte von Heuss bis Heidegger, und danach empfindet sie die Stille in dem großen winterklammen Haus noch schmerzlicher als zuvor.

Gezeigt hat sie es nicht. Im Gegenteil, sie gilt als unnahbar, sei es aus Scheu, sei es aus Hochmut, gewachsen aus dem Gefühl des Unverstandenseins in ihrer Zeit. Es kränkt sie, dass man sie ignoriert. Und mehr noch, es empört sie. Denn schließlich, davon ist sie überzeugt, hat sie ihren Zeitgenossen etwas zu sagen, all jenen, die gewillt sind, bewährte Tugenden leichtfertig über Bord zu werfen. So ergreift sie denn auch das Wort, Anfang der fünfziger Jahre in ihrem eigenwilligen Monolog *An Jedermann*, zornig, verletzt, bisweilen amüsiert und ein wenig von oben herab kündet sie darin vom Wert des Herkömmlichen. Und man spürt, wie fern ihr die Gegenwart ist, schon damals, und dass sie den Wandel hin zum Neuen hin nicht mehr vollziehen wird.

Erst der Nachlass hat gezeigt, dass sie in all den darauf folgenden Jahren eine emsige Schreiberin geblieben ist, dass sie nicht aufgegeben, sondern immer neue Stoffe in Angriff genommen hat, obgleich nur noch wenige Texte den Weg in die Öffentlichkeit finden. Angesichts ihrer Fremdheit in der Gegenwart ist es nur konsequent, dass sie sich Vergangenem zuwendet, wobei ihre Erzählweise allerdings eine ganz andere ist als früher.

Die Dichterin, die zu Anfang des Jahrhunderts in einem dunkel drängenden Tonfall Blumen und Landschaften in gleichnishaften Bildern beschwor, schafft jetzt den Figuren ihrer Prosa einen realen Boden, ein solides Gerüst geschichtlicher Zusammenhänge. Und immer öfter entlehnt sie die Figuren selbst einer historisch verbürgten Vergangenheit, sei es im *Zuckerkönig*, in dem sie die Welt ihrer Vorfahren, vor allem die der Petersburger, auferstehen lässt, sei es in der *Lippischen Rose*, wo sich Handlungsrahmen und Schauplätze, Hauptpersonen und sogar manche der kleinen Nebenrollen mit Ereignissen und Personen aus der westfälischen Geschichte decken.

Die versunkenen Welten von einst, verfallen und von morbider Schönheit, sind einer realen Kulisse gewichen. Hertha Koenig verbringt viel Zeit in Archiven. Sie arbeitet, sie ist beschäftigt. Sie schreibt. Und sie erfindet. Die Fiktion beginnt dort, wo die Figuren zum Leben erwachen. Und dieses Leben ist prall gefüllt und erdverbunden, nicht ohne den Anklang zarter Töne und doch bar der melancholischen Firnis, die wir von früher kennen.

Womöglich hat Hertha Koenig sich in dieser Art zu erzählen selbst nicht ganz ernst genommen. Sie hat den hehren Anspruch fahren lassen, so war sie frei und konnte aus dem Vollen schöpfen, schlagfertig, erfinderisch, keck. Wie das Kind aus den Erinnerungen, das nicht immer nur Herbstkind war, kommt in manchen der späten Texte eine Person zu Wort, die nicht länger dem raunenden Locken einer düsteren Landschaft huldigt, sondern amüsiert die üppigen Ausschweifungen und das hanebüchene höfische Gebaren in der westfälischen Provinz des frühen achtzehnten Jahrhunderts lebendig werden lässt.

Im eigenen Leben hat sie nicht geprasst. Das eigene Leben blieb still und trotz der materiellen Ausstattung auf seine Weise bescheiden. Sicher, Hertha Koenig hat viele Menschen gekannt, hat mit namhaften Zeitgenossen korrespondiert, ist ihnen begegnet, hat sie eingeladen, hat sie gefördert, ihr geistiger Austausch war vielfältig und rege, aber im Innersten blieb sie für sich. Beherrscht und beherrschend. Böckel war ein großer Betrieb, sie hielt die Zügel fest in der Hand. Und nicht umsonst hat sie wohl der einstigen Mamsell, die in ihrer Kindheit über das Wirtschaftsgebäude herrschte, in den Erinnerungen eine Art Denkmal gesetzt.

Die stattliche Helene, halb Feldherr, halb Furie, führte ein eisernes Regiment, kommandierte die Mädchen, die vor ihr zitterten, und an manchen Tagen traute sich nicht einmal die Mutter in die Küche. In Helenes Stube hingegen war es „still und feierlich“, und dort hat das Kind Hertha Koenig sie besucht: „Bei solchen Sonntagnachmittagbesuchen empfand ich dumpf die verborgene Innigkeit dieser einsamen, stolzen Helene, von der außer mir vielleicht niemand etwas ahnen durfte ...“ Als sie das schrieb, war sie eine alte Frau, die im Rückblick in der „verborgenen Innigkeit“ der stolzen Helene wohl auch etwas von sich selbst erkannte.

Und dann später, als sie die meisten ihrer Generation überlebt hat und so auch die lebhafte Korrespondenz zum Erliegen kam, war sie allein mit Maria. Das Fräulein Maria, Maria Schiffmann, Haushälterin und Vertraute, der einzige Mensch der sie beinahe ein Leben lang begleitet hat.

Maria kam als junges Mädchen, treuherzig und eifrig und fromm, aus Bayern nach Böckel, las in den Nächten bei Kerzenschein, während die anderen Dienstmädchen sich vergnügten oder schliefen, übernahm Verantwortung und stieg schon bald in der Hierarchie der Gutsküche auf. Das wird Hertha Koenig gefallen haben. Und Maria blieb, heiratete nicht, zog nicht fort, begleitete sie bis zu ihrem Tod und starb selbst wenige Wochen darauf.

Noch einmal wiederholt sich das Muster. Die Rollenverteilung ist durch Stand und Herkunft festgelegt, und innerhalb des vorgegebenen Rahmens gelingt ein Miteinander. Die Spielregeln waren die herkömmlichen, die Form blieb gewahrt, aber im Alter werden das Fräulein und die Gutsfrau Wege gefunden haben, um manche Distanz zu überwinden.

Am Ende waren sie einander unentbehrlich, denn am Ende haben sie alles geteilt – die Abgeschiedenheit, das Gleichmaß der Tage, der Wochen, der Jahreszeiten, die Winterstürme, die klamme Kälte, die langen Stunden der Dunkelheit. Und dann wieder die warmen Winde, die sommerliche Sanftmut des Landes, die zögerlich steifen Schritte hinaus ins Licht. Wie oft noch. Und wie lange schon. In der steten Wiederholung verlieren die Bilder an Schärfe. Die Konturen verschwimmen. Irgendwo dort verliert sich die Spur.

Stefanie Viereck

Auftakt

Im Herbst des Kriegsjahres 1940 fand sich der Brief eines Herrn Eduard Strasdowski unter meiner Gutspost, mit der Bitte, sein gestriges Reiseerlebnis mitteilen zu dürfen.

„... *Als Flüchtling in ein Altersheim nahe Osnabrück verschlagen, saß ich im Vorortzug. Mein Gegenüber redete mich an und erkundigte sich mit hartnäckiger Ausdauer nach meinem Woher: ein kleiner Herr mit dünner Stimme, den das Übertönen des Zuggeräusches Anstrengung kostete.*

‚Sie stammen?'

‚Aus dem Baltikum.'

‚Ihr Beruf?'

‚Landwirt.'

‚Wo haben Sie gearbeitet?'

‚In der russischen Ukraine.'

‚Welche Gegend?'

‚Gouvernement Charkow.'

‚Wie hieß Ihr Herr?'

‚Koenig.'

Da horchte jemand aus der anderen Ecke auf. Ein kor-

pulenter Mann erhob sich, um näher an uns heranzurücken, und sagte: ‚Hier sind auch Koenigs.' Mein Gegenüber lachte auf und meinte, in Hamburg stehe dieser Name an jedem sechsten Haus.

Ich erklärte: ‚Die Meinen waren von deutscher Abstammung, hatten jedoch zwei Generationen in Russland gelebt.' – ‚Ja, ja', accordierte der andere, ‚das hier sind auch solche Koenigs.' Da der Zug in die Station einfuhr, bat ich schnell um den Wohnort. Ein Gut nahe der Stadt B…"

Ich musste dem Schreiber auf seine Fragen antworten, dass von der vorigen Generation der Koenigs niemand mehr lebe. Es würde mir jedoch eine Freude sein, ihn bei mir zu begrüßen. Und eines Nachmittags stand ich der Hünengestalt meines unbekannten Gastes gegenüber. Er war damals hoch in den Siebzigern, aber beweglich, wie von einem inneren Feuer jugendlich wachgehalten. Bald wurde er durch seine angenehme Art der Unterhaltung der Mittelpunkt unseres kleinen Kreises: Einige Flüchtlinge und Verwandte hatten sich zusammengefunden, die gleich ihm aus der Heimat vertrieben worden waren. Nur beiläufig erwähnte er das schöne Haus in Libau, das sein Vater, der Baumeister, ihm und seiner Frau errichtet hatte, aus dem sie dann mit nichts als einem Rucksack gen Westen fliehen mussten. Seine Gedanken waren dort nicht hängen geblieben. Sie hatten immer ein weites Feld vor sich, das, von Vergangenheit und Zukunft nicht abhängig, ihm unverlierbar gehörte.

Die Herbstabende wurden länger. Wir warteten ungeduldig auf den Augenblick nach dem Abendessen, da man sich zusammensetzte und seiner wohlklingenden

Stimme zuhörte. Er hatte schon manches Erlebnis aus Südrussland erwähnt. Nun bat ich: „Erzählen Sie uns mehr von der Zeit bei meinem Großvater." – „Ja, vom Zuckerkönig", stimmten die anderen bei. Er legte sinnend die Hand ans Kinn. Ein kleines verneinendes Kopfschütteln: „Warten wir noch damit. Ich möchte vorher die Bände über sein Lebenswerk durchlesen, die ich hier in der Bibliothek fand. Dann wird mir alles von früher ins Gedächtnis kommen, und ich kann Ihnen genauer berichten."

Da er unsere Enttäuschung bemerkte, sagte er:

„Ich werde Ihnen inzwischen aus dem Leben meiner eigenen Vorfahren mitteilen, wenn Sie daran Gefallen finden. Manche Einzelheit wird mir zwar entfallen sein. Man war noch ein Kind, als die Verwandten im Elternhaus von diesen Dingen erzählten; man hörte nur mit halbem Ohre zu. Weil sie aber immer wieder darauf zurückkamen, ist doch einiges haften geblieben …"

Der Fährenschreiber von Libau
UM 1740

Einst, wenn in Novembernächten der Sturm aus dem Eismeer gen Süden, gen Abend, sich aufmachte und sein Wesen trieb, ging ein gewaltiges Zittern durch das alte Russland.

Jeder kannte die unheimliche Gestalt dieses Sturmes. Man brauchte ihn nur als Kind gehört haben, um zu wissen, wie er aussieht: der göttliche Zorn, leibhaftig geworden, auf seine Opfer losgelassen. Und er fand jeden, packte die Gewissen und schüttelte sie so lange, bis alle unguten Taten wachgerüttelt wurden. All die kleinen Verfehlungen der Unwahrheit und Eigenliebe, die großen gehässigen Taten der Willkür und Selbstherrlichkeit. Plötzlich waren sie der Reihe nach aufgestanden, um kein Haar kleiner geworden, wie lange sie auch zurückliegen mochten. Und manchmal hielt der Sturm für Augenblicke seinen gewaltigen Atem an, blieb stehen, bewegungslos, damit jeder recht zur Besinnung kommen sollte. Dann holte er von Neuem aus. Peitschenhiebe pfiffen durch die aufgeregte Luft und sausten auf die sündige Menschheit nieder. Das war der Zorn Gottes. Jeder wusste, dass er ihm galt, vor allen anderen ihm. Die Augen entsetzten sich beim Anblick all der Verfehlungen und Laster. Der Blick wandte sich gen Himmel, Knie beugten sich und Lippen flehten: „Herr, erbarme Dich unser!"

Draußen in der großen Steppe, an den Rändern der unwegbaren Waldungen, geht ein Krachen und Bersten um wie Haubitzen- und Kanonendonner. Aber keine Menschenseele hört es. Nicht einmal der Hirte, der bei den Pferden Wache hält. Er zieht sein Schaffell über den Kopf und sucht Schutz in einer Bodensenke. Die Pferde kommen ihm nach, dicht neben ihm aneinandergedrängt hinter aufgetürmten Schneewächten. Nun mag der eisige Sturm über sie hinwegjagen. Der Hirte hat mit seinen Tieren in Eintracht gelebt, ohne Hoffart und Bosheit. Aber er weiß, dass das göttliche Gericht auch ihm gilt, ihm und seiner Herde: „Herr, erbarme Dich."

Die Stimme des Sturmes ist so gewaltig, dass sie seine eigenen Taten überdröhnt. In der Stadt kann es geschehen, dass er ein Hausdach mit einem Griff von unten her fasst, es hochhebt und fortträgt, wohin es ihm gefällt, ohne dass der nächste Nachbar etwas davon merkt. Darum war es auch möglich, dass in solchen Nächten das Schicksal in die Lenkung des Russenreiches eingriff, dem einen Herrscher die Zügel aus den Händen riss, um sie einem anderen zuzuwerfen; und Tage vergingen, bis es laut wurde.

Im Jahre 1737 verlieh die damalige Zarin Anna Iwanowna ihrem Günstling Biron die Würde eines „Herzogs in Kurland".

Adel und Bürgerschaft gerieten außer sich:

„Wie kommt die Zarin dazu, uns ihren Kammerkavalier aufzudrängen?!"

Bisher hatten sie sich immer noch als freie Bürger und Adelsherren gefühlt, wie einst zur Zeit der Ordensritter. Seit jedoch der neue Statthalter seine Macht ausübte, lag ein Druck und eine Beklemmung über den Kurländern, die ihrem altererbten ständischen Freiheitsgefühl widersprach. Obgleich er ihres Stammes war, stand er an Willkür und Grausamkeit den einstigen Bojaren nicht nach. „Was soll uns dieser Stallmeister?", flüsterte sich der kurländische Hochadel verächtlich zu und deutete damit auf den allzu raschen Aufstieg aus bescheidenen Verhältnissen zum Besitzer von Schlössern und Herrschaften, zum Prinzen und Machthaber hin.

Und all dies erreichte dieser Mann durch die persönliche Gunst einer Herrscherin, die ihm nicht nur allein ihr Herz, sondern sehr bald auch die Regentschaft ihres gewaltigen Reiches in die Hände spielen sollte.

Unweit des Libauer Strandes verband ein Flusslauf das offene Meer mit einem großen Binnensee. Damals war der Fluss noch nicht zum Kanal ausgebaut. Selbst für die größten Segler genügte die Mündung des Flusses, obgleich sie nur bei günstigen Winden eine Tiefe von fünfzehn Fuß erreichte.

Wo das Flussufer ein wenig anstieg, lag ein Blockhäuschen, aus Rundhölzern sauber zusammengefügt. Dicht daneben stand ein Schuppen, in dem sich die Gesindewohnung und eine kleine Stallung befanden und an dessen Sonnenseite sich die Ständer zum Trocknen der Fischnetze entlangzogen. Das kleine Gehöft verbarg sich hinter breitästigen Linden, und ein paar Reihen weißstämmiger Birken wiesen von weitem den Weg dorthin. Wenn an Winterabenden das Licht durch die wehenden Zweige schimmerte, kam dem fremden Wanderer etwas entgegen von dem Frieden und Behagen drinnen: wie es nur bei Menschen zu Haus' ist, die nicht über ihre Pflicht zu stöhnen pflegen, sondern gern noch etwas darüber hinaus leisten, soweit ihre gesunden Kräfte reichen, und die an einem vertrauten Familienleben ihr Genüge finden. Dieses kleine Anwesen war schon von alters her Eigentum des Fährenschreibers von Libau.

Die Fähre stellte auf dem Landwege die einzige Verbindung zwischen Süden und Norden her. Immer wieder tauchten zwar Pläne für einen Brückenbau auf, aber man kam allemal zum gleichen Schluss: dass es zu schwierig sei, des starken Eisgangs wegen und zu teuer für den Geldsäckel der Stadt.

Der Fährenschreiber war der Verwalter der Fähre. Er hatte dafür zu sorgen, dass die Reisenden herüber und hinüber befördert wurden, damit sie das offene Meer erreichten oder drüben die Straße für ihren Heimweg. Mit diesem Amt wurde nur einer der zuverlässigsten Bürger betraut. Darum war es Ehrensache, dass es in der Familie verblieb. Mit dem Amt vererbte sich auch das kleine Anwesen und mit ihm gleichsam Friede und Behagen der sauberen, geordneten Häuslichkeit. „Glückliche Menschen!“, hieß es, wenn die Rede auf den derzeitigen Fährenschreiber Johann Vahrenhorst kam.

Und nun? Der Fährenschreiber hatte ehemals nur eine Obliegenheit: die gewissenhafte Ausübung seines Dienstes. Als eine Art Beamter schuldete er dem Staat Rechenschaft über Zoll- und Frachtgelder. Seit der Ernennung des Prinzen Johann zum Herzog von Kurland wurden ihm jedoch noch andere Pflichten auferlegt. Der Herzog hatte ihn in den fragwürdigen Stand eines Gehilfen seiner Geheimpolizei erhoben. Er sollte nun ganz unauffällig den Adel kontrollieren, der ins Ausland fuhr. Wenn es galt, Equipagen überzusetzen, sollte er die Dienerschaft veranlassen, auszusteigen, um Ziel und Zweck der Reise zu erfragen.

„Ich kann es nicht!“, sagte er zu seiner Frau, als er zum ersten Mal einen solchen Bericht zu erstellen hatte. Und die Frau sah erschrocken, wie ihr starker, ruhiger Mann vor einem Notizheft saß, den Kopf in beide Hände gestützt. Sie versuchte, ihm zuzureden. Es sei doch höherer Befehl, dem er gehorchen müsse. Da bemerkte sie, dass seine Schultern wie in verhaltenem Schluchzen zuckten. Noch nie hatte sie ihn so gesehen. Sie umfasste ihn, als müsste sie diese Schultern festhalten. „Ich habe mich zeitlebens bemüht“, stieß er hervor, „ein rechtschaffener Mensch zu sein, und nun –“ Da er sah, dass sein sechsjähriges Töchterchen zur Tür hereingeschlüpft war, hielt er inne, bis die Mutter die Kleine unter freundlichem Zureden hinausgebracht hatte. „Johann“, sagte sie zurückkommend, „Gott sieht ins Herz. Er weiß, dass du nicht schuldig bist."

Er blickte ratlos vor sich hin. „Ich soll sie ausfragen, während ich das Fährgeld kassiere, soll Notizen machen und hernach Bericht erstatten, hat der Beamte des Herzogs verlangt. Wie kann ich vermuten, wodurch ich sie in ihr Unglück jage, womit ich einen Verdacht errege? Hätten sonst zufrieden weitergelebt, womöglich harmlose, unschuldige Menschen. Man kennt doch diesen Herzog!"

„Wenn du den Menschen nichts Böses zufügen willst, wird Gott es nicht zulassen, dass sie Schaden durch dich leiden!"

Johann Vahrenhorst war schwer und grüblerisch veranlagt. Wie oft hatte er seine Frau im Stillen beneidet, wenn sie so vertrauensvoll ihr Morgengebet verrichtete und darauf gestärkt und heiter ihren Tag begann. „*Ich* kann das nicht!" dachte er dann jedes Mal mit einem wehmütigen Zug um den Mund. ‚Wenn du den Menschen nichts Böses zufügen willst, wird Gott nicht zulassen, dass sie Schaden durch dich leiden.' Diese Worte wiederholte er sich in Gedanken. Der Sinn ging merkwürdig in ihn ein. Hatten ihre starken Hände seinen Schultern ein Geheimnis aufgedrückt in diesem Augenblick seiner Schwäche? Er fühlte Befreiung. Hatte sie an ein göttliches Gesetz gerührt? Wenn es wirklich so wäre, wie sie eben gesagt hatte? Und es wallte in ihm auf: „Nie jemand etwas Böses wünschen oder gar zufügen, nie!"

Da wusste er, dass er gebetet hatte. Als die kleine Lisa wieder die Tür öffnete, war nichts mehr zu merken von der erdrückenden Schwere, die soeben noch den Raum erfüllt hatte.

Was wird werden? Für das russische Volk gab es diese Frage nicht. Auch nicht die Frage: Was ist? Wie heißt unser jetziger Zar? Mancher alte Bauer hätte mit Gewissheit den Namen des vorvorigen genannt. Wie sollte auch die Kunde von so raschem Wechsel im zeitlichen Geschehen zu ihnen in die weite, grenzenlose Ebene gelangen?

Dort wusste man nur: Es war einmal? Nein: Immer, solange die Welt steht. Es war das Mütterchen Erde. Streng und hart konnte es sein: wenn die Arbeit eines Sommers, der unsägliche Fleiß und Schweiß in den ausgedörrten Furchen wie ein selbstverständliches Opfer verrauchte. Ohne Trost, ohne Entgelt. Ja, es gab harte Zeiten. Gott hatte es so gewollt, als er die ersten Menschen aus dem Paradies treiben musste, weil sie ungehorsam gewesen waren. Heute noch war Mütterchen Erde seine Vollstreckerin. Das Leben aber blieb deshalb immer noch schön. Es gab Feste. Da war alles so bunt, dass einem die Augen übergingen. Die Sarafane der Mädchen und die blumigen Bänder über den weißen, buntbestickten Hemden flogen, in deren Flattern sich die Töne der Balalaika verfingen. Die Männer wurden heiß bei dem schweren Tun des Tanzens: nieder auf den Boden, die Beine waagerecht vorgeschnellt, abwechselnd seitlich und geradeaus, wie um die Erde zu beschwören, dass sie sich auftue. Und mit einem fliegenden Satz wieder hochgeschnellt, wie eine Gerte stehend vor der Schönen. Was sich auftut, ist ein bewundernder Blick aus ihren Augen. Und sie fliegt ihm in den Arm. Sie kann gewiss sein, dass diese bewunderte Kraft sie zart und behutsam umfasst. Da gab es auch nicht einen, der mit gelangweiltem Gesicht abseits gestanden hätte. Ein magischer Strom, der alle auf seine Wogen hob, um sie in das verheißene Land zu führen, alle mit den glühenden Wangen und den funkelnden Augen. Solche Feste gibt es nur in einem Land, wo das tägliche Leben schwer, hart und einfach ist.

In den Städten aber ging die Frage um: Was wird werden? Aus dem Westen war diese Frage gekommen. Dorther stammte auch der neue Herzog von Kurland.

„Er wird dem Adel noch verbieten, vierspännig zu fahren!"

„Gewiss doch, was meint ihr wohl, was ihm das Branntweinmonopol einbringt? Mindestens 150 000 polnische Florin. Das hat er alles uns gestohlen, fließt alles in seine Privatschatulle!"

„Er wird auch noch den gesamten Getreidehandel unseres armen Landes an sich ziehen. Man hat schon so allerlei gehört. Die Bauern sagen ihm nach, dass er Kornwucher treibe mit Hilfe seiner Proviantmeister!"

Im Oktober 1740 kam die Nachricht aus Moskau, dass die Zarin Anna Iwanowna gestorben sei. Was wird werden? Prinz Iwan Antonowitsch, den die Zarin zum Nachfolger bestimmt hatte, war ein Säugling von wenigen Monaten. Man erwartete die Regentschaft seiner Mutter, der Prinzessin von Braunschweig.

Der Herzog von Kurland hatte es anders beschlossen. Was ihm seine Gönnerin während ihrer Lebenszeit noch nicht gewähren konnte oder wollte, erreichte er nun mühelos. Denn er veranlasste sie, ihm auf dem Sterbebett die Regentschaft für den kleinen Prinzen Iwan zu übertragen.

Dies geschah gerade um die Zeit, da der Oststurm vom Eismeer sich aufmachte und an die Gewissen rührte. Der Herzog achtete nicht auf diese Stimme. Hatte er die Lenkung seines Schicksals nicht selbst in die Hand genommen? Alles entwickelte sich mit jener Folgerichtigkeit, an die zu glauben seinem aufgeklärten Geist entsprach. Wen sollte er noch über sich fühlen?

Stand er nicht in der Reihe derer, die vor ihm bewiesen hatten, dass hier ein starker Herrscherwille schlechthin *alles* vermag? Er hatte schon zu Lebzeiten der Zarin durch seine Reformen gezeigt, dass er wohl geeignet war, das Werk Peters des Großen fortzusetzen. Jetzt galt es, als sein Nachfolger in die Geschichte einzugehen. Was ihm fehlte, war allein die göttliche Aureole seiner Vorgänger. Nur ein Zar, in Moskau vom Patriarchen gekrönt und gesalbt, wurde als Vollstrecker des göttlichen Willens, als „Väterchen Zar“ verehrt und von den Gebeten der Millionen seiner Untertanen getragen, als die höchste irdische Autorität, die er war und blieb, mochte er noch so willkürliche Ziele verfolgen.

Solcher Erwägung konnte der neue Regent nur mit einem Lächeln begegnen. Das gehörte einer überwundenen, einer mythischen Vergangenheit an. Er aber, der Anhänger der Lehre eines Fermat, eines Locke, die er auf der Universität in Königsberg studiert hatte, er durfte sich die nötige Einsicht in den neu entdeckten Weltmechanismus zutrauen. Seit Beginn seiner hohen Laufbahn entwickelte sich alles so, wie er es gewünscht und pünktlich vorausgesehen hatte.

Bei aller Klugheit ging ihm jedoch etwas ab: der natürliche Spürsinn, der sich im Osten seit Anfang der Zeiten fortgeerbt und erhalten hatte und den keine Aufklärung zu ersetzen vermag. Das An- und Abschwellen der inneren Strömungen mochte einen Iwan den Schrecklichen, einen Peter den Großen nicht berührt haben. Sie fühlten sich getragen durch den Glauben des gesamten Volkes. Einer jedoch, dem in den Augen seiner Rivalen das Herrschertum nicht zukommt, das er selbst an sich gerissen hat, von dem das Volk nur dies Eine weiß, dass er nicht aufgewachsen ist im Schoße seiner rechtgläubigen Kirche: Solch ein Regent ist nicht gefeit gegen die lauernden unterirdischen Mächte.

In Kurland war man zufrieden, dass der Herzog sich nun wohl nicht mehr viel um das allzu kleine Herzogtum kümmern würde, da er sich beeilte, seine Residenz in Moskau zu beziehen.

„Eine Krone, die man sich selbst aufsetzt, hält nicht lange!“, flüsterte man sich tröstend zu. Aber sein gewaltiger Arm reichte immer noch bis an die Küste des baltischen Meeres.

Jahre waren dahingegangen, seit der Fährenschreiber von Libau den peinlichen Befehl erhalten hatte, dem herzoglichen Beamten Bericht über die Reisenden zu erstatten. Der Beamte kam selten. Meistens war er eilig und sagte vorzeitig: „Schon gut, schon gut.“ Nie hatte er bisher ein besonderes Interesse gezeigt für das, was der Fährenschreiber ihm berichtete. Der Hauptverkehr ging ja über den Seeweg. Am Hafen mochte die Kontrolle wichtiger und genauer sein.

Die Frau hatte wohl recht behalten: „Wenn du den Menschen nichts Böses zufügen willst, wird Gott es nicht zulassen, dass sie Schaden durch dich erleiden.“

So war das Leben dort im Häuschen friedlich verlaufen und die Vorübergehenden hatten allen Grund zu sagen: „Glückliche Menschen.“ Sie lebten abseits vom Geschehen und abseits vom Gerede. Nur gelegentlich kam Kunde aus der Welt zu ihnen. Vor allem dann, wenn um Winters Anfang der holländische Kaufmann den Seeweg vermied wegen der Vereisungsgefahr.

Vandermeersch nannte den Fährenschreiber seinen Freund. Er wusste, dass er diesem Mann ohne Gefahr alles mitteilen konnte, was ihm beredenswert erschien. Und das war nicht wenig. Denn sein Handel führte ihn in die entlegensten Länder, in vornehmste Häuser. Wo er seine kostbaren Stoffe und Spitzen ausbreitete, war man entzückt. „Ich kenne die Welt“, sagte er. „Och, da passiert viel. Das kannst du mir glauben. Die Menschen sind verkehrt.“

Der November kam. Die Stürme nahmen zu.

Wenn man sich nun auch freier fühlte, seit der Regent Kurland verlassen hatte, eines Morgens erschien dennoch sein Beamter beim Fährenschreiber:

„Wen hast du in diesen Tagen über den Fluss gefahren?“

„Es sind kaum Fahrgäste gewesen, Herr“, antwortete Johann Vahrenhorst, „nur vorgestern Abend zwei Offiziere mit ihren Pferden, von Norden her.“ Die Augen des Beamten schnellten rund hervor:

„Die Namen dieser Offiziere?“ Johann Vahrenhorst blieb ruhig. Sie hatten ihre Namen nicht genannt. Das erwartungsvolle Gesicht verfinsterte sich. „Es war der Sturm so gewaltig, Herr, dass man seine eigene Stimme nicht hören konnte.“ Da geriet er außer sich. Die Augen traten noch weiter hervor. „Du wirst noch lernen, deine eigene Stimme zu hören!“, schrie er und versuchte, etwas aus ihm herauszupressen.

Die Offiziere hätten sich, kaum dass die Fähre angelegt, auf ihre Pferde geschwungen und seien gen Süden davongeritten. Der Beamte sah, dass nichts zu machen war. „Du wirst wieder von mir hören!“, sagte er drohend und schlug die Tür hinter sich zu.

Johann Vahrenhorst wusste: Nun war es um ihn geschehen. „Wenn du den Menschen nichts Böses zufügen willst …“

Nein, seine Berichte hatten wohl niemandem Böses zugefügt. Aber er selbst war darüber zu Fall gekommen. Sibirien? Grauenvolle Zukunftsbilder jagten sich und zerrten an ihm. Er vermied es, daheim zu sein. Er ging den Weg zur Fähre und wieder zurück, unzählige Male. Er hielt sich dem Sturm hin, dass der ihn geißelte.

Und von Stunde zu Stunde nahm der Sturm zu. Spät am Abend kam ein Landmann, den er kannte. Der bat, mit seinem Gefährt noch vor Nacht übergesetzt zu werden. Johann Vahrenhorst wusste, dass es Wahnwitz war:

bei diesem Sturm eine Überfahrt! Mochte der Bauer in seinem Schlitten nächtigen oder im Stroh! Bei solchem Wetter macht man die Fähre nicht los.

Aber diese Erwägungen lagen ihm heute fern. Wo war denn noch Sicherheit? Der Bauer hatte Glück.

Auf der Hinfahrt drückte der Sturm seitlich gegen den Achtersteven. Es dauerte lange, bis sie das andere Ufer erreichten. Dann suchte der Mund des Bauern das Ohr des Fährenschreibers, um ihm den russischen Gruß zuzurufen: „Gott sei mit Dir!"

Als das Gefährt den festen Boden wieder verließ, stellte sich Johann Vahrenhorst ans Lenkseil am Bug und der Knecht blieb am Heck. Denn nun lag der Hauptdruck vorne. Man hätte glauben sollen, der Sturm würde sich beruhigen mit dem Einsetzen von Schnee und Regen. Aber der Regen hörte auf und der Sturm nahm einen neuen Anfang.

Der Fährenschreiber ließ seine Hand am Trossenseil auf- und niedergleiten, um es abzutasten. Der Sturm machte ihm die Arbeit schwer, denn er zerrte daran, als wollte er es ihm fortreißen. Da blieben mit einem Mal seine Finger hängen. Er untersuchte: eine schadhafte Stelle! Ein gutes Stück vom Boden entfernt. – Sie waren noch kaum vom Ufer abgestoßen. Umkehren? Aber wie sollte er sich wohl mit dem Fährknecht verständigen?

Johann Vahrenhorst umklammerte das Lenkseil oberhalb der angerissenen Stelle, um den Kampf mit dem Sturm aufnehmen zu können. Angst hatte er noch nie gekannt. Was sollte das? Aber es war doch Angst in ihm, eine ganz andere Angst. Die war heute zum ersten Mal über ihn gekommen und hatte ihn fast von Sinnen gebracht. Sie hatte ihn zu dieser unsinnigen Überfahrt getrieben. Ein verruchter Gedanke durchfährt ihn. Weit, weit her muss dieser Gedanke gekommen sein. Der Sturm hat ihn in sein Hirn gepeitscht. „Wenn ich das Seil losließe, dass es dem Zerren des Sturmes nachgäbe, dann ist nur noch ein Augenblick. Dann bricht alles auseinander – die Fähre abgetrieben, von den rasenden Wogen ins Meer geschleudert ..." Es zieht ihn wie in ein riesiges schwarzes Loch. „Nur noch ein einziger Augenblick, dann ist alle Angst vorüber." Er fühlt schon das Versagen der Arme. Aber der Gedanke ist ja nur ein Stück vom Sturm. Der fegt durch ihn hindurch. Und als er zu sich kommt, weiß er: „Das ist der Versucher!" Und um ihn ist wieder die Stimme des Sturmes, wie sie von alters her an den Gewissen rüttelt: „Herr, erbarme Dich!"

Da stand der Fährmann wieder an seinem Trossenseil und hielt es umklammert. Solange er festhielt, hatte es keine Gefahr. Aber die Körperkräfte ließen nach. Die blutigen Finger glitschten ab an den Rippen des Hanfseiles. Er musste immer fester umklammern, brauchte immer mehr Kräfte. Wie weit noch bis zum Ufer? Soviel wusste er: dass sie noch längst nicht auf der Mitte waren. Der Sturm aber brachte immer neue Kräfte mit, unheimliche Kräfte. Bald warf er ihm Hände voll kleiner, scharfkantiger Splitter ins Gesicht, bald schnitt er wie mit einem riesigen Messer.

Johann Vahrenhorst will nicht nachgeben. Er zieht und zieht. Wenn er das Seil nur noch ein kleines Stückchen herunterbrächte! Nur eine Windung um einen der beiden Holzpflöcke auf dem Boden! Aber der Sturm gebärdet sich, als wolle er zeigen, dass er der Stärkere sei. Sollte es wirklich die letzte Stunde sein? Der Fährenschreiber zieht am Lenkseil, zieht. Und er würde noch ziehen, auch wenn er wüsste, dass es keinen Sinn mehr hat. Das Leben scheint ihm plötzlich wieder unendlich viel wert, und wenn es in Sibirien sein sollte …

Und er ist schon dort, inmitten von ewigem Eis, abgetrennt von allen. Er ist ganz allein. In seinem Blick wohnt das ewige Dunkel. Alles, was er je von den unglücklichen Verbannten gehört hat, alles das erlebt er in diesen Augenblicken. Seine Glieder sind steif. Aber jeder Muskel ist gespannt. Sein Gesicht spürt die Eissplitter nur noch wie eine einzige Kälte. Er spürt, wie die letzte Kraft in einzelnen Tropfen aus seinen Poren dringt, in immer langsameren Tropfen. Die Knie sind dicht vor dem Zusammenknicken. – Aber das Seil muss gehalten werden! – Die Arme gehören schon gar nicht mehr ihm. Nicht einmal die zerschnittenen Hände tun mehr weh. Dabei saust die Sturmpeitsche von allen Seiten auf ihn nieder, wie Spießruten auf den Verbrecher. Das ist Sibirien. Plötzlich ist es nicht mehr ganz so dunkel. Vor den Augen tanzen helle Flecke. Mit einem blauen Rand, einem gelben Rand, einem roten, einem grünen.

„Fährenschreiber, ich helfe dir!"

Was war das für eine Stimme? Wer hat ihn angeredet? Jemand muss neben ihm stehen. Aber er weiß doch genau, dass niemand auf der Fähre ist außer ihm und dem Fährknecht. Und der geht nicht weg von seinem Steuer.

Der hätte ihn auch nie so angesprochen. Aber er hat doch ganz deutlich gehört: „Fährenschreiber …!"

Er ist nicht mehr in Sibirien. Er steht wieder auf der Fähre und hält das Seil. Etwas tiefer muss die schadhafte Stelle sein. Über ihm ist nichts als der Sturm, der alte, vertraute Sturm, keine Menschengrausamkeit. Wer aber ist neben ihm? Und was ist mit dem Seil geschehen? Es liegt schlaff in seiner Hand. Nun muss es gerissen sein. Und daheim? Die Frau, Lisa, Lisa! Das ist wohl der letzte Gedanke. Herr, erbarme Dich! Aber er steht immer noch und hält das Seil. Obgleich es keinen Sinn mehr hat, wenn es so locker in der Hand liegt. In alter Gewohnheit fängt er an, daran hochzugreifen. Wie man im Traume tut, einmal, zweimal. Halt! Da spannt es ja wieder! Es hängt oben fest an der Trosse. Das ist kein Traum. Sollte der Sturm sich mit solcher Wucht gegen das Seil gestemmt haben, dass es beim geringsten Nachlassen um ein Stück länger wurde? Eine andere Erklärung gibt es nicht. Die bedrohliche Stelle liegt schon neben ihm auf dem Boden. Nur noch ein ganz kleiner Ruck und er kann das Seil oberhalb der Stelle um den Holzpflock winden. Dann mag der Sturm sich gebärden wie er will …

Aber der hatte ja schon längst nachgelassen. Man merkte es nur noch nicht.

Als die Fähre endlich am Steg anlegte, stand die Frau dort und rang verzweifelt die Hände. Sie war immer noch auf das Schlimmste gefasst. Wortlos nahm er sie und führte sie ins Haus. Da stand die kleine Lisa mit bloßen Füßchen und schüttete ihre Tränen in einen Zipfel ihres langen Nachtrocks. Schweigend versuchte er, das Kind zu beruhigen.

Die Frau fragte, wollte wissen. Aber er schwieg. Von dieser Nacht konnte er noch nicht sprechen, zu niemandem. Er hätte die Frage nicht ertragen: „Wer hat denn zu dir gesagt: ‚Fährenschreiber, ich helfe dir!'?" Er wusste es.

Den folgenden Tag durchschlief er gleich einem Toten. Die Fähre war außer Dienst. Das Lenkseil musste ausgebessert werden. Diese Arbeit hing noch mit der großen Gefahr zusammen, aus der er auf solch unbegreifliche Weise gerettet worden war.

Bevor er begann, oberhalb der durchgescheuerten Stelle das Seilende auseinanderzuflechten, ging er in den Schuppen und griff in den Vorrat von losem Hanf, um ihn fest zusammenzudrehen, damit ein neues Stück angefügt werden konnte. Mit kurzen Unterbrechungen rüttelten die Böen an Tür und Fenster und erinnerten an die Schrecken der schwer überstandenen Nacht. Endlich legte sich auch diese letzte Bewegung, es fing an zu schneien. Die Natur war zur Ruhe gegangen.

War nun alles beendet, was mit jener Nacht zusammenhing? Im ersten Augenblick wollte es dem Fährenschreiber so scheinen. Aber seit der Sturm draußen still geworden, stand umso drohender die andere Gefahr vor ihm auf: der Beamte des Herzogs und seine vernichtende Strafe! Jeden Tag, jede Stunde musste er seines Kommens gewärtig sein. Immer horchte er hinaus. Sobald jemand begehrte, mit der Fähre übergesetzt zu werden, erbleichte er und zögerte eine grauenvolle Minute lang.

Eines Tages kam wieder der Fährknecht und meldete einen Schlitten. Johann Vahrenhorst zuckte zusammen und ging hinaus. „Diesmal noch nicht!“ Er kannte den Schlitten. Bald darauf trat Vandermeersch in den Hausflur, schüttelte seinen Pelz aus und redete ohne Unterbrechung.

Später, als die beiden Männer sich gegenüber saßen, machte Johann Vahrenhorst kurz Mitteilung von seinem großen Missgeschick und erzählte, dass er bei dem Herzog in Ungnade gefallen sei und Schlimmes zu befürchten habe. „Sibirien“, flüsterte er.

„Ist nicht so weit dorthin, wenn man erst in Schlüsselburg sitzt“, sagte Vandermeersch in leichtem Ton. Johann Vahrenhorst verstand ihn nicht. Hatte der andere kein Verständnis für seine Not?

Es dauerte eine Weile, bis er aus den vielen Worten des Kaufmanns so viel erfuhr, um zu begreifen, dass in jener Nacht, als er das brüchige Lenkseil mit seinen blutigen Händen umklammert hielt, dass in jener Nacht das Schicksal statt seiner den Herzog von Kurland erreicht hatte. Der holländische Kaufmann kam aus Petersburg und wusste alles ganz genau.

Die Gegenspieler des Herzogs hätten unter Führung des Generals von – seine Zunge stolperte über den Namen: „von Mü–, Mü–, Mü–“

„Von Münnich?“ – ja, unter dessen Führung hätten sie der verdrängten Mutter des kleinen Iwan ihre Regierungsansprüche zurückerobert.

Wirklich in jener Nacht? Und zur gleichen Stunde? Johann Vahrenhorst bebte. Der Weltenlenker hatte den Stürmen vom Eismeer geboten, einen anderen Weg zu nehmen. Und von dorther war ihm in der Todesnähe am Lenkseil der Zuspruch gekommen: „Fährenschreiber, ich helfe dir!"

Die Tochter des Fährenschreibers
UM 1760

„Wo ist meine Freundin Lisa?“, fragte der holländische Kaufmann, wenn er das Haus des Fährenschreibers betrat. „Ein aufgewecktes Persönchen“, sagte er wohlgefällig und hob mit seiner wulstigen Hand ihr zartes Kinn, um in die dunklen Augen zu blicken.

Die letzten Jahre war er selten des Weges gekommen. Der Regierungswechsel war ihm nicht günstig gewesen. Die Nachfolgerin der Zarin Anna machte keinen Aufwand. Sie war zwar eine Großnichte Peters des Großen, aber die Frau des kleinen deutschen Prinzen aus Braunschweig. „Sie ist um ihren Thronfolger besorgt, weiter nichts“, tadelte Vandermeersch. „Versteht nicht Hof zu halten. Wenn alles gut geht, dauert es noch fünfzehn Jahre, bis der Kleine so weit ist. Schlechte Zeiten für mich. Das ist es ja eben.“

Aber es ging nicht alles gut. Kaum nach Jahresfrist wurde die Prinzessin mit Gemahl und Thronfolger ans Weiße Meer verbannt. Eine stärkere Frau bemächtigte sich des Thrones: Jelisawetha, Tochter Peters des Großen.

„Fast wie ein Mann“, sagte Vandermeersch und beschrieb umständlich die Größenmaße ihrer Glieder. „Könnte das Russenreich regieren wie ihr Vater. Aber sie hat nichts wie Intrigen im Kopf. Immerhin: Sie braucht Kleider!“

Die Zariza, wie sie im Munde der ungebildeten Russen ein wenig verächtlich benannt wurde, erfreute sich keiner Schönheit. Ihrem Wesen lag jede Anmut fern. Was sollte sich auch in solch groben Gesichtszügen spiegeln? Nichts aber verlangte sie so sehr, als begehrenswert zu erscheinen. Was die Natur ihr versagt hatte, wünschte sie durch kostbare Kleidung zu ersetzen. Vandermeersch konnte jetzt gar nicht oft genug nach Moskau und Petersburg kommen, um im Palais seine Brokate und Spitzen vorzulegen. Es gab Feste, Galavorstellungen, bald in der einen, bald in der anderen Hauptstadt. Ballettabende und Hofmaskeraden wechselten sich ab. Alle Damen und Kammerfrauen brauchten Kleider, immer wieder andere. Aber wehe, wenn eine unter ihnen, von Natur schöner als die Kaiserin, sich verleiten ließ, sie auch in Geschmack und Kleidung zu übertreffen! Sie hatte ihre ahnungslose Hoffart in Sibirien zu büßen.

Über alle Vorkommnisse am russischen Hof wusste der Kaufmann Bescheid durch seine Bekanntschaft mit einer Dame aus der Umgebung der Zarin, die später der jungen anhaltischen Prinzessin Katharina beigegeben werden sollte, der Braut des russischen Thronfolgers. „Eine Hochzeit, sage ich euch, eine Hochzeit“, wusste Vandermeersch und er beschrieb, als hinge alles von seinen Stoffen ab. Die Feierlichkeiten sollten zehn Tage dauern. Als er hernach wieder seinen Weg über die Fähre nahm, sprach er nur noch von der Großfürstin Katharina, in Lisas Gegenwart wie ein Märchenerzähler. Es ergötzte ihn, wenn ihre Augen immer größer wurden. „Das Kind ist klug und verspricht ein hübsches Gesichtchen.“ Beides war ihm wichtig. Jedes Mal brachte er ihr etwas mit, ein buntes Seidenband aus Lyon, ein kleines Medaillon aus Venedig. Nachdem Lisa aber zu Bett gegangen war, entnahm er seine Schilderungen mehr der Wirklichkeit. Er wusste, wie man in allen deutschen Häusern Anteil nahm an Katharinas Schicksal. Ahnte man doch, was ihr bevorstand an der Seite dieses Großfürsten Peter, der sich bei den Mahlzeiten zu betrinken pflegte und sich die Zeit damit vertrieb, seine Umgebung zu peinigen, seine Hunde zu Tode zu prügeln.

Katharinas Vater hatte nicht eingewilligt gehabt in den Plan dieser ehrgeizigen Heirat. Er hatte dann schließlich als strenger Pietist seiner Tochter das Versprechen abgenommen, ihrem Glauben treu zu bleiben. Aber nun hörte man dennoch von ihrem Übertritt zur orthodoxen Kirche. Der Fährenschreiber sagte, wie sehr er die junge Fürstin bedauere, dass man sie zu diesem Schritt gezwungen habe. Aber Vandermeersch lächelte dazu. Er wusste genauer Bescheid. Die fünfzehnjährige Prinzessin sei nicht zu jung gewesen, um nicht das größte aller Hindernisse zu durchschauen, das ihrem hochgesteckten Ziele entgegenstand.

„Sie hat oft zornige Tränen über das kühle, beleidigende Verhalten der Zarin geweint. Bis sie erkannte: Jelisawetha Petrowna fürchtete in ihr die Rivalin. Da erwies sich Katharinas taktische Kunst. In einem Anfall leichter

Krankheit ließ sie die Zarin zu sich bitten, vorgebend, dass sie ihr Ende nahe fühle. Als die Herrscherin voll Besorgnis herbeigeeilt kam, eröffnete ihr die Kranke, sie habe nur noch einen Wunsch: zu beichten. Denn eine schwere Schuld bedrücke ihr Gewissen. Erschrocken fragte die Zarin, ob sie einen lutherischen Pfarrer wünsche. ‚Nein', entgegnete die Prinzessin, ihre schwere Schuld könne sie nur einem orthodoxen Priester beichten. Das allein schon hätte genügt, ihr Elisabeths Sympathie zu gewinnen. Man holte schleunigst einen Priester herbei, der der deutschen Sprache mächtig war. Und die Prinzessin beichtete: Die Zarin Jelisawetha sei stets über alle Maßen gütig gegen sie gewesen. Sie aber, die Jüngere, habe die schwere, schwere Schuld der Undankbarkeit auf sich geladen. Der Priester absolvierte sie. Kaum hatte die Zarin Mitteilung über den Inhalt der Beichte erhalten, als sie fliegenden Atems herbeigeeilt kam, um die Entsühnte voll Zärtlichkeit in die Arme zu schließen. Noch lange danach fragte man sich erstaunt im höfischen Kreise, wie zu erklären sei, dass sich das Verhältnis der beiden Frauen zueinander so plötzlich gewandelt habe. Katharinas Stellung am Hof war für alle Zukunft erobert."

„Und ihr Vater?", fragte der Fährenschreiber.

„Nun, das ging, wie eben in der Welt so etwas gemacht wird: Katharinas Mutter verstand es, dem Vater einzureden, die russische Religion sei im Grunde von der lutherischen gar nicht unterschieden. Und man suchte nach einem Berliner Professor, der das bestätigen sollte, und der es auch bestätigte."

Vandermeersch würde viel darum gegeben haben,

wenn er gerade diesen Vorfall *nicht* erzählt hätte, denn das Gesicht des Fährenschreibers drückte Missfallen aus. Dem holländischen Freund aber lag alles daran, gerade vor ihm die Großfürstin Katharina in das beste Licht zu rücken. Seine freundschaftliche Zuneigung für die kleine Lisa hatte nämlich einen gewichtigen Hintergrund. Der Plan war längst mit seiner Bekannten am Hof der Großfürstin besprochen: Katharina brauchte eine junge Gefährtin, eine Deutsche, die ihre Interessen teilte, mit der sie lesen und studieren konnte, gegen die sie sich ohne Gefahr äußern durfte. Wer war dafür besser geeignet als die junge, gescheite Lisa?

Nun fand er es an der Zeit, den Fährenschreiber davon zu unterrichten. Der antwortete mit Schweigen. „Ich habe dir einen guten Propos gemacht", beteuerte der Kaufmann. „Geh zum Pastor oder sonst einem Literaten und lass deine Lisa besonders unterrichten. Katharina versteht Plutarch zu lesen und Plato und alles Mögliche. Das muss deine Lisa ebenfalls lernen. Das Übrige lass nur mich machen."

Der „gute Propos" galt nicht ganz allein dem Lebensglück der kleinen Lisa. Vandermeersch überrechnete in großen Zahlen, welchen Vorteil es seinem Geschäft bringen würde, wenn er diese persönliche Beziehung zum russischen Hof erreichte.

„Das ist nichts für uns einfache Leute", meinte Johann Vahrenhorst, als er seiner Frau mitteilte, wozu der holländische Kaufmann ihn überreden wollte. „Mag er jemanden in Riga finden. Die Livländer stehen den Russen viel näher als wir. Bedenke, welchen Gefahren wir unsere Lisa aussetzen würden! Man weiß doch, wie es am Hofe zugeht." Die Frau besann sich einen Augenblick, dann sagte sie: „Wenn Gott ihr das bestimmt hat, wird er nicht zulassen, dass sie Schaden leidet. Lass sie nur lernen!" Ihr gefiel dieser Vorschlag.

Der kluge Holländer wusste genau, wodurch er mit der Zeit die Bedenken des Fährenschreibers zu überwinden vermochte. Die Kurländer waren gute Deutsche geblieben. Wenn er nur immer wieder darauf hinwies, welch großartige Folgen es haben würde, wenn durch eine deutsche Herrscherin Ordnung und Gerechtigkeit in das Russenreich käme …

„Und Katharina ist dafür wie geschaffen. Auf alles versteht sie sich, aber auch auf alles", beteuerte er, „das ist es ja eben."

Die Föhren am Bahrenbusch begehrten auf. Wiederum kam die Zeit der Novemberstürme. Zehn Jahre sind vergangen, seit sie in einer Schreckensnacht das Leben des Johann Vahrenhorst bis an die äußerste Grenze der Gefahr gebracht hatten.

Er selbst dachte an diese Nacht zurück wie an einen neuen Lebensanfang. Was ihm früher zu glauben nicht möglich gewesen war, das hatte er in dieser Nacht erlebt. Viel deutlicher, als er es zu verstehen gewohnt war, wenn er sah, dass seine Frau auf eine unsichtbare Hilfe vertraute. Er hatte eine Stimme gehört: „Fährenschreiber, ich helfe dir." Und die Stimme hatte Wort gehalten.

Eine aber konnte den Schrecken dieser Nacht bis auf

den heutigen Tag nicht verwinden: Lisa. Fast erwachsen war sie, ein gesundes junges Mädchen voll Lebensfreude. Immer jedoch wenn sie gewahrte, dass die Stürme vom Eismeer ihre Melodie anhoben, war sie plötzlich verwandelt. Erschreckt horchte sie auf. Ihr Gesicht wurde schmal und bleich, ihre Augen verrieten Qual.

„Wie ist es möglich, dass so etwas nicht vergeht?“, fragte die Mutter ungeduldig. „Nach so vielen Jahren? Sie ist doch sonst nicht schreckhaft.“ Der Vater schwieg dazu. Er dachte daran, wie sie schon als kleines Kind an ihm gehangen hatte, ganz besonders an ihm. Wenn nun der Sturm ihr die Angst ins Gedächtnis zurückrief, die sie einst in jener Nacht um den Vater erlitten, dann war diese Angst seines Kindes nicht ohne Beglückung für ihn.

Die nun Fünfzehnjährige schmiegte sich auch heute dicht an ihn und beschwor ihn, dass er bei diesem Wetter nicht zur Fähre hinuntergehe. Der Vater hatte schon die Türe in der Hand, die Mutter aber beeilte sich, die gute Gelegenheit wieder einmal wahrzunehmen. „Du solltest ihr den lateinischen und griechischen Unterricht verschaffen“, sagte sie. „Das wird gut für sie sein und ihr außerdem Freude bereiten, wo ihr das Lernen doch so leicht fällt. Du sagst selbst, unser Pastor sei nicht nur ein bedeutender Kanzelredner, sondern auch ein philosophisch gebildeter Gelehrter.“

Nach langem Zögern und wiederholten Ermahnungen begab sich Johann Vahrenhorst auf den Weg zum Pastor, mit einem Anliegen, das im Grunde nicht seines war.

Dann stand er in der Studierstube, vor ihm der

Schreibtisch überdeckt von Schriften. Der Pastor erklärte mit einer Handbewegung darüber hin, dass er an einer Kirchengeschichte arbeite. Aus Anlass der Grundsteinlegung der Trinitatiskirche habe er seinerzeit eine Broschüre über die kurländische Kirchengeschichte geschrieben. Nachdem er sie auf Anraten seiner Behörde eingereicht habe, sei sie „unter einer hohen Hand" verloren gegangen. Umso schmerzlicher für ihn, als er kurz darauf erblindete.

„Das Augenlicht kehrte nach einer Operation wieder", sagte er, „und das erachte ich als einen Wink des Himmels, der mich verpflichtet, aus alten Notizen das verlorene Manuskript mühsam wiederherzustellen."

Um seine Bitte zu erklären und zu entschuldigen, brachte Johann Vahrenhorst den Plan des Holländers zur Sprache. Da wurde der Pastor sehr nachdenklich. Das sei allerdings eine Aufgabe, der man sich nicht verschließen dürfe. Näher erklärte er sich nicht. Aber er war augenblicks bereit, Lisa in den alten Sprachen zu unterrichten.

Der Kleiderbedarf am russischen Hof ist unermesslich geworden. Schon wieder biegt Vandermeerschs Kalesche in die kleine Birkenallee ein und hält vor dem Häuschen. Wieder stolpern seine Worte in verschiedenen Sprachen durcheinander. Er hat es eilig. Denn er wird in Petersburg erwartet, wo die Hochzeit des Kammerherren Soltikoff mit der Prinzessin von Kurland gefeiert werden soll. Dazu braucht man Festkleider. „Nicht zu sagen, wie sie sich sonst in Petersburg langweilen, in diesem ausgestorbenen Nest. Da könnt ihr euch denken, wie sich alles freut, wenn in den verschiedenen Palais laut wird, Vandermeersch ist da, um seine neuesten Waren zu zeigen!"

Er drängte und bettelte, der Fährenschreiber möchte ihn heute noch übersetzen. Lisas erschrockene Augen warfen einen flehenden Blick zum Vater hin. „Bei diesem Sturm kann ich nicht fahren", sagte er mit entschiedener Stimme. „Es wäre zu gefährlich." „Das ist es ja eben!"

Nun blitzte in Lisas Augenwinkel ein kleines, schelmisches Vergnügen auf. „Schon wieder", dachte sie und fing an zu zählen. Wenn sie unter sich waren, hieß der Onkel Vandermeersch nie anders als der „Onkel Ist-ja-eben".

„Die Großfürstin Katharina fährt in Oranienburg bei solchem Wetter zur Entenjagd, morgens um drei Uhr. Weit über den Kanal hinaus, sie wurde schon oft bei Sturm ins Meer getrieben. Nun", verbesserte er sich, „vielleicht ist der Sturm dort etwas schwächer." Dann holte er seinen Reisesack herein und fing an, die herrlichsten Stoffe auf dem Tisch auszubreiten. „Bleu mourant", erklärte er mit einer streichelnden Handbewegung, „Drap d'Argent – zum Küssen!" Und mit geschlossenen Augen spitzte er mühsam seine breiten Lippen und spendete einen konischen Kuss in die Luft. Dann wickelte er einen Brokat aus mit Blumen und Ranken. „Echte Goldschlägerhaut aus tierischer Membran", erklärte er feierlich, „nirgends als in Lyon zu finden!" Zwischendurch berichtete er mit allen schauerlichen Einzelheiten von einem jüngst entdeckten Anschlag auf den Großfürsten Peter. „Es wäre nicht schade um ihn", fügte er hinzu und erging sich in der Beschreibung seiner Schandtaten. Dann wandte er sich wieder seinen Stoffen zu und teilte mit, dass die Zarin Jelisawetha Tausende und Abertausende von Kleidern besäße. Die Schönsten darunter seien freilich von ihm geliefert, denn die orientalischen Stoffe seien nichts gegen die neuen französischen Muster. Ob denn die Großfürstin Katharina auch so viele Kleider hätte, fragte Lisa beklommen.

„Nein, sie legt eher zu wenig Wert auf elegante Kleidung. Hat anderes im Kopf, ihre Bücher, ihre Pferde." Aber auch mit ihr war er nicht unzufrieden. „Sie braucht vor allem Reitkleider. Ich weiß es aus ihrem eigenen Munde, dass sie neulich einmal ganz durchnässt nach Hause zurückkehrte und, vom Pferde steigend, ihrem Schneider begegnete. Der rief entsetzt: ‚Wenn ich Ihre Hoheit so sehe, wundere ich mich nicht mehr, dass ich kaum genug Reitkleider nähen kann und dass man fortwährend neue verlangt!' Sie erfindet ihre Sättel selber. Jelisawetha Petrowna wünscht, dass sie im englischen Frauensattel reite. Das ist nicht nach Katharinas Gefallen. Sie ließ zwar gehorsam an ihrem Sattel den Haken für den seitlichen Sitz anbringen. Mit einem Kunstgriff jedoch lässt er sich teilen, und ein verborgener zweiter Steigbügel gleitet rechts herab. So reitet sie immer zunächst im englischen Sattel, und kaum ist sie der Zarin und ihrer Umgebung aus den Augen, ändert sie den Sitz. Den weiten Rock lässt sie zu beiden Seiten des Pferdes niederfallen." Er blinzelte wohlgefällig: „Könnt euch denken, welche Masse Stoff gebraucht wird für solch ein englisches Reitkleid! Ich habe ihr einen Rock geliefert, lila mit Silber –

der ganze Hof war entzückt – dichte Reihen von echten Silberknöpfen reichten bis zum Rocksaum." Und, als wäre er selbst dabei gewesen: „Wie sie den langen, schweren Rock elegant über den Arm gelegt hatte, die Zügel ergriff und mit einem Satz aufs Pferd sprang, konnte sogar die Zariza ihr Lob nicht zurückhalten. Die Hofdamen brauchen Leitern zum Besteigen ihrer geduldigen Gäule oder mehrere Stallmeister müssen sie in den Sattel heben. Katharina reitet ein edles Vollblut."

Über seinen Brokaten und Reitkleidern hatte er ganz vergessen, nach Lisas Studien zu fragen. Entzückt war er, zu hören, mit welchem Vergnügen sie beim Pastor die alten Sprachen erlernte. Ob sie denn schon verstehe, den Plutarch zu lesen? Da musste Lisa lachen: „Nein, erst muss ich die Sprache können!"

„Ach so", meinte der Holländer, „hat auch noch keine Eile, sie ist noch zu jung, würde nur Heimweh bekommen."

Die Abendmahlzeit war längst beendet. Vandermeersch konnte kein Ende finden, so viel wusste er zu erzählen. Die Unschlittkerze wollte jedoch der bewegten Luft nicht standhalten, sie vertropfte sich in aufgeregten Gebilden, die Putzschere hatte keine Ruh. So ging man bald auseinander und wünschte sich eine gute Nacht. Der Fährenschreiber musste versprechen, so früh wie irgend möglich die Überfahrt vorzunehmen. Die Mutter hatte Lisas Stübchen für den Gast geräumt. Denn das Besuchszimmer im Giebel war dem Sturm so ausgesetzt, dass der

Gast aus der Stadt heute Nacht keinen Schlaf gefunden hätte. Der Vater war unempfindlich gegen dieses gewohnte Rütteln und Tosen. Lisa musste bei der Mutter schlafen. Das viele Hin und Her des Umräumens ließ die Mutter als Erste in ruhigen Schlaf versinken. Lisa neben ihr war froh, dass sie nicht allein sein musste. Aber die Mutter war in ihrem tiefen Schlaf weit fort und sie blieb wieder allein mit dem Sturm. Der Onkel Vandermeersch hatte es fast ärgerlich gesagt, dass sie sich diese Angst vor dem Sturm abgewöhnen müsse. Sie dachte an die Großfürstin Katharina. Die hatte sich wohl nie so um ihren Vater zu ängstigen brauchen. Sie wollte sich ja Mühe geben, wollte lernen, lernen, um ihr eine rechte Gefährtin zu werden. Was hatte sie nicht heute wieder alles von ihr gehört: lustig sei es oft bei ihr. Manchmal müssten alle ihre Frauen sich auf den Boden setzen, damit sie sie der Reihe nach coiffieren könnte. Oder sie spielten „Blinde Kuh" und tollten im Zimmer umher. „Was hat sie auch sonst von ihrem Leben!", hatte Vandermeersch gesagt. Sie fühlte Mitleid, sie wollte gut zu ihr sein. Nun hörte sie den Sturm nicht mehr. Im Gespräche und Spiel mit ihrer zukünftigen Herrin schlief sie ein.

Vandermeersch bedauerte den Verzug im Fährenhaus nicht mehr. Er hatte sich überzeugen können, dass sein Zukunftsplan der Erfüllung entgegenreifte. Der Fährenschreiber hatte nichts mehr eingewendet. Und Lisa? Sie war ein kluges Mädchen, sie lernte eifrig und war immer reizender anzusehen. Keine Bessere hätte er sich für diese Aufgabe wünschen können. Er sah schon, wie er sie bei der Großfürstin einführte und überlegte, wie er sie dafür kleiden würde – zum Küssen! Die allerschönsten Farben und Stoffarten woben sich in seine Träume.

Einer im Haus aber konnte keinen Schlaf finden. Nicht, weil der Sturm gegen den Giebel geiferte. Den war der Fährenschreiber gewohnt. Aber das kleine Fenster musste ihn hereingelassen haben, alles wirbelte durcheinander. Brokatkleider von prächtigstem Glanz zogen in lästerlichem Tanz an seinen geschlossenen Augen vorüber. Edelsteine blitzten auf. Unwillig wollte er ihnen wehren. Was gingen sie ihn an, die Tausende von Kleidern der Zarin Elisabeth? Dabei perlte der Angstschweiß auf seiner Stirn. Er hätte ächzen und brüllen mögen wie der Sturm. Johann Vahrenhorst versuchte Halt zu gebieten, alles zur Tür hinauszuschieben. Aber es kamen immer neue Kleider durch dieses kleine Fenster herein. Das waren nicht mehr die Kleider einer einzigen Zarin, das waren die Kleider von ungezählten Ehrendamen und Fürstinnen, vom ganzen Hofstaat. Und in den Kleidern hingen entseelte Körper, die tanzten und tanzten. Die blitzenden Diamanten hatten sich in Rubine verwandelt, rot vom Blut ihrer Trägerinnen. Dann drängten sich weingerötete Gesichter vor, widrige Fratzen, geile Blicke, die auf das einzige Wesen aus Fleisch und Blut gerichtet waren, auf Lisa!

Lisa! Beim gewaltsamen, unhörbaren Ruf gab es einen Ruck durch die Glieder, ein kurzes Hinab im undichten Schlaf. Der gespenstische Tanz war beendet. Kein Sturm mehr, kein Anrennen gegen die Giebelwand, kein Ächzen der Föhren drüben im Bahrenbusch. Der Sturm hatte Johann Vahrenhorst selbst gepackt und zehn Jahre zurückgeschleudert. Da steht er wieder auf der Fähre. Seine

Hände umklammern das Trossenseil. Alles ist genau wie damals, nur dass auf der Fähre ein vierspänniger Wagen steht. Darin sitzt Lisa in einem Kleid aus Silberbrokat und Goldschlägerhaut – tierische Membran – das Kostbarste, was in Lyon hergestellt wird …

Er zieht am Trossenseil, zieht. Damals hatte er die Stimme gehört: „Fährenschreiber, ich helfe dir!“ Wo bleibt die Stimme? Ist er heute nicht in ärgerer Not? Damals ging es um *sein* Leben. Jetzt geht es um Lisa. Seine fieberfeuchten Hände können nicht mehr halten. Die erlahmten Finger lassen das Lenkseil los. Nur noch ein Augenblick … Und der Sturm treibt ihn samt seiner Fähre weit hinaus ins offene Meer unlotbaren Schlummers.

Die Nacht war noch nicht vergangen. Der Sturm war allmählich im Abebben. Da geschah ein anderes Rütteln gegen das Haus, unten an der Tür, am Fensterladen. Stimmen riefen, überschrien den Sturm. „Fährenschreiber!“

Die beiden Männer schliefen so tief, dass sie davon nicht aufgewacht wären. Erst als das Wehgeschrei der Frauen durch das Haus gellte: „Fui, Wai, Erbarmung!“, tauchten sie aus der Tiefe ihres Schlafs empor. Und immer wieder kam es wie von weit, weit her: „Fährenschreiber!“ Die Stimme? Noch nicht ganz bei sich, horchte Johann Vahrenhorst und wartete auf den tröstenden Satz. Immer lauter wurde es: „Fährenschreiber, Fährenschreiber!“ Das war nicht eine Stimme, das mussten mehrere sein, die riefen. Jetzt vernahm er deutlich den lettischen Tonfall des Nachbarn.

Ein Satz und er war am Fenster. „Was gibt es?“

Die Strandwache hatte die Männer geschickt, der Fährenschreiber solle schleunig kommen, ein Schiff sei gestrandet, wahrscheinlich am Bernater Riff. Die Leichen würden schon an den Strand gespült.

„Kein Leuchtturm, viel zu wenig Seezeichen! Was nützen bei solchem Sturm die Bernater Glockenbojen, das Abfeuern von Kanonenschüssen!“ Die Männer murrten. Es kämen doch gerade genug Schiffe in Seenot durch Verbrechen! Es gäbe Menschen, schlecht genug, solch ein Schiff irrezuführen, um sich der Beute zu bemächtigen.

Der Strand war inzwischen abgesucht. Angespülte Planken, zerbrochene Masten. Plötzlich der Ruf eines Matrosen, der am Ufer entlang weitergegeben wurde: „Einer hat die Augen fest!“ – „Wie denn: fest?“ – „Einer hat zuene Augen!“, verbesserte ein anderer auf echt Kurländisch. „Er lebt also?“

„Gewiss doch, muss leben!“

Die Männer eilten herzu, befühlten den Scheintoten, horchten sein Herz ab. Kein Puls war zu fühlen, der Herzschlag war kaum zu hören. „Und so ein kräftiger junger Mensch!“ – „Da ist kein Atem mehr, er ist kalt wie Eis.“ – „Er muss vor allem in die Wärme!“ – „Ja nicht in die Wärme, nur in den Windschutz, dort drüben hinter die Mauer – die Glieder sind steif, sie könnten brechen!“

Die erfahrensten der Männer trugen ihn vorsichtig an eine geschützte Stelle und versuchten, seine Kleider zu lösen. Die klebten am Körper wie Haut. Andere liefen, nasse Tücher zu holen. Damit wurden die Glieder bedeckt und gerieben, um ganz allmählich die Haut aufzutauen. „Dass nur kein Brand entsteht! Ob die Frostgeschwüre schon bis auf die Knochen gehen?“

Es dauerte lange, bis an einigen Stellen Lebenswärme zu spüren war. Vorher durfte man nicht wagen, ein Glied zu bewegen. Dann erst konnte man versuchen, durch Heben und Senken der Arme auf die Atmung einzuwirken. Jemand hatte ein Riechmittel in der Tasche. Jetzt brauchte man einen warmen Tee! „Wohin mit ihm, ins Hospital?“ – „Ist zu weit!“ „Ich werde ihn zu mir nehmen“, sagte der Fährenschreiber.

Sie holten einen Wagen, hoben ihn vorsichtig hinein und eine Viertelstunde später befand er sich in dem Bett, das der holländische Kaufmann kurz zuvor verlassen hatte.

„Er war wirklich tot?“, fragte Lisa und schauderte. Wie sehr diese Frage sie auch umtrieb, konnte sie doch keine beruhigende Antwort erhalten. Hatte sie nicht gehört, wenn jemand gestorben war, dass von „dort drüben“ noch nie jemand zurückgekehrt sei? Dass man deshalb nichts wissen könne von „dort drüben“? Von diesem aber hieß es, er sei schon so gut wie dort gewesen und dennoch zurückgekommen. Er musste also von dort wissen. Wenn man nur einmal danach fragen könnte! Aber das war unmöglich. An dieses dunkle Geheimnis durfte man nicht rühren. Lisa fühlte sich durch die Nähe des Fremden bedrückt, den man nicht anders als „den Ertrunkenen“ zu benennen wusste.

In einem Hospital hätte er es nicht besser haben können. Das ganze Haus lebte in der Sorge um den „Ertrunkenen". – „Wir haben doch schon so manchen wieder lebendig gepflegt", sagte die Mutter. Aber der „Ertrunkene" lag noch steif auf dem Rücken mit geschlossenen Augen. Sein Atem war kaum wahrzunehmen, immer wieder fasste man nach dem Handgelenk, um den Puls zu finden. Er aber schlief. Wenn er nach Stunden die Augen öffnete, fielen die Lider gleich wieder zurück. Es war schwer, ihm Nahrung einzuflößen, er konnte sich nicht bewegen. Einmal aber sah die Mutter, wie er versuchte, die Hand zu heben, um das Kreuzzeichen zu machen. „Er ist katholisch", wusste sie nun, ging hinaus und sagte es ihrem Mann. Der blickte ernst von seiner Arbeit auf: „Dann muss man zum Geistlichen gehen, damit er noch zur rechten Zeit versehen wird."

„Warte noch ein wenig", bat die Frau, „lass ihn nur schlafen, das ist das Beste für ihn". Und mit eifrigem Nicken setzte sie hinzu: „Ich habe es schon gesehen: Er wird durchkommen!"

Bei der ersten kurzen Unterredung hatte der Fährenschreiber erkannt, dass der Mann, der ihnen sonntags die Predigt hielt, Schweres durchlitten hatte. An ihn musste er denken, wenn die gespenstischen Bilder der letzten Sturmnacht vor ihm standen mit der Sorge um seine Lisa. Zu niemandem konnte er darüber sprechen. Seine Frau hätte nur versucht, sie ihm auszureden. Denn ihr gefiel ja der Plan mit dem Zarenhof.

Es ist leichter, sich einem Menschen zu öffnen, der durch Leid zur Erfahrung gelangt ist, dessen Blick in die Tiefe geschaut hat. Darum brachte er es über sich, entgegen seiner sonstigen Verschlossenheit, zum Pastor zu gehen und ihm alles zu sagen, was ihn mit Sorge und großem Zweifel an Lisas Zukunft denken ließ. Die kranken Augen des Pastors blieben lange auf einen entfernten Punkt gerichtet, weit über die Wand des Zimmers hinaus. Dann holte er den Blick mit Anstrengung zurück und begann zu sprechen: langsam, Wort für Wort, als müsse er das richtige Urteil erst suchen. Er wolle seine Bedenken nicht zerstreuen, sagte er. Und er fing an, von etwas anderem zu reden: vom französischen und englischen Freigeist, wie erschreckend der um sich greife in der vornehmen Welt, so dass sie Gut und Böse nicht mehr zu unterscheiden vermöchte. „Es gab eine Zeit“, sagte er, „da ich mich, genau wie meine Mitschüler, mit den Anhängern des Freigeistes befasste, die sich auf Collis und Bayle beriefen, eine Zeit, da wir uns bemühten in den Weltmechanismus der Dreisten einzudringen, die dem Herrgott zwar die erste Schöpfung zubilligen, ihm jedoch den Einfluss auf alle weitere Entwicklung absprechen. Die, so sagten sie, geschehe mit unerbittlicher Folgerichtigkeit aus sich selbst. Wer zu jener Zeit etwas gelten wollte, musste die Religion als einen überwundenen Kinderglauben belächeln. Das ging so lange, bis der Lehrer die großen Griechen mit uns las. Die standen auf gegen diese moderne Zeitströmung und entfachten die unruhig schwelende Glut im Jünglingsherzen zu einem ganz anderen Feuer. Seither beseelte mich nur mehr der eine Wunsch: den Menschen die Augen dafür zu öffnen, dass hinter dem neu entdeckten Mechanismus eine andere, geistige Welt stehe, die unserer Erkenntnis schwerer zugänglich ist. So begann die Zeit suchender Einsamkeit.

Ich hatte schon länger bei meinen Mitschülern bemerkt, dass es weniger die Gedankengänge der modernen Philosophen waren, denen sie ihr Interesse zuwandten, als vielmehr die Erlaubnis, die Strenge der bisher unantastbaren Sittengesetze zu durchbrechen. Konnten sie in Wahrheit glauben, durch diese Erlaubnis zur Freiheit zu gelangen? Waren sie nicht trotz aller Aufklärung in der Unwissenheit befangen, die Sokrates schimpflich nannte? ‚Vom Unrechttun und vom Ungehorsam gegen den Besseren, sei es Gott oder Mensch, davon weiß ich, dass es schlimm und hässlich ist.' Dieses Wort des alten Griechen hatte meine Erkenntnis in eine ganz andere Richtung geleitet: Ich fing an, die Lehre Christi zu verstehen. Mein Vater fürchtete, dass ich mich in meinem Eifer den Pietisten anschließen würde. Aber ich ging entschlossen den Weg, den mich die Klassik gewiesen hatte."

Nun war dem geprüften Mann die große Freude zuteil geworden, eine Schülerin zu haben, der er etwas mitteilen durfte von seinem kostbaren Gedankengut. Die Aussicht auf eine Verbindung mit dem Zarenhofe hatte auch in ihm eine Hoffnung erweckt, die allerdings von anderer Art war als die praktische Berechnung des holländischen Kaufmanns. Wenn diese Schülerin etwas hinübertragen könnte zu der jungen Großfürstin Katharina, in deren Händen dereinst die Regierung des russischen Reiches liegen würde! Man wusste von ihr, dass sie die griechischen Philosophen studierte, dass sie sogar über Plutarch eine Abhandlung geschrieben hatte. Wenn man sie durch die Lehre eines Sokrates bestärken könnte im lauteren Ernst der Verantwortung! Welch eine Wendung für das große Reich! Und er sprach von Lisa, wie er sich an ihrer guten Veranlagung freue, dass man ihr viel zutrauen dürfe, dass sie wohl imstande sei, einen solchen Einfluss auszuüben.

Johann Vahrenhorst hatte den Pastor wenig getröstet verlassen. Er hätte ihm sagen sollen, dass die Zarin Elisabeth einen Ball angeordnet hatte, auf dem alle Damen in Männerkleidern erscheinen mussten, weil sie wünschte, dass nur *ihre* Beine, die das Schönste an ihr waren, Bewunderung finden sollten. Damit aber konnte er die Ausführungen des Pastors nicht unterbrechen. Er hätte stolz sein dürfen über alles, was der Pastor von seiner Lisa gesprochen. Aber er hörte aus allem nur das Eine heraus: dass von ihm ein Opfer erwartet wurde, zu dem er sich im Innersten nicht bereit fühlte.

Es war um die Weihnachtszeit, als der Pastor seine Schülerin öfters forschend betrachtete. Ihr ernster Blick verriet Unruhe, der Klang ihrer Stimme hatte etwas Schmerzliches, beinahe Enttäuschtes. „Was ist mit Ihnen, liebes Kind? Haben Sie Kummer?" Ein ratloses Aufschauen, ein Zucken um Wangen und Mund waren ihre Antwort. Endlich kam es unbeholfen heraus: dass alle sie verachteten, weil sie so große Angst hatte beim Sturm. Der Onkel Vandermeersch sagte jedes Mal, dass sie sich diese Angst abgewöhnen müsse, und er hatte recht. Aber da war noch etwas anderes: Als der „Ertrunkene" wieder zu sich gekommen war, erzählte er auf des

Vaters Fragen von den letzten Augenblicken, deren er sich erinnern konnte, bevor das lecke Schiff unterging. Er schilderte den Kampf mit den wütenden Wogen, wie er nur noch den einen Gedanken hatte: ‚nur nicht trinken!' Und dann war doch der erste Schluck Wasser gekommen. Daran konnte er sich noch als Letztes erinnern. Da hatte Lisa ihn in atemlosem Zuhören gefragt, ob er denn nicht schon schreckliche Angst gehabt hätte, als er merkte, dass er mit dem Schiff hinunterbrach ins Meer und sich nirgends mehr festhalten konnte? Und darauf hatte er nichts geantwortet, sondern einfach gelächelt.

Das Meer hatte dem „Ertrunkenen" nichts gelassen als den kleinen schwachen Lebensfunken, der durch die behutsame Hilfe der Männer am Strand und durch die gute Pflege im Hause des Fährenschreibers wieder angefacht wurde. Sein Bündel war in den Wogen geblieben, seine Kleider hatten am erstarrten Körper geklebt und waren aufgeschnitten worden. In seiner Rocktasche hatten sich seine Papiere in aufgeweichten, unleserlichen Fetzen gefunden. Als die Erinnerung allmählich wiedergekehrt war, hatte er seinen Namen genannt, Eduard Strasdowski, und die Adresse seiner Eltern in Danzig und man hatte ihnen Mitteilung gemacht und sie gebeten, dort auf dem Stadthaus neue Papiere zu besorgen.

Kaum vermochte Eduard Strasdowski sich auf den Füßen zu halten, so wollte er seinen Wohltätern nicht länger lästig fallen, und er bat den Fährenschreiber, ihm zu einer Arbeit auf einem Schiff zu verhelfen. Er sei Seemann. In Danzig läge jedoch der Handel darnieder.

Dort aber habe man gehört, dass in den baltischen Häfen tüchtige Seeleute gesucht seien. Darum habe er sein Elternhaus verlassen und sich auf das verunglückte Schiff begeben.

„Nu fui, Erbarmung", rief die Mutter aus, „noch nie haben wir einen Schiffbrüchigen fortgelassen, bevor er nicht als gesund gelten durfte. Er aber kann ja noch nicht einmal ein paar Schritte gehen ohne Inkommoditäten!"

Schließlich gab Johann Vahrenhorst seinem Bitten nach und ließ ihn wenigstens zunächst auf der Fähre helfen. Einige Tage später sagte er zu seiner Frau: „Dieser junge Mann hat sich gewiss nicht vor der Arbeit gedrückt, wie wir zuerst vermuteten, bevor wir den Grund seiner Ausreise kannten. Wohin man ihn auch stellen mag, man kann darauf rechnen, dass ohne ein Wort zuviel, jeder Handgriff zum Ziele führt."

Die Großfürstin Katharina liebt zu tanzen, hatte Vandermeersch das letzte Mal gesagt. Lisa sollte Menuett und Gavotte erlernen. Es fand sich eine Lehrmeisterin, die einigen jungen Leuten aus den Kaufhöfen und ehrbaren Bürgerhäusern Tanzunterricht erteilte. Zum Abschluss wurden die Familien der jungen Tänzer und Tänzerinnen eingeladen, um sich am Anblick der vollendeten Tanzkunst zu erfreuen. Vandermeersch hatte für das Festkleid gesorgt. Er hatte einen hübschen Kattun mitgebracht, einen ostindischen Kaliko mit Blumen und Ranken bedruckt.

In einem festlichen Saal hatten die Zuschauer Platz genommen auf den bestickten Sesseln mit den geschwungenen Armlehnen, wie man sie damals in Frankreich bevorzugte. Die silbernen Girandolen verbreiteten ein schmeichelndes Licht. An diesem Abend erfuhr Lisa zum ersten Mal, wie angenehm es ist, anderen zu gefallen. Wie die wohlwollenden Blicke der Zuschauer ihre Bewegungen an unsichtbaren Fäden zu lenken schienen! Die feierlichen Schritte und Verbeugungen des Menuetts á la reine mit der anmutigen Neigung über dem Fächer, die sie bisher wie in der Schule, andächtig, mit ernster Miene ausgeführt hatte, übten plötzlich jene galante Wirkung aus, die von den Zuschauern so beglückend zurückstrahlt, so dass nicht zu erkennen war, wer das Leuchten in den Augen angezündet hatte, durch wen recht eigentlich die reizende Bewegung zustande kam. Alles geschah von selbst, alles wie von Wolken getragen.

Bei der forscheren Gavotte glühten die Wangen. Lebensfreude, Genuss der eigenen, eben entdeckten Schönheit wurden in Grenzen gehalten durch die exakten Töne einer lieblichen Musik der Flöten und durch die Strenge und Genauigkeit des Taktes.

Alle waren entzückt und sparten nicht mit Lob und Bewunderung. Man wollte es durchaus noch einmal sehen. Nur einer stand abseits und beteiligte sich nicht an der Bezeugung allgemeinen Wohlgefallens. Lisa hatte sogleich nach Beendigung der Tänze bemerkt, dass Eduard Strasdowskis Gesicht Missfallen ausdrückte. ‚Wäre er nur gar nicht mitgekommen', dachte sie.

Als dann auf Wiederholung des Tanzes gedrängt wurde, schob Lisa ein anderes Paar in die vorderste Reihe. Sie sagte sich zwar, dass er nur einer von all den vielen war, dem es nicht gefallen hatte. Doch der geheimnisvolle Zauber zwischen ihr und den Zuschauern war zerronnen. Wenn sie nur gewusst hätte, was er auszusetzen hatte! Die andern sagten doch immer wieder, dass sie die Pas ganz unvergleichlich ausgeführt hatte …

Sie musste zurückdenken an jenen Novembermorgen, als die Männer den „Ertrunkenen" ins Haus gebracht hatten. Und sie fühlte: Er kann keinen Gefallen finden an Menuett und Gavotte. Die Bewegungen des Tanzes kamen ihr auf einmal geziert vor. Beschämt blickte sie auf den Ausschnitt ihres hübschen Kleides nieder.

Ein Libauer Kaufherr bot Eduard Strasdowski Arbeit an auf einem seiner Schiffe, die mit ihren Ladungen nahe und ferne Häfen anliefen. Der wollte sich nicht länger zurückhalten lassen und sagte zu, obgleich er wieder als Matrose beginnen musste. Die Arbeit fiel ihm noch schwer nach der großen Schwächung durch die lange Zeit des Stilleliegens. Aber von Tag zu Tag spürte er, wie seine Muskeln sich kräftigten, die alte Freude am selbstgewählten Beruf ergriff ihn mit einem neuen Glücksgefühl. Und der Wind wehte ihm günstig.

Kaum dass sie die Rückfahrt der ersten Reise angetreten hatten, erkrankte der Kapitän an einem hitzigen Fieber. Als er sich nicht mehr aufrecht halten konnte, traf er seine Anordnungen. Er wusste nicht nur vom Bestätigungsschreiben vom Rathaus der Stadt Danzig, dass Strasdowski als Steuermann für die Küstenschifffahrt von Windau bis Antwerpen approbiert war, er selbst hatte die Befähigung dieses jungen Seemanns schnell erkannt und zögerte nicht, ihn mit seiner Stellvertretung zu betrauen. Nun war er wieder der, der er gewesen, bevor er in Seenot geraten war. Mit der Freude an der Verantwortung kamen auch die Kräfte wieder. Nachdem er das Schiff durch alle Fährnisse hindurch in den Heimathafen zurückgebracht hatte, ließ der Kaufherr ihn zu sich kommen, händigte ihm eine stattliche Summe aus und sagte ihm, dass er das nächste Mal als Steuermann auf einem seiner Schiffe zu fahren habe, und sprach sogar von Beförderung zum Kapitän. Eduard Strasdowski schlug das Herz schneller vor Freude. Aber er ließ von alledem nichts verlauten. Im Hause des Fährenschreibers kehrte er ein als der Matrose, der es vor Kurzem verlassen hatte.

Er sieht ganz anders aus, dachte Lisa und bemerkte ein lustiges Blitzen in den sonst so ernsten Augen. Ob sie wieder eine Tanzveranstaltung gehabt habe, fragte er sie. Das machte sie verlegen. Verneinend schüttelte sie den Kopf und stotterte: „Ich weiß, Ihr verachtet so etwas, es war ja auch nur …“ Sie wollte zur Entschuldigung sagen, dass sie das Tanzen der Großfürstin Katharina wegen lernen musste. Er aber lachte. „Verachten? O nein! Ich mag selber gern tanzen. Sehr gern, nur liebe ich nicht zuzusehen, wenn sie mit anderen tanzt, Jungfer Lisa!“ Er gewahrte noch gerade das glückliche Lächeln, mit dem sie sich abwandte.

Warum hat er mir das nicht früher gesagt? So fragte sie und wusste doch alles von ihm. Er glaubt womöglich, er sei mir nicht gut genug! Er hat ja immer wieder davon angefangen, dass er nichts sei und nichts habe. Vielleicht war er deshalb oft so traurig? Am liebsten wäre sie zurückgelaufen und hätte ihre Arme um seinen Hals gelegt, um ihm zu zeigen, dass sie ihn lieb habe. Aber erst musste sie doch die Mutter fragen, ob sie dürfe …,Wenn ich es ihr nur schon gesagt hätte!', dachte sie.

Sie passte einen günstigen Augenblick ab, als die Mutter gerade damit beschäftigt war, die gebügelte Wäsche in den Schrank zu ordnen. Der Wäscheschrank war von jeher ihr Stolz. Ihre raschen Bewegungen wurden zart und behutsam, wenn sie mit der Hand über die Laken und Bezüge strich. Lisa schaute ihr zuerst eine Weile zu. Es war so schwer, den rechten Anfang zu finden.

„Mama, sage mir bitte: *Muss* ich zur Großfürstin Katharina?"

Die Mutter unterbrach jäh die liebevolle Berührung ihrer Leintücher.

„Nun, liebes Kind, ich denke doch, du freust dich darauf!"

Wenn sie „liebes Kind" sagte, klang es immer vorwurfsvoll. „Ja, früher, da hatte ich mich wohl darauf gefreut, aber jetzt – nein. Jetzt möchte ich nicht mehr zu ihr." „Du möchtest nicht mehr zu ihr? Nachdem wir dich alles lernen ließen?" Nun war jede Verbindung mit der besänftigenden Wäsche abgeschnitten. Sie gab den letzten Handtüchern einen kleinen Schubs, dass sie schräg in ihr Fach glitten, und wandte sich Lisa zu. „So sage doch nur: Warum möchtest du denn nicht?" Eine lange, mutlose Pause folgte.

„Ich möchte lieber den … den …“ Es war ihr unmöglich den Namen zu nennen. Sie versuchte es mit einem neuen Anlauf: „Ich möchte lieber den ‚Ertrunkenen‘ heiraten!“

„Aber Lisa!“ Nun war die Mutter so erschrocken, dass sie selbst nicht weiter wusste.

„Ihr habt doch beide so oft gesagt, dass ihr ihn gern bei uns im Hause hattet, dass ihr ihn gut leiden mögt.“

„Ja doch, ja.“ Dies aber kam der Mutter zu überraschend. Darum fing sie an zu schelten, wie alle Mütter tun, wenn sie ratlos vor solch einer Mitteilung ihres Kindes stehen. Dann sagte sie sich zur Beruhigung, dass Lisa ja erst gekommen war, um um Erlaubnis zu fragen. Und das gefiel ihr. „Wer weiß auch, ob es so ernst gemeint ist.“ Sie war ja beinahe noch ein Kind. Die Mutter tat nun ein paar gewichtige Fragen. Ob sie auch wirklich glaube, ihn zu lieben?

„Ja.“

Und ob er ihr denn deutlich gesagt hätte, dass er sie zur Frau wünsche? Da wurde Lisa verlegen. Nein, das hatte er nicht. Aber dass er sie liebte, das wusste sie genau.

„Du musst es erst dem Papa sagen!“

Lisa bat: „Tu du es, Mama!“

Und die Mutter, selbst gar nicht einverstanden, dachte bei sich: ‚Wenn ich es ihm nur schon gesagt hätte!‘

Alles hätte Johann Vahrenhorst für seinen Schützling getan. Als aber seine Frau zu ihm kam, um ihm Lisas

Entschluss mitzuteilen, sah er sie mit zornigen Augen an: „Er ist doch Katholik!“

Seine heftige Abwehr rückte sie nun ganz auf Lisas Seite. „Erbarmung! So sei doch vernünftig! Mischehen sind hierzulande wahrlich keine Seltenheit. Man einigt sich vorher, wie viele es tun: die Knaben werden katholisch, die Mädchen evangelisch.“ Johann Vahrenhorst antwortete nicht. Er ging hinaus zur Fähre. Die Nacht war ohne Schlaf, erfüllt von einem unausfechtbaren Kampf. Seine Lisa: die Frau eines Katholiken!? Seit der Reformation waren die Vorfahren evangelisch gewesen. Er musste wieder jenem gespenstischen Tanz zusehen: Tausende von Kleidern der Zarin Elisabeth zogen an ihm vorbei … und wieder hörte er seine eigenen Worte, die um Hilfe flehten: „Lass dich hören, Stimme!“ Und von weitem den Ruf: „Fährenschreiber!“ Vergeblich hatte er damals auf das Versprechen gewartet: „Ich helfe dir!“ Stattdessen war der arme Scheintote in sein Haus gekommen. Sollte das die Antwort gewesen sein? Noch standen die beiden Fragen sich feindlich gegenüber, als ein kurzer Morgenschlaf sie verstummen ließ. Beim Anblick der aufgehenden Sonne aber wusste er, dass die Dankbarkeit gesiegt hatte.

Johann Vahrenhorst glaubte, dass die Nachricht von Lisas Verlobung dem Pastor eine schmerzvolle Enttäuschung bereiten werde. Dessen Augen blickten aber wie immer zunächst über die nahen Geschehnisse hinweg.

„Die Großfürstin Katharina hat ihre Vorliebe für Plato vergessen“, sagte er, als sei das Gespräch vom letzten Mal hier unterbrochen worden. „Man hört, dass sie sich nur noch mit den modernen Philosophen der Aufklärung beschäftigt. Für den Franzosen Voltaire soll sie ganz begeistert sein."

Und als müsste er sich gegen einen unausgesprochenen Vorwurf verteidigen, fuhr er fort:

„Mein Kampf gegen diese Skeptiker und Freidenker gilt am wenigsten ihrer Kritik. Mögen sie an allen Dogmen rütteln! Mag selbst ein Bayle sagen, er könne sich sehr wohl einen geordneten Staat von Atheisten denken! Wo ernste Überlegung solche Ansicht erzeugt, mag man ihr begegnen. Wenn aber diese Lehren aufgegriffen werden von den Oberflächlichen und Gedankenlosen, die frivol die gepriesene Freiheit mit Unzucht verwechseln, wohin das führt, zeigt uns das Leben der oberen Gesellschaft. Was aber geschehen wird, wenn diese Lehren bis ins Volk dringen, das vermag man sich in allen seinen zerstörerischen Folgen kaum vorzustellen!"

Der Fährenschreiber meinte aufrichtig, dass seine Lisa diese traurige Entwicklung wohl nicht hätte hindern können. Da erhob der Pastor seine Stimme:

„Wenn sie wüssten, was *ein* Mensch vermag, der überzeugt auf der Seite des Geistes steht und sich den höchsten Werten zuwendet! Es bedarf nicht immer der Belehrung oder Beeinflussung. Wir sind uns zu wenig der geheimnisvollen Ströme zwischen den Menschen bewusst. Sonst würden wir eine andere Verantwortung in uns fühlen, würden uns den göttlichen Kräften der Wahrheit offenhalten. Wenn wir erkennen würden, was wir weiterzugeben berufen sind!"

Und er sprach von Lisas wohlgeartetem Charakter und was alles er seiner Auswirkung auf ihre Umgebung zutraute. Er vermochte kaum seine Enttäuschung so weit zu unterdrücken, um dem Vater seine Segenswünsche für Lisa auszusprechen. Johann Vahrenhorst kam in schweren Gedanken nach Haus. Als er seiner Frau von der Enttäuschung des Pastors berichtete, entfuhr ihr ein Seufzer. Wenn auch ihre Beweggründe nicht die des Pastors waren, so fiel es ihr gleichfalls nicht leicht, den Zukunftsplan mit dem russischen Hof für ihre Lisa aufzugeben.

Nachdem Eduard Strasdowski von seiner zweiten Fahrt zurückgekehrt war, legte er seine neuen Kleider an und ging zum Haus des Fährenschreibers, um ihn um die Hand seiner Tochter zu bitten. Noch vor Kurzem hätte er an solch einen Augenblick nicht geglaubt, weil er vergebens nach einem Zeichen ausgeschaut hatte, das ihm Lisas Zuneigung bekundet hätte. Sie war für Höheres bestimmt. Wer war er denn? Ein armer Schiffbrüchiger, dem das Meer alles genommen hatte. Das Meer war ihm jedoch nichts schuldig geblieben.

Auf diesem Weg zum kleinen Haus des Fährenschreibers unter den kaum begrünten Birken hin, dachte er nicht an die gute Zukunft, die sein Kaufherr ihm in Aussicht gestellt hatte. Ihn erfüllte nur der eine Wunsch: Lisas glückliches Lächeln wiederzusehen, das er bei ihrer letzten Begegnung gerade noch erhascht hatte.

Der Vater machte nicht viele Worte: Er empfing ihn als Sohn und gab beiden seinen Segen.

Es galt noch, dem holländischen Kaufmann diese unerwartete Wendung mitzuteilen. ‚Wenn ich es ihm nur schon gesagt hätte', dachte nun auch der Vater.

Es war inzwischen Juni geworden. Die feuchte Wärme lag bewegungslos über dem Strand. Mitsommernacht! Wo wird sie mit solcher Inbrunst gefeiert wie in den baltischen Landen! Dort war im Volk ja immer noch ein Rest des alten Glaubens lebendig, dass die Sonne als eine Schaukel zwischen den Wolken hinge. Und in der Johannisnacht spürte man ihr beglückendes Schwingen.

Der Bräutigam versprach, an diesem Abend im Haus der Braut zu sein. Lisa hatte Sträuße gewunden aus all den schönen zierlichen Blumen, die in der Strandgegend zu finden waren: kleine tiefblaue Glockenblumen, gelbe Sternchen und weißflockige Rispen. Abends gingen sie alle hinüber an den Strand.

Am Ufer entlang waren Teerfässer in dichter Reihe auf hohen Pfosten befestigt worden. Diese großen Fackeln vervielfachten sich im Spiegel der Wellen. Dem Flusslauf zu, wo das Wasser ruhig wurde, tauchten die beleuchteten Barken auf. Von allen Seiten ertönte das Lihgo-Jaanit, das alte lettische Lied der Sonnenanbetung. Die Männer standen um ein Feuer geschart, ein wenig abseits von ihnen Gruppen von Frauen und jungen Mädchen, die Eichenkränze und Girlanden über den Armen hängen hatten; im Haar trugen sie Kränze aus den verschiedensten Strandgräsern. Sie besangen sich gegenseitig und erfanden dabei immer neue Strophen aus dem glücklichen Augenblick heraus:

„Guten Abend, Johannisvater, guten Abend, Johannismutter! Ligho, Ligho!“, hieß es da und mit dieser Ligho meinten sie immer die Göttin, deren Beistand sie gerade brauchten, die große Allmutter Erde, die erblühende Tochter, in erster Linie aber galt der Anruf der Liebesgöttin, auch dann, wenn sie sich bemühten, das Fest in ein christliches Mäntelchen zu hüllen.

„Johanniskinder sind nass geworden
beim Suchen von Johanniskraut.
Ligho-Ligho Jaanit!“

Lisa fühlte sich inmitten dieses großen Schwingens, dem sie sich heute zum ersten Mal ganz zu überlassen wagte. Denn ihre Hand ruhte sicher auf dem Arm, dessen Kraft nun ihr gehörte.

„Hier ist die Stelle, wo sie mich damals beinahe tot am Ufer fanden“, sagte er. Sie schmiegte sich an ihn, um ein Geständnis zu machen. „Damals fürchtete ich mich vor dir, lange, lange …“

„Meinst du, das hätte ich nicht gewusst?“

„Wie konntest du das wissen? Ich habe es dich doch nie merken lassen!“

„So etwas weiß man.“

„Aber dass ich dich liebte, hast du nicht gewusst!“

Sie hatten sich vom Meer abgewandt und blieben stehen. Über das ganze Land hin flammte das Feuer auf. Die Luft war voll vom Hochgesang über das Schwingen des Lichtes.

Gerade an diesem Abend war der holländische Kaufmann eingetroffen. „Mit unserer Lisa ist es nun doch anders geworden“, sagte der Fährenschreiber rasch nach der Begrüßung, um die Mitteilung hinter sich zu haben.

„Das ist es ja eben“, fiel ihm der Kaufmann lebhaft ins Wort und redete, redete, erfüllt von Neuigkeiten aus der Welt. „Wie gut“, dachte Vahrenhorst, „er weiß es schon.“

Aber gar nichts wusste Vandermeersch. Denn als dann Lisa am Arm des stattlichen Steuermanns heimkehrte, entfuhr ihm ein aufgeregtes: „Was ist denn das?“, und er überschüttete den Freund mit Vorwürfen, warum er das nicht gleich mitgeteilt hätte. Der Fährenschreiber wehrte sich.

„Ich habe es dir mitgeteilt, mein Lieber! Du aber gabst zur Antwort: ‚Das ist es ja eben‘!“

Lisa jubelte. Selbst der Holländer musste lachen. Und er gestand, dass er sich schon seit Längerem mit dem peinlichen Gedanken herumtrug: „Wenn ich's nur erst gesagt hätte im Haus an der Fähre!“

Alle sahen ihn erstaunt an und suchten nach einer Erklärung. „Ich könnte eure Lisa nicht mehr an den Zarenhof bringen! Ihr dürft mir glauben, ich weiß dort so genau Bescheid wie in der nächsten Bekanntschaft. Zustände, sage ich euch, Zustände! Ich werde doch die Lisinka nicht ins Verderben führen! Wenn ich nur gewusst hätte, wie es euch sagen! Ich habe euch veranlasst, das Kind lernen zu lassen. Es war mir fürchterlich fatal!“

Dann schüttete er seine Verwünschungen aus über die Zarin Elisabeth. „Das ist ein Lebenswandel, sage ich euch, ein Lebenswandel! Sie gehört nach Sibirien. Wie die mit ihren Damen verfährt! Sie schickt eine jede fort, sobald die Großfürstin Katharina nur Gefallen an ihr findet. Dann sucht man ihr einen Mann aus, einerlei ob die Dame ihn nach ihrem Geschmack findet oder nicht, sie muss ihn heiraten. Sogar der Lieblingsdame der Großfürstin ist es so gegangen. Ein anderes Fräulein wurde gleichfalls zu einer schlechten Heirat gezwungen, weil der Kammerkavalier der Kaiserin eine zärtliche Neigung zu ihr gefasst hatte, damit er sie zugunsten der Kaiserin aus dem Gesicht verliere. Die Ärmste wurde vor Gram schwindsüchtig und starb."

Er redete noch lange, um seiner Empörung Luft zu machen. „So geht es in der Umgebung der Großfürstin zu?", entsetzte sich die Mutter. Und der Gedanke an den Zarenhof hatte jede Lockung für sie verloren. Der Spuk war zu Ende. Der Holländer nahm seinen Freund beiseite. Jetzt hatte er keinen Grund mehr zu schweigen. Er schilderte das Leben am Moskauer Hof wahrheitsgetreu. Und mit vorgehaltener Hand, als dürften es selbst die Wände nicht hören, flüsterte er: „Sie haben dort die Vielmännerei eingeführt!"

Johann Vahrenhorst wollte erst nicht verstehen. Da half der Holländer nach mit allem, was er von den empörenden Veranstaltungen wusste. Während sich beim holländischen Kaufmann noch eine geheime Freude am Klatsch in seine Schilderungen mischte, fühlte Johann Vahrenhorst, wie eine bisher unbekannte Angst ihm die Kehle zuschnürte.

Die beiden schlimmsten Nächte seines Lebens stehen

wieder vor ihm. In der ersten, der Sturmnacht auf der Fähre, hatte er die Stimme gehört: „Fährenschreiber, ich helfe dir!“ Er weiß, dass auch in der zweiten, gefährlichen Nacht jemand neben ihm gestanden hatte, der nicht zuließ, dass seiner Lisa ein Leid geschehe. Jetzt schweigt der Sturm vom Eismeer. Johann Vahrenhorst steht mitten in einer Windstille, die einsam macht. Vor seinen Blicken hat sich ein Dunkel aufgetan, gefährlicher, als er es je erlebt. Er sieht, wie dieses Dunkel vom gewaltigsten Thron aufsteigt und sich langsam, langsam über das ganze Land legen will bis an den Rand des russischen Reiches. Und als gäbe es nur noch eine einzige Frage für ihn, sagt er: „Was soll aus Russland werden?

Der Nachtwächter
UM 1815

Joseph Schulze musste seiner Frau recht geben. Die Vorschläge waren vernünftig, die sie ihm verlockend entgegenhielt in schier unaufhörlichem Zureden, manchmal bis nahe an Mitternacht, wenn die Unschlittkerze längst ausgelöscht war, und er sogar zwischendurch schon von dem hohen Traumgeäste hinabgestürzt war in wohlverdienten Schlaf.

Seine Frau war ein spätgeborenes Kind aus der Ehe des Kapitäns Eduard Strasdowski und seiner Frau Lisa, und nach jener Verabredung im Haus des Fährenschreibers evangelisch getauft und von der Mutter in ihrem Glauben erzogen worden. Manchmal, wenn es Joseph Schulze zu viel wurde, dieses „du könntest doch, du solltest doch“, dann konnte es geschehen, dass eine Frage leise an ihn heranschlich: ob dieses eindringliche Zureden wohl vom anderen Glauben herrühren mochte? Aber ebenso schnell und leise wie diese Frage gekommen war, hatte er sie wieder fortgeschoben – weit fort. Seine Frau war ihm immer recht. Er liebte sie. Und dieses ewige: „du könntest doch … die anderen haben es ja auch so gemacht“, das ist Eva. Sie weiß genau, dass der Mann auf die Dauer nicht widerstehen kann und trotz allem nachgibt, wenn er sich auch vorgenommen hatte, es nicht zu tun.

Von sich aus hätte er die Freunde nicht um Geld angegangen. Er hätte ruhig das fremde Schiff weiter gefahren, so lange, bis er schließlich die ganze Summe selbst hätte aufbringen können für eine eigene Barke oder Schaluppe, die freilich auch sein sehnlichster Wunsch war.

Als Joseph Schulze dem Gedanken endlich Raum gegeben hatte, erhob sich die Frage, nach welchem Modell das Schiff gebaut werden sollte. Eine Schaluppe genügte eigentlich nicht. Das Schiff musste doch standhalten, wenn es einmal durch die offene See über Holland hinausging. Vielleicht eine Barke mit zwei Segeln und einem Mast für Gaffelsegel oder ein englisches Vollschiff mit drei Masten und einem oder zwei Barkmasten? „Ein Dampfschiff mit Schaufelrädern“, sagte träumerisch die Frau, denn das war etwas ganz Neues. Man hörte davon wie von einem Wunder reden, man sei da nicht mehr abhängig von den Winden. Die Maschine fauchte und pustete, um die Räder anzutreiben. Und die arbeiteten sich durch die Wellen, mochten die Winde stehen, wo sie wollten. Aber das konnte ein Privatmann nicht aufbringen, namentlich wenn er das Geld dazu leihen musste. Es wurde mit den Freunden beraten, die sich bereit erklärt hatten, die Summe vorzustrecken. Sie taten es gern und ohne die geringsten Bedenken. Sie wussten ja, wem sie es liehen. Er sollte auch nicht zu sehr sparen, sagten sie. Wenn man schon einmal baut, muss es auch ein Schiff werden, das sich sehen lassen kann, ein richtiges Kauffahrtenschiff. Endlich entschied man sich für einen Schoner.

Da war Joseph Schulze nun heimgekehrt von der ersten Fahrt mit dem eigenen Schiff. Es lag im Libauer Hafen und glänzte in der Sonne. Der Verdienst war natürlich nicht zu vergleichen mit dem, was er bisher vom Besitzer des fremden Schiffes an Lohn empfangen hatte. Der ließ ihn seinerzeit ungern ziehen, denn Joseph war ein tüchtiger, gewissenhafter Seemann. „Siehst du, wie sehr ich recht hatte?“, sagte die Frau. „Es wäre doch ein Jammer gewesen, wenn du es nicht getan hättest. Wie gut, dass ich nicht nachließ, dir zuzureden!“ Und sie redete wieder eine Zeitlang auf ihn ein. Aber nicht bis Mitternacht. Das war nun nicht mehr nötig.

In einem Jahr hatte er schon viel erreicht. Wenn das stattliche Schiff für etliche Ruhetage im Hafen vor Anker lag, geschah es, dass immer wieder ein Holzaufkäufer an die Wohnungstür pochte und Joseph zu sprechen wünschte: ob er wohl auch für ihn eine Ladung nach Holland übernehmen könne? „Du wirst nur zu bald ein zweites Schiff haben müssen“, sagte die Frau, bis jetzt noch im scherzenden Ton. Aber hatte sie nicht wiederum recht?

Wenn das Geld einging von den verschiedenen Kaufherren, deren Frachten auf seinem Schiff befördert wurden, legte Joseph jedes Mal den größten Teil des Verdienstes in eine Schatulle, um ihn so schnell wie möglich einem der Freunde zu bringen, die ihm das

Geld zum Schiffbau geliehen hatten. Und er fühlte sich jedes Mal erleichtert, wenn er in seinem Buch wieder eine beträchtliche Summe von seiner Schuld abziehen konnte. Natürlich ging es langsam. Von sich aus hätte er gern jeweils noch einen größeren Betrag zurückgelegt. Aber etwas Geld brauchte die Frau für den Haushalt. Das musste er ja einsehen. Sie waren immerhin fünf Personen. Und für ihre Kinder wollten sie alles tun. Es waren zwei Knaben und ein Mädchen und die beiden Älteren waren nicht so kräftig, wie man es bei den gesunden Eltern hätte erwarten können.

Unruhig waren die Jahre, seit die Reste des französischen Heeres von ihrem Feldzug unter Kaiser Napoleon zurückfluteten durch die Ostseeländer. Alte Missbräuche lebten sogar bei der Schifffahrt wieder auf. Das verarmte Volk der Besiegten war darauf aus, in den Besitz von Waren zu gelangen, die ihm infolge eines unglücklichen Krieges mangelten.

Joseph Schulze war wieder unterwegs mit seinem voll beladenen Schoner. Kurz bevor er die holländische Küste erreichte, wurde er von einem fremden Schiff mit starker Besatzung angehalten. Es fuhr unter französischer Flagge. Der Kapitän legte ihm den Kaperbrief vor. Darin standen die Waren aufgezählt, die er an Bord hatte. Genauer hätte selbst Joseph sie nicht diktieren können. Sein Schoner wurde als gute Prise erklärt und von den fremden Seeleuten weitergesteuert. Joseph musste zusehen, wie er mit seinen Männern nach Hause kam. Die Nachricht wirkte wie ein lähmender Schlag auf alle, deren Schiffe die Meere befuhren.

„Schon der zweite Fall seit Aufhebung der Kontinentalsperre!"

„Ein Kaperbrief mit genauer Angabe der mitgeführten Waren? Dahinter steckt Verrat!"

Aber was nützte es, solchen Gedanken nachzuhängen. „Du wirst doch wenigstens um Entschädigung vorstellig!?"

„Wie? Zwecklos? Eine Schande, wenn der Staat keine Entschädigung zahlt! Das ist Russland!"

Derlei Gesprächen ging Joseph aus dem Wege. Das Schiff war fort. Nur nicht viel darüber reden. Solch ein Schrecken, der das Leben aus den Fugen reißt, vergrößert den Menschen im ersten Augenblick. Der ganze Körper dehnt sich vor Anstrengung, weil der Schreck in ihm Raum gewinnen muss. Sonst könnte er tödlich werden. Diese Anstrengung macht schwer und dumpf.

Als Joseph heimkehrte, war Sommer. Die weichen Seewinde spielten in den Lindenkronen. Wie fremd war ihm das Festland geworden! Drüben vom Strand aus konnte der Blick über das grün-bunte Wellengefieder streichen, weithin, so weit, bis es sich fern im Himmel verliert. Es war, als stünde man auf dem Schiff. Dort musste er noch einen Augenblick verweilen, ehe er sich seinem Häuschen zuwandte. Die Wellen kamen auf den Strand zu, grau und undurchdringlich als wollten sie nach einem greifen, und wichen zurück als wollten sie einen mit sich ziehen. Das Meer kann grausam sein.

So wie er in diesem Augenblick, so hatte einst drüben an der Nordseeküste ein alter Seemann über das Meer geschaut. Früher sei er immer nach Haus gekommen zu seiner alten Schwester, so hatte deren Magd ihm dort erzählt. Oft erst nach Monaten. Aber er war nur gekommen, um so bald wie möglich wieder hinauszufahren. Dann wunderte man sich, als seine Fahrten allmählich immer kürzer wurden und der Aufenthalt zu Hause ein wenig länger. Er saß dann mit der Pfeife im Mund, bog die Knie auseinander und sah zwischen ihnen hindurch auf den Boden. Dann erhob er sich eines Tages mit einem Ruck: Er wollte es erzwingen. „Er konnte es einfach nicht aushalten, das Zuhausesitzen. Aber er war zu alt, um noch auf See zu gehen. Und doch war er noch einmal ausgezogen und er kehrte nicht mehr zurück." So hatte es die alte Magd erzählt, mit kargen Worten, wie eine vergessene Sage. Joseph sah sie noch vor sich stehen, er war in seinen Gedanken jetzt ganz dort an der Nordseeküste. Fast hätte er darüber vergessen, dass er nach Hause musste. Für immer nach Hause. „Er konnte das nicht, das Zuhausesitzen. Aber er war zu alt, auf See zu gehen … "

Er war noch nicht zu alt, auf See zu gehen … Ungeschickt versuchte er ein paar Sätze vor sich hin, mit denen er seiner Frau sagen wollte, dass das Schiff verloren sei. Er machte sich auf Weinen und Wehklagen gefasst. Das Schiff war doch ihr Ein und Alles!

Die Frau zuckte zusammen, als sie begriffen hatte. Dann aber wurde sie ganz still. Sie sah, dass er selbst den Schmerz kaum verbergen konnte. Etwas anderes erschreckte sie: Wie bleich und elend sah er aus! Sie fasste mit einer sanften Bewegung nach seiner Hand und zog ihn an den Tisch. Er bedurfte der Erquickung. Joseph folgte ihrem Hantieren, erstaunt, bewundernd. ‚Welche Frau!', dachte er und er musste ihr immer wieder zuschauen. Dass er sie lieb hatte, wusste er. Darum war auch das Heimkommen jedes Mal so hell wie der strahlendste Sommertag. Aber noch nie war sie ihm so schön erschienen wie heute. Nein, so schön hatte er sie noch nie gesehen. Er redete kein weiteres Wort über den traurigen Verlust. Er hätte ihr ja vorhalten können, dass sie es recht eigentlich war, die ihn überredet hatte zu dem Bau dieses unglückseligen Schiffes, gegen seine eigene Überzeugung. Aber das tut ein rechter Mann nicht. Außerdem lag es nicht in Josephs Natur, den anderen zu beschuldigen, besonders nicht seine Frau. Wenngleich ihr Zureden ihm oft genug lästig geworden war, ja, ihn bis an den Rand der Geduld hatte bringen können. Jetzt sah er, mit welcher Einfachheit und Würde sie Schicksal hinzunehmen vermochte.

Das ganze Häuschen schien, obgleich es aus Holz gebaut war, über Nacht versteinert. Denn auch die Kinder hatten ängstlich scheue Gesichtchen bekommen, besonders die beiden älteren, die zart waren und den Kummer der Eltern mitfühlten, ohne ihn zu begreifen. Für ihre Spiele war es zwar einerlei, ob drüben im großen Hafen ein Schiff lag, das dem Vater gehörte oder nicht. Sie durften doch nicht allein hingehen und zwischen den Gestängen herumkriechen. Es war nicht möglich, auf einmal alles mit Gedanken zu erfassen, was mit dem Schiff dahin war. Dabei erschien das Verlorene bei Weitem nicht das Schlimmste, sondern das was blieb. Noch vor Kurzem hatte Joseph überrechnet, dass die Schulden schon gar nicht mehr so groß waren. Er brauchte nur noch ein-, höchstens zweimal in See zu stechen mit den Frachten nach Holland und Belgien. Die Rücktransporte wurden jedes Mal bedeutender. Danach hätte er leicht den Rest der Summe für den Bau des Schiffes zurückbezahlen können. So sehr war die Schuld schon zusammengeschmolzen und das nur deshalb, weil man eben immer nur das Allernötigste für den Haushalt einbehalten hatte. Nun war dieser noch zu zahlende Rest mit einem Schlage riesengroß geworden. Man konnte gar nicht auf die Zahlen hinschauen! Und das Leben musste doch weitergehen, das Häuschen, der kleine Acker, die Frau, die drei Kinder wollten erhalten sein. Und das vierte Kind sollte in wenigen Monaten dazu kommen. Nein, man konnte nicht auf diese Zahlen schauen, ohne zu verzweifeln.

Die Frau hatte sich sofort stillschweigend um vieles mehr eingeschränkt als in den letzten Monaten. Aber etwas Geld brauchte man dennoch für die Bedürfnisse eines jeden Tages. Wenn es abends auch nur eine Mehlsuppe gab und ein Stück trockenes Brot dazu. „Du hast ja wohl die letzte Summe noch gar nicht an die Freunde ausgehändigt", versuchte die Frau zu trösten, „so reichen wir doch wenigstens für den nächsten Monat."

Er sagte darauf kein Wort, sondern zog die Lippen

ein, dass sie ganz schmal wurden. Das gerade sollte das Erste sein, dass er diese Summe unangetastet unter die Freunde verteilte, denen er noch schuldete. Das Wenige darüber hinaus würde allerdings nicht lange reichen, das wusste er.

„Du kannst dich bei deinem früheren Brotherrn melden. Er wird nur froh sein, wenn du wiederkommst und sein Schiff fährst. Dann wird schon alles werden. Ehedem ist es ja auch gegangen."

Da wurden seine Lippen noch schmaler, so dass man sie kaum noch sah. Aber der feine, zarte Schwung an der Stelle, wo sie in die Wangen übergehen, der wurde umso deutlicher, wie mit einem sicheren Stift nachgezogen.

Als er allein in der Wohnstube stand, sah er sich darin um. Die war zum Glück genauso einfach geblieben wie vor dem Besitz des Schiffes. Der Anblick hatte nichts Beschämendes. Das ist gut, dachte er. Manches Mal war er schon in Versuchung gekommen, seiner Frau etwas Schönes mitzubringen: eine Vase mit chinesischen Landschaften drauf oder ein Tischchen mit Perlmutteinlagen. Sie liebte doch so etwas. Er hatte immer widerstanden.

Sein Auge fiel auf die Ecke mit dem Kruzifix und den zwei Frauen darunter. Er faltete unwillkürlich die Hände. Denn er wusste, dass es nicht freundlich war, mit keinem Wort auf das einzugehen, was seine Frau ihm gerade gesagt hatte. Es fiel ihm leichter, die Gottesmutter dafür um Verzeihung zu bitten. Die verstand auch, dass es ihm unmöglich war, zu seinem alten Brotherren zu gehen mit dem Ersuchen, ihn auf seinem alten Platz wieder einzustellen. Der hatte ja inzwischen längst einen anderen Kapitän. Und dieser musste sich vorher in einer ähnlichen Lage befunden haben wie er heute. Denn als er damals fortgegangen war, um sein eigenes Schiff zu fahren, hatte der andere sich bei ihm so überschwänglich bedankt, dass er es jetzt keinesfalls übers Herz gebracht hätte, ihm die sichere Arbeit mit dem guten Auskommen wieder zu nehmen.

Er wandte sich an verschiedene Stellen und versuchte es bei anderen Schiffseigentümern. Aber die Nachricht vom gekaperten Schiff hatte so lähmend gewirkt, dass bei der jetzigen Unsicherheit der Meere die Reedereien ihre Schiffe zurückhielten und keine neuen Kräfte einstellten. Schließlich musste Joseph sich sagen, dass nichts für ihn übrig blieb als die einfachste Arbeit auf irgendeinem Küstenschiff, mit der er einst, wie alle Seeleute, seine Laufbahn angetreten hatte. Aber diese Matrosen waren meist jung und ledig. Danach war auch der Verdienst. Er jedoch hatte das Häuschen, den Acker, die Frau, drei Kinder, und das vierte …

Diesen letzten Ausweg seiner Frau zu gestehen, konnte er sich noch nicht entschließen. Obgleich der kleine Rest des zurückgehaltenen Geldes erschreckend zusammenschmolz. Auch in seinem Innern, ja, an seinem Körper verspürte er ein Schwinden, nur winzig, aber fortwährend, das er nicht aufzuhalten vermochte. Der Schrecken war längst vorüber, der groß und dumpf machte. Statt seiner hatte sich ein stechendes Gefühl eingestellt, bei jedem Herzschlag, so als hakte er ein bisschen an. Das weitete nicht aus, das machte eng und klein.

„Warum musste gerade *mir* solch ein Unglück widerfahren? Warum gerade *mir*? Alle anderen sind heimgekehrt mit ihren Schiffen, unbehelligt. Warum gerade *mir*?“ Jeden Tag fiel es ihm schwerer, die Luft einzuholen, die er doch zum Atmen brauchte. Die Schritte wurden langsamer, eine Kleinigkeit nur, aber immer war es, als zöge ihn ein Gewicht rückwärts. Einmal spürte er sogar, wie die Hand, die im gefährlichsten Sturm so ruhig das Steuer gehalten hatte, wie diese gleiche Hand, als er mit dem Löffel etwas Suppe aus der Schüssel nehmen wollte, mit einem sonderbaren Zittern ein wenig von der Richtung abwich. Das Essen konnte er kaum hinunterbringen. Er musste an den Kapitän denken, der zu alt war, auf See zu gehen. „Er konnte das nicht, das Zuhausesitzen.“ Und er? Wenn er noch lange so daheim blieb mit dem stieren Blick auf die Diele, dann könnte es geschehen, dass er es nicht mehr vermöchte sich aufzuraffen, die Haustür zu öffnen und über die Straße zu gehen. Wer an ihm vorüberging, sah ihn ja doch an, neugierig oder mitleidig.

„Ihr habt zum Glück so viele Verwandte hierzulande“, sagten die Bekannten, sich selbst zur Beruhigung. Es war etwas Wahres daran: Als Josephs Vorfahren um 1700 aus einem Dorf bei Papenburg im Ostfriesischen nach Kurland auswanderten, da waren ihrer viele. Auf der Libauer Werft hatten sie sich als Schiffbauer eingefunden, als in herzoglicher Zeit die großen Holzschiffe gebaut wurden. Andere gingen aufs Land und fingen als Windmüller an, andere wurden Gelbgießer und zogen in die Stadt. Sie waren alle gut vorangekommen, denn sie galten als fleißige, kluge Leute. Als aber die Franzosen auf ihrem Rückzug von Moskau das Land durchzogen und ganz Kurland ausgeplündert hatten, waren sie fortgegangen, sie waren nach allen Richtungen auseinandergelaufen. War wirklich noch der eine oder andere dort zurückgeblieben, so fehlte ihm nun alles. Nicht ein Huhn hatten die Franzosen übriggelassen, nicht eine Unze Getreide, obgleich sie nur ein halbes Jahr dort gehaust hatten. Wohlhabend blieben nur die, die ihr Vermögen im Ausland hatten. Auch war es einzelnen Gutsbesitzern gelungen, sich mit ihrem Vieh in den großen Wäldern versteckt zu halten. Die konnten einen kümmerlichen Rest hinüberretten. Aber solche fanden sich nicht in Josephs Verwandtschaft.

Eines Morgens wurde in den Straßen der Stadt Libau eine Nachricht laut. Wenn sich auch Joseph und seine Frau möglichst von den Menschen zurückzogen, seit ihnen das Unglück mit dem Schiff widerfahren war, diese Nachricht fand doch den Weg zu ihnen: Der alte Nachtwächter, der fast seit einem Menschenalter seinen Dienst für die Stadt versehen hatte, war plötzlich gestorben.

„Nu, fui, Erbarmung!", sagte die Frau beleidigt, als Joseph dieser Nachricht ein Wort hinzufügte. „Du wirst dich doch nicht um solch einen gewöhnlichen Posten bewerben! Ein Nachtwächter, du …" Joseph antwortete nicht. Er überlegte. Für ihn gab es nur ein einziges Amt, das er auch jetzt zurückgewiesen hätte: das des Profos, des Schinders, dem die Ausführung der grausamen Strafen und Züchtigungen oblag. Er ließ keinen Tag verstreichen. Ohne sich weiter zu bedenken, riss er sich mit einem Ruck zusammen und meldete sich im Stadthaus beim Bürgermeister. Der war mit einer entfernten Verwandten seiner Frau verheiratet.

Der Bürgermeister, auf solch eine Bewerbung nicht vorbereitet, musste einen Scherz verschlucken, denn er hatte im ersten Augenblick nicht an das verlorene Schiff gedacht. Ein Kapitän, der sich um den Nachtwächterposten bewarb, noch dazu ein, wenn auch recht entfernter Verwandter! Der Gedanke war ihm peinlich. Darum redete er von allen möglichen Berufen und Beschäftigungen, nannte die ökonomischen Beamten, die seit kurzem von der Stadt gewählt wurden: Stadtwäger, Stadtbraker, Brückenzolleinnehmer. Er sprach so gern davon, weil es ein großer Sieg der Stadtverwaltung war, denn vormals hatte der Magistrat diese Stellen zu vergeben gehabt.

Aber er wusste doch selbst am besten, dass keine dieser Stellen frei war! Joseph hatte längst nachgeforscht. Es kostete Mühe, diesen Bürgermeister, der so viel wusste und so flüssig zu reden verstand, auf eine Bitte zu richten, die ihm nicht gefiel. Als er jedoch merkte, dass Joseph darauf beharrte, ließ er von seinen Ratschlägen ab.

Viel Hoffnung konnte sich Joseph nicht machen, als er von diesem Gang nach Hause kam. Mit solch einem Bürgermeister ließ sich nicht so einfach reden von Mensch zu Mensch. Womöglich sah er gar nicht seine Not. Es folgten wieder bedrückende Tage. Lange Tage des Wartens. Das Geld wurde immer weniger.

Weil aber Joseph von allen Bewerbern der jüngste und

kräftigste war, bekam er den Posten. Der Bürgermeister hatte wohl doch ein empfehlendes Wort für ihn eingelegt. Er hatte sogar seiner Frau gesagt, sie solle hin und wieder die entfernte Verwandte aufsuchen.

Wenigstens konnte man nun mit einer pünktlichen Entlohnung rechnen. Der Seemann wollte festen Boden unter den Füßen haben. Er trat seinen Dienst an. Im Rathaus empfing er vom Amtsdiener seine Ausrüstung. Um Feuer melden zu können, musste er sich jeden Abend die Schnarre umschnallen lassen. Das Horn wurde ihm über die rechte Schulter gehängt zum Verkünden von Aufruhr. Der Spieß sollte zu seiner eigenen Sicherheit dienen und die Laterne zum Hineinleuchten in alle dunklen Winkel. Die Nacht war ihm nie fremd gewesen, die andere, draußen auf den Meeren, die so groß und ernst über die Wogen dahinschreitet, voll Versöhnung von einem Weltteil zum andern, umwittert von Beschwörung und Leidenschaft, die sich aber durch nichts irre machen lässt in ihrer unzerstörbaren Ruhe. Da fühlt man sich geborgen wie in den Armen des Höchsten. Nichts Ungutes kann an einen herankommen, weder Habsucht, noch Ehrgeiz, noch Sorge. Die mag daheim in den engen Wänden auf einen warten. Was weiß man dort von dem Gesang der Wogen und vom erweckenden Glanz der Gestirne.

Joseph sah sich um in der neuen, unbekannten Nacht. In den dunklen Straßen konnte man auch Sterne erblikken. Sie ließen sich wohl herab, einzeln oder zu mehreren anwesend zu sein, je nach dem zugemessenen Stückchen Himmel zwischen Häusern und Bäumen. Da steht der

Orion, sagte sich der neue Nachtwächter, wie zum Trost. Aber hier wusste man nicht wie draußen auf See, wohin er ging und woher er kam. Er blieb nicht er selbst, wenn er sich immer wieder verstecken musste, um sich der engen Umgebung anzupassen. Das muss man erst lernen, dachte Joseph mit einem schmerzlichen Seufzer. Er hatte aus der vorigen Gasse, in der es noch dunkler war, die Sorgen mitgebracht. Dagegen nützten selbst der Orion und die Plejaden nichts. Und doch war es gut, dass ihm wenigstens noch so viel von der Nacht gehörte, wie die Stadt von ihr übrigließ. Zu Hause in den kleinen Räumen war nicht Platz genug für die Sorgen, dort musste man sie zusammenpressen. Und dann wurden sie unerträglich.

Die Frau konnte sich nicht daran gewöhnen, dass dies nun ihr Leben sein sollte an der Seite des „Nachtwächters". Sie war ohnehin etwas reizbar in ihrem Zustand, diese letzte Zeit, ehe das Kind kam. Konnte *er* sich daran gewöhnen? Danach fragte niemand. Er versah seinen Dienst schon längst wie im Schlaf. Aber er war darum nicht leichter geworden.

Vor gar nicht langer Zeit hatte man ihn „Herr Kapitän" angeredet. Das war ein ehrenvoller Titel. Da gehörte man schon zu den angesehenen Bürgern der Stadt Libau. „Herr Kapitän", das war er nun nicht mehr. Selbstverständlich konnte er nicht mehr erwarten, so angeredet zu werden. Er kam auch wirklich nicht des Weges, als könnte man so zu ihm sagen. Besonders nicht des Nachts in seiner Ausrüstung. Er war eben Nachtwächter, der einzige seines Zeichens und Amtes. Da musste er es wohl hinnehmen, dass man ihn einfach bei seinem Vornamen „Joseph“ nannte. Dass aber der Amtsdiener, dieser unangenehme Mensch, der sich gern mit ihm anbiedern wollte und vertraulich auf ihn einsprach, während er ihm abends die Schnarre umschnallte, dass der ihn nun sogar wie einen Untergebenen einfach mit „du“ anredete, das war schwer hinunterzuschlucken. „Ist ja lächerlich, nimm dich zusammen!“, sagte er sich. „Sei froh, dass du die Arbeit bekommen hast!“

Er begegnete selten jemandem. So kam es wohl vor, dass er mit sich selbst sprach: „Ist es nicht ganz einerlei, was der Mensch tut? So hieß es wenigstens früher zu Hause. Wenn er nur seine Pflicht erfüllt. Oder bist du einer, der sich unterkriegen lässt?“

Es war inzwischen Herbst geworden. Als ob bisher immer noch etwas an seinem Unglück gefehlt hätte, so schien sich jetzt alles über Joseph zusammenzuziehen.

Schon seit Tagen lastete Gewitterschwüle über dem Land, bis eines Nachmittags der Himmel so schwarz war wie noch nie um diese Tageszeit. Endlich zuckten ein paar Blitze, der Donner krachte und ein Wolkenbruch prasselte nieder. Der kleine Kartoffelacker war noch nicht abgeerntet. Nun stand er unter Wasser. Das wenige, was sie schon hereingebracht hatten, war in den nächsten Tagen aufgebraucht. Oben in der Dachkammer hatte es hereingeregnet, so dass die Sparren repariert werden mussten. Sonst bestand Gefahr, dass beim nächsten starken Regen das ganze Häuschen Schaden leiden würde.

Da war kein Aufschub möglich. Aber das kostete Geld. Und dazuhin lagen auch noch alle drei Kinder gleichzeitig an Scharlach krank. Doktor und Apotheker mussten bezahlt werden. In den Läden war der Kredit erschöpft. Wenn er nur die Tür öffnete, tönte es ihm aus dem Bäckerladen entgegen: „Wir können euch nichts mehr geben!" Genauso erging es seiner Frau im Spezereiladen: „Seht zu, wie ihr fertig werdet!" Sie wussten ja nicht, dass der größte Teil des Lohnes zum Abzahlen des verlorenen Schiffes dahinging. Das Schwerste war ihm, dass er seiner Frau all das Leid nicht ersparen konnte. Er hatte sie lieb. Für sich selbst vermag man viel zu ertragen. Die Tage wurden immer dunkler. Bis zur Mitte des Winters.

An einem Dezemberabend war er von zu Hause fortgegangen, ohne eine Kartoffel, ohne auch nur ein Stück trockenes Brot zurückzulassen, geschweige denn selbst mitzunehmen. Und das Schlimmste war, dass seine Frau ihrer schweren Stunde entgegenging. Sie lag in ihrer Kammer, ohne Nahrung, ohne einen Tropfen Milch zur Erquickung. Als Windel hatte er ihr eines seiner Hemden neben das Bett gelegt. Er klopfte im Vorübergehen bei einer Nachbarin an und bat sie, in den bevorstehenden schlimmen Augenblicken nach ihr zu sehen und ihr beizustehen.

Als heute der Amtsdiener im Rathaus wieder auf ihn einredete und sich beflissen zeigte, hielten seine schweren Gedanken ihn so fest, dass er alles überhörte und nur kurz gute Nacht wünschte, ehe er auf die Straße hinausging.

Auf seinem Gang zum Kanal hinunter kam ihm eine leise Hoffnung. Er hatte nachts die Schlüssel zur Fähre und es gehörte zu seinen Obliegenheiten, hinzugehen und nachzusehen, ob nicht jemand darauf wartete, hinüber oder herüber geführt zu werden. Vielleicht eine Troika? Es konnte doch möglich sein, dass da ein Trinkgeld winkte. Als er sich aufmachte, waren die Kaufleute gerade dabei, ihre Fensterläden zu schließen. Der Weg zur Fähre dauerte genau eine halbe Stunde. Die Wolken waren zurückgewichen und überließen dem Vollmond einen tiefblauen See inmitten ihrer grauen, weißbegipfelten Gebirge. Auf den Straßen lag hart gefrorener Schnee. Der spielte mit dem fernen Mond, griff nach ihm und ließ ihn langsam über die glatten Flächen hinrollen oder er presste ihn stückweise in enge Furchen und warf sein Licht vielfältig zurück. Es war taghell. Wo die Bäume den Blick freiließen, konnte man schon von Weitem bis ans andere Ufer des Kanales sehen. Über ihm lief das hohe Balkengerüst für die Fährentrosse. Wie ein schwarzer Galgen stand es gegen den Himmel. Am anderen Ufer sah man den Landungssteg. Dahinter lag ein schmaler Streifen Ufersand, eisüberkrustet. Dann verlor sich allmählich die Sicht mit dem Anfang des Weges in die unheimliche Nacht der Erlengehölze.

Joseph hätte längst umkehren können, jede Stelle war von Weitem sichtbar, wo ein Fahrzeug vielleicht hätte Schutz suchen können. Nichts war zu sehen, nichts rührte sich. Aber er ging trotzdem hinab, bis er am Ufer vor dem Holzgeländer der Fähre stand. Er griff nach einem Halt und umklammerte das Holz mit beiden Händen. Er rief in die Nacht hinaus: „Will jemand herüber?“ Keine Antwort. Er wiederholte den Ruf und noch einmal, leiser, entmutigt. Wie töricht der Klang seiner Stimme in dieser leeren Nacht war! Langsam lösten sich die steifen Finger aus ihrem Krampf von Kälte und Enttäuschung. Dann richtete er sich entschlossen auf und kehrte um. Es war höchste Zeit. Er musste laufen, wo der glatte Weg es irgend zuließ.

Plötzlich fühlte er sich von einem Glockenruf getroffen. Er hielt inne und murmelte ein Mariengebet: „Unter Deinen Schutz und Schirm flüchten wir, o heilige Gottesgebärerin …“ Dann eilte er weiter mit angehaltenem Atem. Denn er hatte durch seinen Aufenthalt an der Fähre viel Zeit verloren.

Auf dem eiligen Rückweg regte sich zaghaft eine neue Hoffnung. Es kam vor, dass die Kaufleute gelegentlich vergaßen, ihre Läden abzuschließen. Sein Amt war es, eine Nachprüfung vorzunehmen. Oder vielleicht wartete ein Schlitten jenseits des Stadttores am Schlagbaum auf ihn?

Der Weg zur Fähre und wieder zurück bis zum Schlagbaum an der Memelstraße dauerte zweieinhalb Stunden. Die Läden waren alle gut verschlossen. Am Schlagbaum wartete kein Schlitten. Wieder musste er den Rückweg antreten. Die Straßen waren leer, die Fenster schwarz. Die Stadt lag in tiefem Schlaf.

Als er am Rathaus vorüberkam, zeigte die Uhr drei viertel zwölf. Bald musste er Mitternacht ausrufen. Er war so erschöpft, dass er einen Augenblick verweilen musste, und er setzte sich am Marktplatz auf eine Steinbank unter den kahlen Kastanien. Wie eine dunkle Kammer umgab ihn der Schatten des nahen Kirchturms. Umso heller lag die Straße vor ihm. Er konnte sie von oben bis unten überblicken. Die Häuser lagen in weißlich gläsernem Licht, von Gärten umgeben.

Joseph betrachtete die Tore, die Fenster. Alles trat so deutlich hervor; das hatte er früher noch nie gesehen. Ihm gegenüber lag das große Anwesen des reichen Kaufherrn Friedrich Nölting. Die einzelnen Gebäude konnte man nicht erkennen, da sie von einer drei Meter hohen Mauer umschlossen waren. In ihrer Mitte blinkten die Eisenbeschläge an dem breiten, zweiflügeligen Tor, das tagsüber die schwerbeladenen Fuhren hinein- und herausrollen ließ. Der rechte Flügel des Tores hatte noch eine kleine Pforte für Fußgänger. Hinter der hohen Mauer lagen die riesigen Speicher für Korn und Schlagsaat. Hanf und Flachs gehörten zu den wichtigsten Handelsprodukten dieses bedeutenden Kaufhofes. Das größte Gebäude hinter der Mauer, das die anderen Speicher weit überragte, war der Salzspeicher. Auch mit Holz, Planken, Brettern aus Hartholz handelte Nölting. Dieses sogenannte Stellmachermaterial lag sorgfältig nach Art und Größe aufgeschichtet an den verschiedensten Stellen des weiten Hofraumes. Jede Holzart für sich, Eiche, Ahorn, Esche. Fünf eigene Schiffe fuhren all diese Güter über die Meere, hauptsächlich nach Holland. Und von dort brachten sie Eisen zurück, auch Mühlsteine und vor allem Zeuge, „Manufakturwaren“, wie sie in England hießen, obgleich sie dort nicht mehr mit der Hand hergestellt wurden, sondern schon seit einiger Zeit mit Maschinen.

An der Nordseite des Grundstücks, mit den Fenstern zu einer Nebenstraße hinaus, lag das Wohnhaus des Kaufherrn, an das sich das Kontor anschloss. Die Eingänge dieser verschiedenen Häuser erreichte man vom Hof aus. Der alleinige Eigentümer dieses großen Besitztums war Herr Nölting, ein Junggeselle von etwa fünfundvierzig Jahren, ein mittelgroßer, freundlicher Mann, gegen den wohl kaum jemand eine ungute Empfindung hegte. Dennoch machte er seinen Nachbarn und Bekannten zu schaffen.

Dieser Mann, der doch vom Himmel mit Gütern gesegnet war wie kaum ein anderer, der noch dazu ein sehr angenehmes Äußeres hatte und ein ebensolches Wesen, dieser Mann lebte allein, jahraus, jahrein, ganz für sich, redete nichts über die nötigsten Worte hinaus, die sein Geschäft betrafen, und verkehrte mit niemandem. Es kam gar nicht vor, dass er einen Besuch empfing. Dabei schien er keineswegs menschenscheu zu sein. Er genoss den besten Ruf, galt als sehr reell: Man sagte, er habe „richtige Gewichte", was damals gar nichts Selbstverständliches war. Und es hieß ganz allgemein, dass er gute Preise zahle. Sein Haushalt wurde versorgt durch die kinderlose Frau eines verstorbenen Speichergesellen. Sie räumte seine schönen Zimmer auf, die sich am nächsten Morgen jeweils in der gleichen Ordnung befanden wie am Tag zuvor. Nachdem die Frau das Essen abgetragen hatte, ging sie in ihre Wohnung zurück. Und Nölting blieb wieder mutterseelenallein in der nie gestörten Ordnung seines rätselvollen Daseins. Hätte man ihn mürrisch oder geizig nennen können! Dann wäre alles eher verständlich gewesen. Aber das traf durchaus nicht zu, wenn sein Gesicht auch meistens ernst war. Grüßte man ihn, so schauten einen ein Paar offene, freundliche Augen an, so dass man sich sympathisch berührt fühlte. Allerdings lächeln oder gar lachen hatte ihn wohl noch nie jemand gesehen. Aber das stand ja in seinem Belieben, das konnte ihm niemand zum Vorwurf machen.

Wenn es sich um Wohltätigkeit handelte, durfte der Pastor sich ruhig an ihn wenden. Er hatte eine offene Hand. Und wenn arme Leute wirklich in Not gerieten, so war er ihnen gegenüber nie kleinlich, besonders wenn sie sich ein Herz nahmen, selbst zu ihm zu gehen und zu bitten.

Ja, wenn man das könnte!, dachte Joseph mit einem schweren Seufzer. Er kannte Herrn Nölting nur vom Vorübergehen. Jeden Abend um sechs Uhr entließ er seine Leute und schloss das Tor hinter ihnen zu. Dann war er samt seinem Kaufhof wieder unzugänglich. Bis er das Tor nach freudlosem Abend und einsamer Nacht am nächsten Morgen um sechs Uhr wieder öffnete, um seine Angestellten zur Arbeit herein zu lassen. Seit Joseph als Nachtwächter tätig war, kannte er jeden Winkel dieses Anwesens. Denn es gehörte zu seinen Pflichten, es gründlich abzuleuchten. Diese Arbeit stand ihm heute Abend noch bevor.

Er hatte gerade seine Schnarre zurechtgerückt und den Spieß zur Hand genommen, um sich von der Bank zu erheben, als er bemerkte, dass die kleine Pforte im

Tor des Kaufhofes sich öffnete. Leise hielt er inne, stützte sich auf die Handfläche und beobachtete gespannt.

Die große dunkle Gestalt eines Mannes schob sich schräg durch die enge, niedrige Öffnung und hob sich scharf von der hellen Mauer ab. Der Pelzmantel verriet einen wohlhabenden Herrn. War es Nölting? Nein. Der war schmaler und zierlicher. Nun erkannte ihn Joseph. Es war ein sehr reicher und geachteter Bürger der Stadt. Also war doch einmal ein Gast in diesem verwunschenen Haus? Der Gedanke hatte etwas Beruhigendes. Als der Herr die Tür hinter sich ins Schloss fallen ließ, sah er sich einen Augenblick um, eigentümlich unsicher, bald nach der einen, bald nach der anderen Seite, als wüsste er nicht, wohin. Nun blieb der Nachtwächter nicht länger in seinem Versteck. Er war aufgestanden und trat mit einem hörbaren Schritt aus dem Kirchturmschatten hervor.

„Guten Abend, Herr!“, sagte er mit vernehmlicher Stimme.

Der Angeredete, nachdem er sich scheinbar gerade für die Richtung seines Heimweges entschlossen hatte, fuhr zusammen und drehte den geduckten Kopf unwillig nach der Seite, von der die Worte gekommen waren.

„Ach, *er* ist es, Joseph!“ Es klang wie ein erleichtertes Aufatmen. Und nach einer winzigen Pause sagte er: „Komm er einmal näher, Joseph!“ Er ließ seine rechte Hand tief in die Tasche seines Pelzmantels versinken, suchte ungeduldig darin herum, holte etwas heraus, das er sich dicht vor die Augen hielt, um sich zu vergewissern, und legte es wie verlegen dem Nachtwächter in die herabhängende Hand. „Mach er sich auch einmal einen guten Tag, Joseph!“ sagte er und wollte rasch weitergehen.

Joseph hob seine Hand und öffnete sie. In dieser Hand, die noch vor Kurzem verzweifelt das Holzgeländer drunten an der Fähre umklammert hatte, in dieser gleichen Hand, wie war es möglich, da lag nun eine kleine Münze, die matt im Mondlicht glänzte: ein Louis d'or! Joseph stand mit angehaltenem Atem. Er konnte so schnell kein Wort hervorbringen. Dann tat er ein paar große Schritte, den Spender einzuholen, und stammelte: „Herr, Herr, wie soll ich Euch danken? Ihr könnt ja gar nicht ermessen, was für eine Hilfe Ihr mir tut!“ Und weil der andere seinen Gang noch mehr beschleunigte, so keuchte er neben ihm: „Sollte es mir vergönnt sein, dass ich einmal Euch helfen könnte, so tue ich's. Das schwöre ich bei Josephs und Mariä Sohn!“

Überrascht durch die unerwartete Wirkung eines gewöhnlichen Trinkgeldes, machte der Angesprochene wieder eine dieser scheuen, schreckhaften Bewegungen zu ihm hin. Beinahe wie unangenehm berührt, sagte er abwehrend: „Schon gut, schon gut! Es ist spät. Gute Nacht, Joseph!“ Dann wandte er sich hastigen Schrittes zur anderen Seite die Straße hinunter.

Joseph blieb noch eine geraume Weile an der gleichen Stelle stehen und versuchte sich Gewissheit darüber zu verschaffen, ob es nicht doch nur ein Traum gewesen war. Er befühlte seine Ausrüstung, die Schnarre, das Horn: Alles war da, mit genau den rauen Unebenheiten, die er kannte. Fester umklammerte er den Spieß. Er musste sich jeder Einzelheit so umständlich versichern, weil er selbst in diesen Augenblicken ein ganz anderer geworden war und weil alle diese Dinge nicht passten zu dem seligen Gefühl, das ihm aus dem Herzen quoll. Es war ja noch gar nicht lange her, dass er, wie mutlos, das Mariengebet verrichtet hatte! Ein Louis d'or war doch ein kleines Vermögen! Wie kam der fremde Herr dazu, gerade ihn, den Nachtwächter, damit zu beschenken?

Joseph war gerecht. Auch jetzt, als das Schicksal es gut mit ihm meinte. ‚Warum gerade mich?', fragte er, wie kurz zuvor im Unglück. Aber diesmal wurde es groß und weit in ihm, als er seinem Innern diese Frage an den fremden Herrn richtete. Der fremde Herr? Der war nur Werkzeug gewesen. Die heilige Gottesmutter hatte geholfen.

Die letzten Stunden dieser Nacht waren dahingegangen im Flimmern eines Erstaunens, eines Festes, wie nur die Nacht es bereitet. Wem aber öffnet sie sich über das undurchdringbare Dunkel hinaus bis zum Glanz ihrer Stille? Immer schiebt sich etwas dazwischen, ein Mensch, eine Begierde oder eine Enttäuschung. Wem wird denn die Berührung zwischen Mensch und Mensch zuteil, ohne dass im nächsten Augenblick etwas davon zurückgenommen wird?

Als Joseph seinem Retter nachstürzte, um ihm den Dank, der ihn so jäh überkommen war, in sein Herz zu legen, da hatte zwar der andere diesen Dank nicht angenommen, hatte sogar mit einer raschen Bewegung versucht, ihn abzuschütteln. Aber Joseph wusste, dass er ihn gar nicht abschütteln konnte. Er drang ein durch die Nähte seines Pelzmantels, er legte sich in die Augenhöhlen und bemächtigte sich der nervös zuckenden Falten seines Mundes, er rührte sein Blut an und das brachte ihn hin bis zu seinem Herzen.

Joseph kam auf seiner Runde am Hause des Wohltäters vorüber. Dort oben das Eckfenster war jede Nacht erleuchtet. Solch ein Mann, der über großen Reichtum herrscht, wird ihm wohl einen Teil der Nacht opfern müssen, dachte Joseph. Aber heute doch nicht! Heute musste der andere in einer großen Freude ausruhen, in dem Dank, den er, Joseph, ihm geschenkt hat, Joseph, der Nachtwächter. Wie oft wird nicht ein Dankeswort gesagt, freundlich, unter dem Zwang der Höflichkeit, oft sogar widerstrebend. Wenn aber dieses missbrauchte Wort einmal aus seiner Verschüttung aufersteht und Leben wird, dann gewinnt es eine Kraft gleich einem wirklichen Glauben. Darum kann auch solch ein Dank sich nie an einen Menschen allein wenden, er strömt weit über ihn hinaus und kommt wieder zurück.

Als Joseph gegen Morgen nach Hause kam und an das Bett seiner Frau eilte, lag sie erschöpft in den Kissen und flüsterte ihm entgegen: „Es ist ein Knabe!“

Die Kammer war viel zu klein für das Glück, das so maßlos plötzlich in sie hereingedrungen war. Wenn auch die Frau nicht ahnen konnte, wie es in Joseph aussah, so sah sie doch, mit welchem Blick er dieses gesunde Kind betrachtete. Er hätte ja ein Wort vom Wunder seiner Nacht sagen können oder den Louis d’or aus der Tasche nehmen und vor sie hinlegen. „Maria hat geholfen", stammelte er stattdessen bewegt, „alles ist gut geworden." Und auf das winzige festgebündelte Menschenleben weisend, sagte er: „Er soll Gottfried heißen!"

In diesem Jahr hatten Joseph die Weihnachtstage schwer bevorgestanden. Die waren früher immer so hell und froh gewesen. Weil ihre katholische Kirche zu klein war, pflegten sie die Christmette in der großen orthodoxen Kathedrale zu feiern. Da gingen einem die Augen über vom Licht der ungezählten Kerzen am Ikonostas und vom Glanz der Gewänder des Protoirey und der Priester. Wie erwartete man den Augenblick, da aus dem Dunkel, gegenüber dem Altar, wo die Psalmsänger stehen, endlich das tiefe Schwingen ihrer Bässe die Luft bewegte, Wunder verkündend, Weihnacht. Dann wartete zu Hause der Gabentisch und die festliche Tafel war mit erlesenen Speisen besetzt.

Wenn es diesmal auch nur das Weihnachten eines armen Nachtwächters wurde, es sollten dennoch glückliche Tage sein. Joseph hatte einkaufen können: Rigaer Brot, Butter, zwei Bund Strömlinge, das alles kostete nur wenige Kopeken. Und als besondere Überraschung brachte er für jedes Kind einen Striezel mit Safran und Alexanderkuchen. Sie saßen denn auch mit glühenden Wangen um den Tisch und ließen sich die guten Dinge schmecken, die um so köstlicher munden, je weniger sie Gewohnheit sind. Als er dann später während seines Nachtwächterdienstes für einen Augenblick in die Kirche trat, hätte er eigentlich dicht neben der Pforte stehen bleiben müssen, um bald, ohne zu stören, wieder fortgehen zu können. Doch er trat schnell ein paar Schritte seitwärts zur Ikone der wundertätigen Mutter Gottes. Alle Sorgen und Nöte trugen die Gläubigen zu ihr. Da war es gut, wenn auch einmal ein richtiger Dank zu ihr kam. Und nichts anderes hatte Joseph auf dem Herzen, als er sich ihr zuwandte. Er wollte ihr noch einmal sagen, wie sehr sie geholfen hatte.

Draußen in der verschneiten Nacht sah er immer noch ihr Bild vor sich, wie es so königlich aus dem Goldgrund hervortrat. Und dann sah er seine Frau; auch sie blickte lächelnd auf ihr Kind, den kleinen Gottfried. Das war ihr Geschenk aus dieser dunklen, verzweifelten Nacht. Mit welcher Tapferkeit hatte sie die Zeit des Darbens und des Elends durchlitten, während sie ihr Kind trug. Nicht ein Wort des Vorwurfs, als er in jener Nacht vor der Geburt des Knaben von ihr gegangen war, ohne ihr einen Schluck Milch, ein Stück Brot hinterlassen zu haben. Der tiefe Atem der Dankbarkeit hatte ihn erwärmt. Als er dann im Halbdunkel der Straße weiterging, tauchte ein anderes Bild vor ihm auf, wie um sein Weihnachtsglück zu beschatten. Immer wieder musste er an seinen Wohltäter denken. Womöglich hatte sein Dank ihn gar nicht erreicht. Sein Gestammel unweit der Pforte des Nölting'schen Kaufhofes war wohl doch zu undeutlich gewesen. Es überkam ihn wie eine Schuld, dass er es ihm nicht deutlich genug gesagt hatte. Vielleicht hätte gerade er einer Freude dringend bedurft. Wer weiß, ob er nicht an einem schweren Kummer litt? Hatte er nicht eigentlich so ausgesehen? Unvergesslich war ihm der hastige Griff in die Tasche des Pelzes. Für jenen mochte es ein gleichgültiges Geldstück gewesen sein, das er zu einem gleichgültigen Zweck einem zufällig Vorübergehenden in die Hand drückte. Trinkgeld. „Mach er sich auch einmal einen guten Tag, Joseph!“ Seine Vorstellung reichte wohl nur für eine teure Mahlzeit mit einer guten Flasche französischen Weines, wie er sie sich selbst bei besonderen Gelegenheiten in Gesellschaft seiner Freunde gönnen mochte. Wenn er erkannt hätte, was so ein Griff in eine Tasche vermag, ob er sich nicht auch eines anderen Glückes bewusst geworden wäre? Nun war er womöglich ahnungslos weitergegangen, mit dem seltsam unzufriedenen Blick und den scheuen, unsicheren Bewegungen. Ja, er hätte es ihm deutlicher sagen müssen.

Aber der andere hatte es nicht gewollt. Wie es schien, war ihm sogar das Versprechen lästig für den allerdings unwahrscheinlichen Fall, dass er einmal seiner, des Nachtwächters, Hilfe bedürfen könnte. Neben dem Licht dieser Christnacht hatte sich ein neues Dunkel aufgetan. Wie fremd sind die Menschen einander.

Dann ging das Jahr zu Ende mit seinem letzten Tag. Silvester, dieser seit Ruriks Zeiten zum Feiern bestimmte Abend, verlangte vom Nachtwächter ganz besonders gewissenhaften Dienst.

Es war sehr kalt. Das letzte Viertel des Mondes war kaum sichtbar, denn der eisige Schneesturm fegte durch die Straßen, als gäbe es darüber keinen Himmel. Die nächtliche Arbeit begann wieder mit dem Gang zur Fähre und zurück zum Schlagbaum. In solch durchfeierten

Nächten musste man die Überprüfung der Schlösser an Türen und Läden ganz besonders genau nehmen. Und beim Hineinleuchten in die dunklen Winkel konnte man auf alles Mögliche gefasst sein. Über alledem durfte das Verkünden der Stunden nicht vergessen werden. Geraume Zeit war schon vergangen, seit er elf Uhr ausgerufen hatte. Es musste nun bald gegen Mitternacht sein. Die Stunde nahte, die das alte Jahr loslässt, dass es hinabrollt ins Dunkel der Vergangenheit, um einem neuen das Leben zu schenken, von dem man noch nichts wissen oder auch nur erahnen kann.

Als er sich dem Nölting'schen Kaufhof näherte, gewahrte er in der seitlichen Straße einen schwachen Lichtschimmer. So viel er sich erinnern konnte, hatte er gerade dort nie etwas Ähnliches bemerkt. Darum galt es, besonders genau zu untersuchen. Sollte sich etwa eine Feuersbrunst in der Verborgenheit hinter der Mauer ungestört entwickeln? Rasch bog er in die Seitenstraße ein. Als er vor dem Nölting'schen Hause stand, bemerkte er, dass dieser Schein aus dem breiten Spalt eines der Fensterläden hervordrang. Aber beruhigen durfte man sich dabei noch nicht. Hatte er doch nie später als elf Uhr in diesem Hause Licht gesehen. Er lehnte seinen Spieß gegen die beschneite Mauer, setzte den Fuß auf den vorspringenden Steinsockel, gab seinem Körper einen Ruck, schnellte hoch und hielt sich am Fenstergesims. Durch den Spalt im Laden vermochte er ins Zimmer hineinzublicken.

Am länglichen Tisch sah er Herrn Nölting sitzen, ihm gegenüber jenen angesehenen, reichen Bürger, seinen Wohltäter. Befriedigt zog Joseph sich zurück. So war dieser einsame, rätselhafte Nölting doch wenigstens nicht allein in der Silvesternacht. Etwas allerdings war ihm aufgefallen. Auch dem nur halben Blick eines Seemannes entgeht nicht so leicht etwas: Auf dem Tisch zwischen den beiden Herren hatte nichts gestanden, was sonst und namentlich in solcher Nacht bei Besuchen auf einem Tisch zu stehen pflegt. Keine Flasche, kein Glas. Und, wenn er sich's recht vergegenwärtigte, hatte Nölting nicht ungewöhnlich streng ausgesehen? Der andere hielt den Blick gesenkt. Nur Nölting schien zu sprechen. Das konnte kein freundschaftlicher Besuch sein. Wie aber kam Nölting dazu, den anderen gerade in der Neujahrsnacht zu sich zu bestellen, wenn er etwas mit ihm zu bereden hatte? Diese Nacht war doch nicht eine Nacht wie alle andern. Die jungen Leute verbrachten sie in froher Gesellschaft bei Schwedenpunsch und Zuckerbrot. Die Älteren, Ernsten und Nachdenklichen aber – und zu ihnen gehörte doch Nölting – lassen das vergangene Jahr noch einmal in Gedanken vorüberziehen. Und dazu war man am besten mit sich allein. Joseph wusste keine Lösung für dieses Rätsel. Während er seine Runde fortsetzte, begegneten ihm schon einige Betrunkene, die auf ihre Weise, etwas zu früh, Neujahr gefeiert hatten, singend und grölend. Er beachtete sie nicht weiter und ließ sie ungescholten durch die Straßen schwanken. Der Schneesturm würde sie statt seiner zur Besinnung bringen.

Als er wenige Stunden später am Neujahrsmorgen dem aufdringlichen Diener im Rathaus seine Amtstracht zur Verwahrung übergab, empfing der ihn wie immer selbstgefällig und herablassend mit der Frage, die ihm gar nicht zustand: „Joseph, nichts Neues?“ Und er antwortete unwillig mit dem gleichen Satz: „Nichts Neues!“

Am Neujahrsmorgen pflegte die evangelische Trinitatiskirche in Libau bis auf den letzten Platz gefüllt zu sein. Sie stand erst wenige Jahrzehnte und war viel größer als die frühere Annenkirche. Die Bürgerschaft hatte ihre eigenen Plätze mitten im Schiff, wo das weiße Gestühl mit der Goldverzierung stand, das die wohlhabenden Häuser seinerzeit gestiftet hatten. Wenn diese Bänke auch das Jahr über hie und da eine Lücke aufwiesen: An solch einem Tage erschienen ihre Inhaber vollzählig.

Heute jedoch blieb ein Platz leer. Manche Köpfe drehten sich suchend um. Dieser Platz aber war leer und blieb leer bis zum Ende des Gottesdienstes. Als die Gemeinde unter den Klängen der Orgel die Kirche verließ, ging ein Fragen um: Was ist mit Nölting? Warum ist er nicht erschienen? Das hatte man noch nie erlebt, dass gerade er den Gottesdienst versäumte, nicht einmal an einem gewöhnlichen Sonntage.

„Nicht wahr? Ich wenigstens kann mich nicht erinnern.“ „Und noch dazu an solch einem Feiertag! Sollte er plötzlich erkrankt sein?“

Einige Herren, die ihn besser kannten und sich gelegentlich seine Freunde nannten, blieben noch eine Weile beratend auf dem Kirchplatz stehen und beschlossen dann, einen kleinen Spaziergang zum Nölting’schen Hof zu machen, um nach ihm zu sehen. Außerdem war bei dem sonnigen Wetter ein kleiner Umweg angenehm.

Die Pforte an der Seite des hohen Einfahrtstores war unverschlossen. Der weite Hof war vom nächtlichen Schneesturm glatt gefegt und zeigte nicht die Spur eines einzigen Schrittes. Die Herren gingen die ihnen bekannte Richtung auf das Kontor zu. Es war verschlossen. Sie gingen einige Schritte weiter und drückten die schwere Messingklinke der Wohnungstür nieder. Die war offen.

Feierliche Stille schlug ihnen entgegen und der etwas beklemmende Geruch, den Möbel und Gegenstände verbreiten, wenn sie, sich selbst überlassen, nie durch Inanspruchnahme von Menschen gestört werden. Die Herren sahen sich im Wohnzimmer um. Es war alles in vorbildlicher Ordnung. Die Louis-Seize-Kommoden mit Rosengirlanden und Löwenköpfen zeigten kein Stäubchen. Die beiden schweren, silbernen Leuchter auf dem Ecktisch traten blinkend hervor, als seien sie die eigentlichen Bewohner dieses feierlichen Raumes. „Das dort wird jedenfalls das Schlafzimmer sein“, sagten die Herren und klopften. Keine Antwort. So öffneten sie die Tür und schauten hinein. Es empfing sie die gleiche musterhafte Ordnung wie in Wohn- und Speisezimmer. Das Bett mit den Kissen aus kunstvoller Weißstickerei war unberührt. Die Herren sahen sich verwundert an. Einer von ihnen zog vielsagend die Brauen hoch. Sollte sich hier ein Rätsel lösen, das über diesem wunderlich einsamen Leben lag, solange man denken konnte, und das ihnen schon, wie oft, zu allen möglichen Vermutungen Anlass war? Unbegreiflich! Sie hatten schon den Rückweg angetreten durch Wohn- und Speisezimmer. Da ging einer von ihnen noch zur Küche, die auf der anderen Seite des Flures unweit des Hauseinganges lag.

Er stieß einen dumpfen Laut aus, schauderte zurück und ließ die Tür wieder ins Schloss fallen. Die anderen eilten hinzu und rissen ihm die Klinke aus der Hand. Dort! Dort lag ein Mensch, ausgestreckt, mit starren Gliedern auf dem Steinbelag des Küchenbodens, das Haupt bedeckt. Und neben ihm ein kleines, blutiges Beil.

Die Männer verstummten gelähmt vor Entsetzen. Aber es musste doch etwas getan werden. Einer von ihnen rannte zur Polizei und kam mit zwei Beamten zurück. Die stellten umständlich fest, was die Herren mit einem Blick gesehen hatten: dass Nölting mit einem Beil erschlagen worden war. Um den Kopf des Toten hatte der Mörder einen Teersack gewickelt und dann musste er den schweren Körper durch die ganze Küche geschleift haben. Das konnte man an den Blutspuren sehen. Sie reichten bis in die entgegengesetzte Ecke. Dann muss er versucht haben, den Kopf seines Opfers in den Bratofen hineinzuzwängen.

Die Polizeibeamten ersuchten die Herren, das Haus zu verlassen. Einer von ihnen ging, den Arzt und den Untersuchungsrichter zu holen, der allein in einem solchen Fall Bestimmungen zu treffen hatte. Der andere musste am Tatort Wache stehen. Der Untersuchungsrichter überdachte die Meldungen der letzten Tage. Es tauchten ja gelegentlich immer Banden auf, die in der Gegend ihr Unwesen trieben. Aber dieser nächstliegende Verdacht führte nicht weiter. Denn das Erstaunlichste war, dass nichts geraubt zu sein schien. Die Schlüssel zu den Schränken und zum Geldkasten befanden sich in der Hosentasche des Ermordeten. Der Beamte machte sich daran, das Schlafzimmer zu durchsuchen. Da lag, offen auf der Kommode, ein Beutel mit Silberrubeln. Im Geldkasten, der im Schrank seinen angestammten Platz innehatte, waren ebenfalls Silberrubel, mehrere tausend.

Der Buchhalter wurde aus seiner Wohnung herübergerufen. Er war ein kleines Männchen, etwas verwachsen und schief geworden über den vielen großen Zahlen, die er tagein, tagaus mit der einen rechten Hand in den Büchern wahrhaft hin- und hertragen musste. Man mochte so lange in den Kaufhof kommen, wie man denken konnte: Nie hatte man einen anderen über dieser Arbeit gesehen. Als er die Nachricht vom Mord erfuhr, sank sein schmächtiger Körper in sich zusammen. Er konnte den schweren Kopf nicht mehr tragen. Der Untersuchungsrichter ließ ab von seiner kurzen bestimmten Art. Er faßte ihn behutsam am Arm, nahm ihm sogar im Kontor das schwere Hauptbuch ab, trug es an den Tatort und ließ ihn darin herumblättern, um zu vergleichen. Der Buchhalter legte seinen Finger auf die jeweiligen Zahlen. Der eingeschriebene Betrag stimmte auf die Kopeke überein mit der Summe in Beutel und Geldkasten. Der Buchhalter wurde ausgefragt, ob irgendein Angestellter in letzter Zeit entlassen worden sei, ob jemand sich hatte etwas zu Schulden kommen lassen oder ob etwa ausgeliehenes Geld mit Zwang oder Drohung zurückgefordert worden sei. Nichts von alledem. Es blieb unbegreiflich.

Die Kunde vom Mord war bald in aller Mund. Fantasien und Vermutungen jagten sich. Jeder, von dem man dachte, dass er vielleicht einen Fingerzeig geben könnte, jeder, der nur entfernt mit dem Nölting'schen Haus und Hof in Verbindung stand, wurde aufs Rathaus beordert.

Als Erster musste der Nachtwächter Rede und Antwort stehen. Er wurde ausgefragt, was er in der Zeit gegen zwei Uhr nachts beobachtet habe. Denn nach den Totenflecken hatte der Arzt festgestellt, dass um diese Zeit die Tat geschehen sein musste. Ob ihm denn irgendeine verdächtige Gestalt in dem bunten Treiben dieser Silvesternacht aufgefallen sei?

Man wusste von einer Bande, die sich in den Wäldern im Prekuln'schen herumtrieb. Einer, der dazu- gehörte, war schon vor längerer Zeit gegriffen worden, als er auf einem Bauernhof Hühner gestohlen hatte. Er trug eine Baschkirenmütze und ging barfuß in zerrissenen Bastschuhen, mitten im Winter. Bis die Polizei nur benachrichtigt werden konnte, hatte er sich losgerissen und dem Bauern in solcher Geschwindigkeit mit dem Messer Stiche versetzt, dass der am Boden liegen blieb.

Joseph konnte sich an alle erinnern, die er um die bezeichnete Stunde gesehen hatte, denn gerade um diese Zeit waren die Straßen ziemlich leer, da saß man in den Häusern und feierte. Nein, eine derartige Gestalt war nirgends aufgetaucht, auch nicht zu einer anderen Stunde. Da konnte er sich besinnen, soviel er wollte. Nur ein paar Betrunkene waren es, die grölend durch die Straßen zogen. Und die kannte man. Das war ja noch vor Mitternacht gewesen. Erst gegen fünf Uhr morgens hatten die Schwankenden allmählich die gastlichen Häuser verlassen. Da belebten sich die Straßen, Schlitten fuhren und die Fußgänger hielten sich immer wieder gegenseitig auf, um ihren mühsamen Heimweg möglichst lange auszudehnen.

Alle diese Angaben jedoch beachtete die Polizei gar nicht. Sie suchte die verdächtige Gestalt, die ja unbedingt an irgendeiner Stelle der Stadt aufgetaucht sein musste.

Als Joseph später mit der Nacht allein war, stieg alles wieder vor ihm auf. Einen Augenblick lang fragte er sich, ob er vielleicht hätte berichten müssen, dass er am Silvesterabend einen vornehmen Besucher bei Nölting durch den Spalt des Fensterladens bemerkt hatte? Er schob jedoch den Gedanken sofort wieder beiseite. Damit hätte er seinem Wohltäter wahrlich keinen guten Dienst erwiesen. Er hätte ihn, seinem Dankgefühl zum Trotz, in die Geschichte eines so grauenhaften Mordes verstrickt. Das wäre wahrhaftig eine schlechte Vergeltung gewesen. „Wenn ich Euch einmal helfen kann, so tu ich's. Das schwöre ich bei Josephs und Mariä Sohn!" Von solch einem Satz verliert man kein Wort aus dem Gedächtnis, wie alt man auch werden mag. Ob er je einmal würde dieses Versprechen einlösen können?

Wie oft hatte ihnen die Mutter früher gesagt: „Wer

ein Versprechen nicht hält, ist nicht besser als ein Dieb!“ Sie waren jedes Mal darüber erschrocken, er, der älteste Bruder und die Schwestern. Und immer, wenn sich bei ihren Spielen Veranlassung fand, benutzten die Kinder diesen Satz der Mutter, um den Schuldigen viele Male hintereinander damit zu bedrohen. Hier aber handelte es sich nicht nur um ein Versprechen: Es war ein Schwur, beim höchsten aller Namen.

Die Gedanken blitzten auf wie zackige Frostfunken auf den dunklen Dächern. Er tat einen tiefen, befreienden Atemzug. Wie gut, dass er in dieser Silvesternacht, gleich, nachdem er die letzte Stunde ausgerufen hatte, vor dem Haus des Wohltäters stehen geblieben war. Die Gardine des Eckfensters ließ matten Lichtschein durch. Der Herr musste also gleich, nachdem er ihn bei Nölting durch den Spalt des Fensterladens gesehen hatte, den Heimweg angetreten haben. Es war ja auch nur ein flüchtiges Vorsprechen gewesen und kein richtiger Silvesterbesuch mit Champagner und Kaviar.

Der Winter war hart. Aber der Libauer Hafen, so nahe dem Meer und der gewaltigen Brandung, war nicht zugefroren. Dennoch lagen die Schiffe dicht aneinandergedrängt vor Anker. Die Masten schwankten im Wind hin und her, abgetakelt und ohnmächtig, als gäbe es für sie keinen Weg mehr in die Weite. Diese beiden Wintermonate wurden keine Ladungen angenommen. Da blieb man zu Hause. Es gab allerlei auszubessern an der Takelage! Man konnte immer wieder einen der Kapitäne sehen, wie er über die fremden Schiffe hinwegstieg, bis er zu dem seinigen gelangte. Da wurde an den Seilen gezerrt, die Längen gemessen. Man zog die Schrauben nach, klopfte und hämmerte. Sonst wären die Tage lang geworden. Am Abend besuchten sie sich gegenseitig. Da wurde bei einem Glase Grog erzählt. Der Pfeifenqualm erhob sich steil wie ein Wolkengebirge.

Manchmal bleibt Joseph vor dem Hause eines der früheren Kameraden stehen und sieht, wie sich der Schatten einer breiten Schulter von der Gardine abhebt. Er weiß, da sitzen sie zusammen um den Tisch und erzählen sich ihre Erlebnisse von der letzten Fahrt. Und dazwischen kommen immer wieder die alten Geschichten, von den Franzosenhorden, die nach dem Brand von Moskau die Provinz und die Städte ausgeplündert hatten.

Er musste sich manchmal über sich selbst wundern, dass er da draußen stehen konnte, ohne Kummer zu empfinden, dass er nicht mehr unter ihnen war, dass er nicht mehr zu ihnen gehörte. Wie würden sie ihn bedauern, wenn sie wüssten, dass er hier draußen vor ihrem beleuchteten Fenster stand! Sie würden es ganz gewiss eine ungeheuerliche Zumutung nennen, wenn sie mit ihm tauschen sollten, mit ihm, dem Nachtwächter.

Wollte *er* tauschen?

Zwischen ihm und den Kameraden stand die Nacht. Wenn er mit ihr allein war, gleichsam unter ihren Augen, dann schien es oft, als ob sie ihn hinführte an die unsichtbaren Ströme, die, ohne deren Wissen, die Menschen untereinander verbinden und trennen. Ganz anders als dort hinter den erleuchteten Fenstern. Wenn er auch nicht mehr dort hineinpasste in diesen Kreis der Bevorzugten,

Angesehenen, nachdem er nicht mehr „Herr Kapitän“ angeredet wurde, sondern einfach „Joseph“ und „du“, so war er dennoch der Gleiche geblieben. Und er hatte das Leben ganz anders kennengelernt. Die Armut und die Not hatte er selbst verspürt und das kleine gefährliche Stechen bei jedem Atemzug, das die verzweifelte Brust immer enger macht.

Er hatte aber auch das Andere kennengelernt: den Augenblick der Erlösung durch den Dank, der aus dem Herzen strömt und zurückkommt, der nie ganz aufhören kann, den Dank gegen das Leben selbst, der aus einer einzigen Nacht als ein Nehmen und Spenden mitgenommen wurde in jede andere Nacht.

Nölting war mit großen Ehren bestattet worden. Ganz Libau hatte teilgenommen. Da begegnete man keinem unter den Bürgern, den nicht persönlich anging, was hier geschehen war. „Immer noch kein Licht über dieser entsetzlichen Geschichte?“ Auf der ganzen Stadt lastete die Frage. Man hatte in den zurückliegenden Kriegsjahren und während des Durchzugs der französischen Truppen genug Schrecken ausgestanden. Immer wieder erinnerte man sich gegenseitig daran. Aber nichts schien vergleichbar der Beunruhigung durch diese unaufgeklärte Tat. Auch für das Gericht blieb das Rätsel bedrückend. Die Akte wurde nicht geschlossen, nur abgelegt, damit man sie jederzeit wieder aufgreifen konnte, wenn sich eine Spur zeigen sollte.

Das Nölting'sche Wohnhaus blieb für längere Zeit un-

bewohnt. Auf dem Kaufhof hingegen rollte das Leben weiter, in unverminderter Emsigkeit, unter Aufsicht einer vom Gericht bestellten Amtsperson.
Die junge Frau des Bürgermeisters hatte schon öfters einen Besuch im Häuschen des neuen Nachtwächters abgestattet. Das erste Mal war sie nur auf Geheiß ihres Mannes gekommen. Aber dann fand sie Gefallen am Umgang mit der etwas älteren Verwandten. Ihr selbst war es im Leben immer gut gegangen. Darum bemerkte sie gar nicht, wie mühsam es ist, wenn die Armut so plötzlich hereinbricht und Kräfte fordert, die sich nicht von selbst einstellen. Sie sah vielmehr, dass dieses Häuschen keineswegs aller Freuden beraubt war, wie sie nach den Worten ihres Mannes erwartet hatte, dass es nur andere Freuden waren, die sie selbst nicht kannte. Ja, ihr wollte scheinen, als ob die Armut nicht eines eigenen Behagens entbehrte.

Wenn sie bei der Frau in der Küche sitzen durfte, während sie ihre Kartoffeln weiter schälte oder ihren Kohl putzte, so gefiel ihr das viel besser, als wenn sie ins Wohnzimmer aufs Kanapee genötigt worden wäre wie bei ihren Freundinnen. Die Kinder spielten und tollten um sie herum. Ihr Leben war nicht beeinträchtigt. Wie entzückt waren sie jedes Mal, wenn sie ihnen einen Kasten voll verzuckerter Früchte mitbrachte! Nach der Geburt des kleinen Gottfried hatte sie hereingeschaut. Dennoch kam sie kurz darauf schon wieder. Man merkte ihr so recht an, dass sie etwas auf dem Herzen hatte. Diesmal musste die Frau des Nachtwächters ihre Arbeit fortlegen. In der Küche konnte sie ihr das nicht sagen, sie musste sich ganz dicht neben sie setzen, weil niemand außer ihr es hören durfte, nicht einmal die Kinder.

„Wenn du wüsstest“, begann sie eifrig, „was mein Mann mir gezeigt hat. So etwas Schönes habe ich noch nie gesehen: ein Kästchen aus Elfenbein mit Einlagen aus echtem Gold und Rubinen dazwischen!“ Sie zeichnete mit dem Finger die Girlanden, die den Deckel schmückten, auf dem Schoß nach. „Wenn man den Schlüssel herauszieht, wird die Öffnung durch ein goldenes Blättchen zugedeckt und es ist unmöglich zu sehen, wo aufgeschlossen wird.“

‚Ja, früher fand ich auch einmal Gefallen an so etwas‘, dachte die andere Frau mit einem schmerzlichen Seufzer.

Aber das Elfenbeinkästchen war es nicht allein. Es hatte eine besondere Bewandtnis mit ihm. Der Untersuchungsrichter hatte es dem Nölting'schen Schreibtisch entnommen und schließlich zum Bürgermeister gebracht, ob nicht vielleicht er zu einer Erklärung verhelfen konnte.

Innen war das Kästchen mit lichtblauem Samt ausgeschlagen. Und darin lag ein kleines Bildnis, auf Porzellan gemalt, ein anmutiges junges Mädchen. Die braunen Stirnlocken waren von einem Band durchzogen, wie man es etwa zwanzig Jahre zuvor getragen hatte, der tiefe Ausschnitt und die dicht unter dem Busen schließende Taille deuteten ebenfalls auf die damalige Mode. Um das Bild war ein Seidenband geschlungen, das ein Blättchen Papier festhielt – wenige Briefzeilen in zierlicher Schrift.

„Und weißt du, wer die Schreiberin war?“, fuhr sie

eifrig fort. „Ich bin darauf gekommen. Ich war ja damals zwar noch ein Kind. Aber ich höre noch, wie Mama sagte: ‚Das arme Hühnchen'!" Und sie nannte den Namen. „Den Nölting hat sie geliebt und er sie. Da kam ein anderer und wusste sich bei ihrem Vater einzuschmeicheln, man sprach sogar von einer Verleumdung. Der Vater erlaubte die Heirat mit Nölting nicht und der andere, auch ein reicher Kaufherr, bekam sie zur Frau. Sie aber liebte ihn nicht. Sie soll seither immer gekränkelt haben und lebt ganz zurückgezogen, ohne jeden Verkehr."

Und Nölting? Sein merkwürdig einsames Leben? Das kostbare Elfenbeinkästchen, das er als Schrein um das teuere Bild hatte fertigen lassen, verriet alles.

Die beiden Frauen schwiegen. Sie standen vor der Treue dieses Menschen wie vor einem Altar. Der Frau des Nachtwächters liefen die Tränen herunter. Wie manches Mal hatte sie sich selbst bedauert, wenn sie auf das schöne Leben zurückblickte, wie sie es von Kindheit an gewöhnt war und nun entbehren musste, seit dem Unglück mit dem Schiff. Der Blick in dieses Elfenbeinkästchen ließ ihr lebhaft empfindendes Gemüt einen Kummer miterleben, gegen den das eigene Schicksal ihr beneidenswert erschien. Sie durfte bei dem Manne sein, den sie begehrt hatte und liebte. Sie wollte nur noch mit Freudigkeit für ihn und für die Kinder sorgen, nie mehr dem verlorenen Schiff nachtrauern.

Der Untersuchungsrichter wusste, als er das Elfenbeinkästchen zum Bürgermeister trug, dass es sich hier um eine weit zurückliegende, rein persönliche Angelegenheit handelte. Da jedoch der Tod, zumal für ihn, jede Diskretion aufhebt, so wollte er sich auch diesen Zusammenhang nicht entgehen lassen. Vielleicht gehörte er aber auch zu denen, die im Grunde ihres Herzens dieser Art Raubrittertum Bewunderung zollen. Er sagte, man solle darüber schweigen. Es sei gewiss nicht edel von dem Kaufherrn gewesen, einem anderen die Braut wegzunehmen, aber so etwas käme öfters vor.

Seit in den letzten Jahren das Seebad Libau von auswärtigen Kurgästen besucht wurde, hatte sich auch unter den Einwohnern ein regeres geselliges Leben entwickelt. Im Sommer gab es gelegentlich einen festlichen Aufzug, bürgerliche Galacouren und Hofkonzerte. Jetzt, in der Zeit des Vorfasten, waren die Nächte bewegt. Spät kehrte die grüne Garde der großgildischen Kaufleute heim von ihren Bällen en domino und en paré und die blaue Elisabethgarde der Unverheirateten von ihren Schlittenfahrten en masque im Fackelschein. Die Schiffer hatten sogar ein Boot auf ihrem Schlitten hochgetakelt mit fliegenden Wimpeln und Musik. In dieser Nacht ging Joseph den fröhlich Heimkehrenden aus dem Weg, um nicht angeredet zu werden. Seine schweren Gedanken zogen ihn immer wieder in die gleiche Richtung, durch die neuen Anlagen, über den Petermarkt hinaus.

Seine Frau hatte ihm die Geschichte vom Elfenbeinkästchen erzählt. Als sie, ohne etwas zu ahnen, den Namen seines Wohltäters nannte, war es Joseph, als ob alles über ihm zusammenbräche. Die Frau drang in ihn mit entsetzten Fragen. Es dauerte lange, bis er reden konnte. Dann kam es ganz allmählich aus ihm heraus, er erzählte von der Verzweiflung jener Nacht, ehe der kleine Gottfried geboren wurde: Sein Flehen zur Muttergottes an der Fährbrücke, sein vergebliches Hoffen auf ein Trinkgeld von irgendwoher, die Augenblicke vor Mitternacht im Kirchturmschatten auf der Bank, die Pforte des Kaufhofes, die plötzlich aufklinkte und dann der große Herr im Pelzmantel. Joseph hielt inne, denn ihm war, als sähe er jetzt zum ersten Mal etwas: die eigentümlich unsichere Umschau, die der Herr gehalten hatte, als er, noch unbemerkt, aus der Pforte auf die Straße getreten war, dann sein Zusammenzucken und die erschrockene Kopfwendung, als Joseph aus dem Schatten getreten war und ihn ansprach: „Guten Abend, Herr!", und das sonderbar erleichterte: „Ach *er* ist es, Joseph!" Auch das hatte heute einen ganz anderen Klang, während er berichtete, als zuvor, wenn es ihm nur gelegentlich wieder ins Gedächtnis kam.

„Wie ist es möglich, dass dir dies alles nicht gleich aufgefallen war?" Joseph gestand beschämt, dass er damals nur an ihr eigenes Elend gedacht habe und dann später nur an die wundersame Rettung aus dieser großen Not. „Du musst jetzt noch hingehen und es der Polizei melden", sagte die Frau. Ihm aber war, als hielte ihn jemand zurück und sagte: „Tu's nicht!" Joseph saß in sich zusammengesunken und brütete vor sich hin. Erst wenn er in ein paar Stunden das alles vor der Nacht ausbreiten konnte, würde es in ihm klar werden. „Du musst es der Polizei melden", sagte die Frau. „Tu's nicht!" sagte die andere Stimme. Und er glaubte zu wissen, dass das die Stimme des Mannes war, der das Geheimnis seines Lebens in dem Elfenbeinkästchen verschlossen gehalten hatte. Der forderte Schweigen. Denn der geliebten Frau durfte nicht noch mehr Leid geschehen.

Als das Drängen nicht aufhören wollte: „Du müsstest, du solltest …“, da suchte er nach einem Grund, den die Frau verstehen konnte: „Du weißt doch, wie die Polizei hierzulande ist, seit unsere Provinzen an Russland gefallen sind“, erklärte er. „Wenn solch ein großer Herr die Behörde zu fürchten hat – du weißt doch, was ein ‚weißer Schwan‘ bedeutet? –, dann bekommt der betreffende Beamte einfach solch einen weißen Hundertrubelschein im Osterei zugesteckt. Und du kannst anzeigen, soviel du willst: nichts kommt dann heraus!“

Dagegen wusste selbst die Frau keine Einwände mehr und allmählich hörte ihr Zureden auf.

Die Nacht war unruhig von heftigen Windstößen und Schneetreiben. Joseph blieb nun schon zum dritten Mal vor dem Garten hinter dem Petermarkt stehen. Es war schon elf Uhr vorbei und im oberen Eckzimmer brannte immer noch Licht. Wie schon oft, wartete er wieder bis sich eine Gestalt vom Vorhang abhob, eine Frauengestalt.

War das Rätsel etwa gelöst? Man konnte doch unmöglich annehmen, dass nach so vielen Jahren der Mann dieser Frau sich rächen wollte an dem, der ihr Herz von der ersten Begegnung an zu eigen hatte. „Du musst es der Polizei melden.“ Was sollte man melden? Man fühlte mehr, als man sich erklären konnte, dass hier ein tragisches Zusammenwirken von Schuld und Leid den grauenvollen Ausgang vorbereitet haben mochte. Kurz vor Mitternacht sah Joseph zum letzten Mal auf das matt erleuchtete Fenster. Und er war plötzlich entschlossen, den Mann noch einmal wiederzusehen, und zwar aus der Nähe.

Am nächsten Morgen zog er seinen Sonntagsanzug an und ging den gleichen Weg wie die Nacht zuvor. Doch er blieb diesmal nicht vor dem Haus stehen, sondern hob den Ring des Türklopfers und ließ ihn schwer gegen die kleine Messingplatte schlagen. Eine Magd öffnete. Er nannte seinen Vatersnamen, der häufig in der Stadt vorkam, und sagte, er wünsche den Herrn zu sprechen.

Es musste wohl das Wohnzimmer sein, in das er geführt worden war. Vergebens schaute er sich nach einem zierlichen Schreibtisch oder Nähstock um, der das Wirken der Hausfrau verraten hätte. Im Stillen hatte er gehofft, ihr zu begegnen. Aber dieser Raum sah trotz seiner Ordnung so aus, als gäbe es hier keine Frau. Er musste einige Minuten warten, bis der Herr kam.

Als dieser den gemeldeten Besucher erkannte, blieb er einen Augenblick unentschlossen stehen, sah sich nach der Seite um, kam dann näher mit Schritten, die eigentlich zurückweichen wollten. Als er dem Nachtwächter schließlich gegenüberstand, war er nicht fähig, nach dessen Begehr zu fragen. Sein Gesicht, so zerstört, als müsste jeden Augenblick ein Stück davon abfallen, bemühte sich vergebens, die zitternden Muskeln im Zaum zu halten. Er senkte den Nacken, als erwarte er einen Schlag.

Joseph las aus diesen Bewegungen wie aus einem aufgeschlagenen Buch. Er dehnte die Sekunden.

„Ich komme“, begann er langsam, „um zu melden, dass in dem Eckzimmer links von der Eingangstür die letzte Nacht Licht gebrannt hat!“ Als ob er das heute Nacht zum ersten Mal bemerkt und eine Gefahr daraus abgeleitet hätte.

Sein Gegenüber machte die nämliche Kopfbewegung, mit der er damals in seiner Verwirrung gesagt hatte: „Ach, er ist es, Joseph!“ Diesmal aber hatte er nicht mehr die Kraft, den andern mit einem „schon gut, schon gut“ abzuweisen, sondern er suchte mühsam eine umständliche Erklärung zusammen, die er niemand schuldete, am wenigsten dem Nachtwächter. Seine Frau habe nun einmal die unbegreifliche Gewohnheit, bis lange nach Mitternacht aufzubleiben, niemand könne sie daran hindern … Joseph zwang ihn, einen Blick auszuhalten, der ihm nichts ersparte. Wenn ein Mensch vom andern das Ärgste weiß, wenn keine Güte, kein Verstehen übrig bleibt, dann vermag ein solches Wissen zu töten, nicht auf der Stelle, aber durch die allmähliche Folter der Tag- und Nachtstunden. Joseph wandte sich ohne Gruß und ging hinaus. Rache und Strafe waren bereits vollzogen, eine höhere Strafe, eine höhere Rache, ohne sein Dazutun. Er hatte sich seit Langem nicht so frei gefühlt. Niemand vermochte seine Entscheidung zu hindern. Und er nahm die Verantwortung des Schweigens auf sich.

Wie lange hatte man wieder auf den Frühling warten müssen! Wo wird er so herbeigesehnt wie dortzulande!

Man ist der weiten weißen Flächen und der starren Gewässer so überdrüssig. Wohin man auch blicken mag, aus dem Fenster, die Straße entlang: Alles ist wie mit Sarglinnen zugedeckt. Man sieht sich die Augen aus nach einem Vorboten und späht täglich, ob sich nicht endlich ein grüner Schimmer gegen den helleren Himmel abhebt. Vergeblich, der Winter behauptet sich bis zu seinem letzten eisigen Atemzug. Dann aber steht der Frühling plötzlich da, wie zur offenen Tür hereingeweht, und er lässt sich nicht mehr verdrängen. Die Birken fangen nicht erst umständlich an sich zu putzen. Über Nacht sind sie grün geworden und lassen die dünnen Schleier zu Seiten der vierzeiligen Straßen wehen, die Potjemkin einst auf Befehl der Kaiserin Katharina große Strecken weit bis an den Ostseestrand angelegt hat. Sie sollten ein Schutz sein gegen die Sandplage. Vor Zeiten hatten die Libauer Bürger ihre Bitte vor den Herzog „in hoher Person" gebracht, „er möge den Sandberg ins Auge nehmen", damit nicht „wir arme, durch den Sand fast ganz ruinierte Leute, ganz werden überweht und mit dem Sande elendiglich uns müssen plagen …"

Später hatte man viele Bäume gepflanzt. Auch Linden und Kastanien. Nun glänzen die braunen Blattknospen in der Märzensonne. Aus dem Waldboden sprießen die kleinen blauen Leberblümchen. Das Gras wächst. Es wächst ein wenig dünn und spärlich, weil ihm der Boden nicht günstig ist. Aber das Gras hat Ausdauer in seinen zarten Wurzeln. Ehe man sich's versieht, bedeckt es Stück für Stück.

Auch über die entsetzliche Begebenheit in der Neujahrsnacht wuchs Gras. Nach Verlauf eines Vierteljahres wurde der Nölting'sche Kaufhof vom Erben, einem Brudersohn des Ermordeten, als Eigentum übernommen.

Das war ein Mensch mit harmlos verlaufendem Leben. Er war verheiratet, hatte mehrere halbwüchsige Kinder und gehörte zu denen, die zum Reichtum aufschauen und in ihm das größte Erdenglück erblicken. Bisher hatte er sich in engen Verhältnissen einrichten müssen. Kein Wunder, dass es fortan bewegter zuging in diesem verwunschenen Haus, in dem seit einem Menschenalter kaum etwas anderes sich bemerkbar gemacht hatte als der stickige Atem von Möbeln, Teppichen und Gardinen.

„Dieser Mann versteht doch wenigstens, ein Haus zu machen“, sagten die Nachbarn befriedigt. Seine Frau konnte nun auch ohne Bedenken die allerbesten und teuersten Speisen auf den Tisch bringen und er durfte nach Herzenslust den goldenen Rheinwein und den roten Burgunder fließen lassen. Draußen im Hof standen verlässlich die großen Speicher mit der Schlagsaat, überragt vom Salzspeicher, und die eigenen Schiffe fuhren weit über die Meere.

Joseph hatte den kleinen Kartoffelacker umgegraben. Nun machte er sich daran, die Schollen mit dem Spaten zu zerkleinern. Die Hoffnung hat starke Wurzeln, wie das Gras. In diesem Jahr wird es gewiss eine gute Ernte werden!

Er hatte eine Weile gearbeitet, als das Geklapper kleiner, eiliger Schritte laut wurde. Wenn die Kinder den Vater draußen wussten, kamen sie angelaufen, um dabei zu stehen und seine Hantierungen zu verfolgen. Das war immer so, darum schaute er gar nicht von seiner Arbeit auf. Erst als der Älteste sich an seinen über die Schaufel gebeugten Hals hängte, um ihm etwas ins Ohr zu flüstern, bemerkte er, dass in einiger Entfernung jemand mit großen, bedächtigen Schritten folgte. Und beim Näherkommen erkannte er einen alten Steuermann, der schon, solange er denken konnte, eines der Nölting'schen Schiffe fuhr.

Joseph begrüßte ihn, schulterte seinen Spaten und bat ihn ins Haus. Obgleich er diesem Manne selten begegnet war, freute er sich über seinen Besuch. Für den war er nicht Joseph, der Nachtwächter, sondern der, der er vorher gewesen war. Wortkarg, wie ein Seemann zu sein pflegt, schwieg er den Weg über. Und auch drinnen, nachdem er sich gesetzt hatte, schaute er noch eine Weile zwischen seinen breit auseinandergeschobenen Knien auf den Fußboden nieder. Endlich hob er den Kopf ein wenig zu Joseph hin und fragte: „Habt Ihr noch jemals etwas gehört von Eurem Schiff?“ Joseph schüttelte den Kopf und meinte: „Es ist verloren und bleibt verloren.“

Nun begann der alte Mann langsam zu erzählen. Sein Herr hatte ihn damals zu sich kommen lassen, als die Nachricht laut geworden war. „Du Schorsch“, hatte er gesagt, „was meinst du, ist es möglich, dass so etwas geschieht aus purem Zufall, nun schon zum zweiten Male seit Aufhebung der Kontinentalsperre?“ „Nein, Herr“, habe er geantwortet. Und nun schilderte er, wie Nölting nach einer Erklärung geforscht hatte und in ihn gedrungen war und wie er daraufhin schließlich zugeben musste, dass er sich wohl schon seine Gedanken darüber gemacht hätte. Aber der Herr solle nicht verlangen, dass er einen Verdacht ausspräche, den er nicht beweisen könne, hatte er gebeten. Da müsste er ja Gottes Strafe fürchten. Und er versprach, dass er, wenn er von der nächsten Fahrt nach Frankreich zurückkäme – dort habe er gute Bekannte –, ihm berichten wolle, ob an seinen Vermutungen etwas sei. „Tu, was du kannst, Schorsch“, hatte Nölting gesagt, „und wenn es damit länger dauern sollte, so nimm dir Zeit dazu!“

„Ihr hattet wirklich einen bestimmten Verdacht?“, fragte Joseph verwundert.

„Nicht sogleich. Das ist ganz allmählich gekommen. Ihr wisst ja selbst, wie das ist, wenn man auf den langen Fahrten am Steuer steht, Tag für Tag, wenn man merkt, dass so ein Gedanke immer wieder geradeaus vor einem auftaucht, als müsse man darauf zufahren …

Das erste Mal, als ich einen unserer Libauer Kaufherren in Calais von Weitem auf der Straße sah, hätte ich mir noch nichts gedacht. Warum sollte auch so ein reicher Herr nicht reisen? Leben ja nicht alle so bescheiden und zurückgezogen, wie unser Herr es getan hat. Selbst als ich ihn mehrere Monate später ein zweites Mal sah, wäre mir noch nichts aufgefallen. Aber da war so etwas Eigentümliches in seinen Bewegungen, nicht wie bei einem reichen Herrn, der doch ohne Sorgen sein kann. Er blickte sich um, gerade so, als liebte er nicht, gesehen zu werden.“

Nun horchte Joseph atemlos. Weiter, weiter! Aber einen alten Steuermann darf man nicht drängen. Er beschrieb umständlich, wie die Seeleute einander in einer solchen Hafenstadt kennenlernen, wenn sie ihrer Herren Schiffe fahren. „Unser Bernstein für Paternosterkränze wird immer auf einen französischen Frachter umgeladen, der ihn nach Spanien bringt, oft an die siebzig Schiffspfund …" Er habe dort einen alten Freund, den einzigen, den er bitten konnte, herauszubringen, was dieser Libauer Kaufherr in Calais zu tun haben mochte. Das konnte natürlich nicht auf direktem Wege geschehen. Es dauerte länger als der vorgesehene Aufenthalt im Hafen bis zur neuen Befrachtung. Aber Nölting hatte ihm ja gesagt gehabt, er sollte warten, bis er etwas Genaues in Erfahrung gebracht habe. Und wirklich: Nach einigen Tagen Verzug hatte der befreundete französische Seemann die Fährte entdeckt und herausbekommen, dass der Libauer Kaufherr jenem Geheimdienst angehörte, der früher unbemerkt durch die Petersburger Gesandtschaft ging, aber seit dem Kriege auf diesem privaten Wege vermittelt wurde. „Kein Wunder, wenn der Herr nicht wünschte, dass ihn jemand sah!"

Joseph war aschfahl geworden. Der Steuermann hätte den Namen nicht zu nennen brauchen. „Und Nölting hat es gewusst?" Das war das Einzige, was er hervorbrachte. „Ja. Anfang Dezember kehrte ich zurück mit der Nachricht für meinen Herrn. Der war darüber so erregt, wie ich ihn zuvor nie gesehen hatte. Er fasste nach meiner Hand: ‚Schorsch, gelobe mir, dass du darüber schweigen wirst!', sagte er. ‚Der Kapitän soll sein Schiff wiederhaben. Ich werde nicht ruhen. Aber so eine Sache braucht Zeit.' Er hat die Zeit dafür nicht mehr bekommen. Der Tod fragt nicht, ob man mit etwas fertig ist oder nicht.“ Dann habe er es lange mit sich herumgetragen, fuhr er fort, und keinen Rat gewusst. „Wenn man den Täter nicht selber überführen kann, muss man schweigen.“

Der Steuermann sah Joseph enttäuscht an. Er begriff nicht, denn er hatte erwartet, dass der auf diese Mitteilung hin aufschäumen würde wie das Meer und alles daransetzen würde, wieder in den Besitz seines Schiffes zu gelangen. Stattdessen brütete er dumpf vor sich hin. Und es war der gleiche Satz, den er noch und noch einmal hervorpresste: „Nölting hat es gewusst!“

In jener schicksalsvollen Nacht hatte es sich also für Nölting nicht um die geliebte Frau gehandelt, wie das Elfenbeinkästchen vermuten ließ, sondern um ihn, um Joseph, den Nachtwächter, dessen Schiff verraten und von den Franzosen gekapert worden war und den ein Louis d'or aus der Hand des Verräters vor der Verzweiflung rettete. Damit rückte das Verhalten des „Wohltäters“ in ein ganz neues Licht: dieser hastige Griff in die Tasche seines Pelzmantels aus einem sichtbaren Erschrecken heraus. Er mochte noch Nöltings Stimme im Ohr gehabt haben mit dem Namen Joseph Schulze beim Öffnen der kleinen Pforte, als plötzlich wie eine Erscheinung der Nachtwächter Joseph Schulze leibhaftig vor ihm stand.

Wenn Joseph jetzt an die Silvesternacht dachte und die beiden Männer am Tisch sitzen sah, dann war ihm, als hörte er Nöltings Stimme, seine Worte, aller Fassung beraubt. Bis hierher hatte wohl die Selbstbeherrschung gereicht, zwanzig Jahre hindurch das erlittene Unrecht zu tragen, kraft seines inneren Haltes. Denn offenbar strebte er zeitlebens nach Ordnung und Seelenfrieden und war erfüllt von Verantwortung für seine Mitwelt. Nun musste er erkennen, dass der, an den er sein Glück hatte abtreten müssen, ein Verbrecher war, der nicht zurückscheute vor dem schimpflichsten Verrat. Da brach es aus ihm heraus: sein eigenes zerstörtes Leben, das untragbare Leid jener geliebten Frau, die ihr verkümmertes Dasein von einem Jahr zum anderen hinüberschleppte. Wenn der andere sich seiner vielfachen Schuld noch nicht bewusst gewesen wäre, in dieser Nacht war sie vor ihn hingestellt worden von ihren ersten Anfängen an, dem Augenblick, da die Gier ihn zu jagen begann von einer unredlichen Tat zur anderen und ihn nicht mehr losließ. Der Fluch war sein Schatten geworden, es gab kein Entrinnen. Er konnte nur noch, wie er seit je getan, versuchen, die Schuld zu verbergen. Aber das wurde immer schwerer, denn sie wuchs. Da kam die Angst, die die Schuld umkreiste und mit dem Fluch um die Wette lief. Und das Leben vermochte die Schuld nicht zuzudecken. In jener Silvesternacht wurde abgerechnet, alles auf einmal. Nölting stand vor ihm als der Ankläger aller, die er betrogen hatte. Und er verlangte ein Wiedergutmachen. Aber er konnte nichts ungeschehen machen.

Es war nicht Reue, die in diesem entscheidenden Augenblick in ihm aufstieg, sondern Hass gegen den, der vor ihm stand, der auf der anderen Seite des Lebens stand, das fühlte er, frei von dieser Höllenqual der Angst, die ihm die Kehle würgte. Es war keine Zeit zu verlieren. Die Nacht ging vorüber. Wenn diese drohende Stimme noch lauter wurde, bestand Gefahr, dass sie jemand hörte. Der Ankläger musste zum Schweigen gebracht werden. Es gab keinen anderen Ausweg.

Das waren nicht mehr seine Gedanken, die das dachten. Das waren nicht mehr seine Hände, die das taten. Aber es war seine Angst. Die hatte grauenvolle Kräfte.

Nachdem noch einmal der ganze Vorgang an Joseph vorübergezogen war, schien alles in ihm wie umgekehrt: sein stilles Wesen, sein williges Hinnehmen dessen, was ihm das Leben zugemutet hatte. „Er ist schuld!", schrie es in ihm. „Er ist schuld an unserem zerstörten Leben. Meine Frau ist frühzeitig gealtert über Arbeit und Plage, unsere Kinder kennen nichts als Entbehrung! Er ist schuld, dass ich durch die Straßen ziehen muss mit Spieß und Schnarre und die Stunden ausrufe!"

So stand er vor der Nacht, vor seiner Nacht. Und verriet sie.

Aber es blieb nicht bei diesem „Er ist schuld". Es kam Ärgeres über ihn: „Ich werde mich rächen! Ich habe ihn in der Hand!" Wenn er diese Worte zwischen den Lippen herauspresste, dann war es, als käme etwas aus ihm, was er mühsam hinuntergeschluckt hatte, immer wieder geschluckt, weil er des Glaubens gewesen war, es sei der große Wille über ihm, der das alles verhängt hatte. Nun sah er, dass es ein Mensch war, ein Mörder. Ihn und die seinen hatte er vernichtet. „Ich werde mich rächen! Ich habe ihn in der Hand!" So hielt er es eine Nacht. Die Stadt lag schlafend, als ginge sie ihn nichts an. Und noch eine Nacht. Aber in der dritten war es ihm plötzlich, als hätte die Nacht *ihn* verleugnet. Er war sich selbst fremd geworden. Er empfand Abscheu vor sich. Es ist nicht leicht, sich wieder zurückzuholen, wenn man sich einmal fallen ließ. Es geht so rasch abwärts. Und es bedarf großer Kraft, den Sturz aufzuhalten und sich wieder hinaufzuheben zu sich selbst.

Joseph war von dieser Anstrengung erschöpft. Aber er öffnete seine Augen und versuchte, wieder zu sehen, die Nacht, das Eckfenster, und er hörte wieder tief in sich die leise Stimme:

„Tu's nicht!"

Den Weg zur Fähre hatte er schon hinter sich. Er konnte ruhig etwas auf der Bank sitzen bleiben unter der großen Kastanie am Marktplatz. Die ließ ihre Blüten niederrieseln bei jedem Windstoß. Sie brauchte keine Blüten mehr, es ging nun um die Früchte. Als Joseph sich erhob, war es, als habe er seinen Widersacher für immer dort zurückgelassen.

Er hätte seiner Frau nicht verschweigen können, was er durch den Steuermann erfahren hatte. Nach dem ersten Entsetzen flammte eine Hoffnung aus ihr: das Schiff! Ja, das Schiff! Entschädigung für alle erlittene Not, wenn er die seiner Frau bringen könnte! Sie hatte nächtens nicht unter der Kastanie am Marktplatz gesessen. Sie redete auf ihn ein: „Ich sagte dir ja schon, als ich dir die Geschichte vom Elfenbeinkästchen erzählt hatte, du solltest es der Polizei melden. Wärst du nur gleich hingegangen! Hättest du nur! Es ist auch heute noch nicht zu spät. Du müsstest doch, du solltest, bedenke doch …" Da geschah etwas Erschreckendes, etwas, was sie so noch nie erlebt hatte:

„Schweig!", herrschte er sie an, dass die Fensterscheiben zitterten von der Wut seiner Stimme. Als gälte dieses donnernde „Schweig!" allen vorangegangenen „du solltest doch, du könntest doch" und allen zukünftigen. Gerade weil es jetzt um sein eigenes Schicksal ging, konnte er nichts unternehmen. Diese Entscheidung ging nur ihn an. Er konnte jetzt wenigstens wieder ruhig an alles zurückdenken. Er sah den Mörder, wie er vor ihm gestanden war, aller Menschenwürde beraubt. Wie gerne hätte der aufgeschrien! Wie gerne wäre er hingegangen und hätte seinen Geldkasten geöffnet, um Joseph die Tausender hinzuwerfen! Das wäre eine Erleichterung gewesen, eine Kühlung für diesen tödlichen Brand des Gewissens! Aber er konnte nicht. Jeder Schritt versagte sich ihm. Sein unsichtbares Gefängnis hielt ihn umschlossen wie ein Panzer. Nicht einmal die Bewegung seiner Hände gehörte mehr ihm. Nein, um Rache brauchte man nicht besorgt zu sein.

Die Jahre gingen dahin. Für den Erben des Nölting'schen Kaufhofes, der sich seines unverhofften Wohlstandes erfreute. Für die vielen Speichergesellen, die nacheinander grau wurden. Auch für Joseph, den einstigen Nachtwächter.

Er brauchte diesen Beruf nicht mehr auszuüben. Seine Kinder waren herangewachsen zu ordentlichen jungen Leuten. Handwerker war der eine, Seemann der andere.

Gottfried, der Jüngste, durfte sogar seine Begabung nützen und sich zum Schullehrer ausbilden. Die Tochter half der Mutter, das Häuschen in Ordnung zu halten. Auf diese Kinder konnte man sich verlassen, man durfte stolz auf sie sein.

Die vielen Nächte draußen in der Winterkälte hatte Joseph ohne Schaden überstanden. Aber das Schmerzen der Glieder blieb im Alter nicht aus. Davon erwähnte er nichts, solange es nur eben ging. Der Arzt war bisher nur geholt worden, wenn Frau oder Kinder krank waren. Nun kam er auch zu ihm und verurteilte ihn zum Stillsitzen. Er hatte sich schon mit so vielem aussöhnen müssen, warum nun nicht auch mit dieser Verordnung, dass er sich ruhig halten solle und die Tage im Ohrensessel verbringen, der in der Ofenecke stand. Die Augen wurden ohnehin schwach, und wenn die anderen redeten, konnte er nicht mehr folgen.

Nach einem Leben voll Arbeit und Entsagung hätte man den Feierabend verdient gehabt. Aber in dieser Ofenecke wurde es nie recht still, weil immer wieder die Bilder aus vergangenen Jahren vor der Erinnerung standen. Immer wieder musste er die schweren, mühsamen Wege gehen. Man hörte ihn oft tief seufzen. So merkte er selber kaum, wie er nach geraumer Zeit müder und müder wurde. Bis er eines Tages seinen Jüngsten zu sich rief und lange mit ihm sprach.

Zum Schluss sagte er ihm, er solle zum Pfarrer gehen und ihn bitten, er möge kommen. Es sei an der Zeit, ihn mit den Sterbesakramenten zu versehen.

Joseph lag oben in der Schlafkammer. Die Frau hatte alles für die heilige Handlung unter verhaltenem Schluchzen zusammengetragen. Sie hatte das beste weiße Linnentüchlein auf einen kleinen Tisch gebreitet. Es sah feierlich aus. Aber die Tränen, zu lange verhalten, stürzten bei diesem Anblick in großen, schnellen Tropfen auf das weiße Tuch und flossen breit auseinander. Die Reinheit war durch den nassen Fleck gestört. Erschreckt raffte sie es zusammen, um das zweitbeste Tuch zu holen. Dabei musste es nun aber bleiben. Deshalb sprach sie ihrem traurigen Herzen gut zu und versuchte sich damit zu trösten, dass schon so mancher zum Sterben Vorbereitete hernach gesund geworden war und noch eine gute Weile weitergelebt hatte. Sie stellte das Kruzifix in die Mitte des Tischchens und zu beiden Seiten die Zinnleuchter. Als sie den Priester unten im Hause mit Gottfried reden hörte, steckte sie die beiden Kerzen an.

Der Pfarrer war die schmale Treppe heraufgestiegen und trat ein. Man müsse sehr laut sprechen, sagte die Frau noch schnell zu ihm, sonst verstünde er nicht. Dann verließ sie das Zimmer, worauf der Priester hinter ihr den Schlüssel umdrehte, wie es der Brauch war.

Joseph beichtete. Als er geendigt hatte, fragte der Pfarrer: „Bist du deiner Frau stets ein treuer Mann gewesen? Hast du sie nie unnütz gescholten oder gar misshandelt?"

Joseph verneinte.

„Bist du deinen Kindern ein gerechter Vater gewesen? Oder hast du an ihnen deinen Zorn oder Unmut ausgelassen?" Joseph verneinte.

„Hast du stets dein Amt gewissenhaft erfüllt? Nichts

verschwiegen oder verheimlicht? Oder gar falsche Aussagen gemacht?“

Joseph schwieg.

Der Priester sah ihn streng an: „Was ist’s, das dich drückt?“ Er drang in ihn ein: „Was war es? Gestehe!“

Und Joseph fing an, von dieser großen Not in seinem Leben zu berichten. Er musste die Gedanken mühsam zusammenholen: die Kinder hungrig zu Bett geschickt – kein Geld – kein Kredit – kein Brot im Kasten – keine Kartoffel im Keller – in der Kammer die kreißende Frau – in ihm die Angst und Verzweiflung um den nächsten Tag. Er musste immer zwischendurch eine Pause machen. Keine Hoffnung mehr auf menschliche Hilfe – und die Bitte um Hilfe, die er zum Himmel sandte – dann der Wohltäter in der Nacht – das Goldstück in der Hand – der Schwur bei Josephs und Mariä Sohn – und in der Silvesternacht dieser Mann, sein Retter in der Wohnung des ermordeten Nölting. Das Sprechen war immer mehr ein Murmeln geworden. Es schien, als wollten die Hände auf der Bettdecke alles aufzeichnen. Der Atem ging schwer. „Weiter, weiter!“, drängte der Priester.

Der Schwur… der Schweiß brach ihm aus. So müde war er. Und schwieg.

„Kanntest du den Namen des Mannes?“

„Ja.“

„Wie hieß der Mensch?“

„Ich habe geschworen bei …“

„Das entbindet dich nicht. Ich stehe vor dir an Gottes statt und frage dich. Gott verlangt Antwort. Sprich! Wie hieß dieser Mensch? Wirst du es sagen?“

Es hätte dieses lauten Drängens nicht bedurft. Joseph Schulze wusste, dass man Gott keine Antwort schuldig bleiben durfte. Er wurde ruhig. Denn es legte sich sanft wie ein Segen um ihn, dass da nun kein Widerstand mehr, kein alter Schwur festgehalten werden musste. Ja, er wollte es sagen.

„Ja …“, hauchte er vernehmlich.

Wie hieß doch der Mensch? Joseph hatte die ganze Zeit an den Kerzen des kleinen Altares vorbei geradeaus geschaut, wo der Schrank inzwischen von der Dämmerung weit zurückgeschoben war, während die Wand immer näher kam. Jetzt wurde auch sie fortgenommen. Und Joseph erblickte einen hellen Schimmer.

„Du musst es sagen! Sonst kann ich dir die Absolution nicht geben. Hörst du!“

Joseph hörte. Die Worte klangen wie eine ferne, zarte Musik, obgleich sie wie ein Hammer gegen die hölzerne Bettstatt schlugen. Er musste schauen. Immer heller weitete sich der Raum vor ihm. Es galt nur noch ein wenig zu warten, denn er war noch nicht nahe genug. Aber bald würde er ihn sehen, den, dem er alles sagen wollte. Jetzt hörte *der Priester*. Einen kurzen Laut nur. Jetzt wurde *er* still. Jetzt begann *er* zu horchen. Und er hob eine der beiden Kerzen hoch und leuchtete in die gebrochenen Augen.

Die Frau des Baumeisters

UM 1848

Ernst Strasdowski, der Urenkel des gleichnamigen Seemanns und der Tochter des Fährenschreibers, hatte als Kind davon geträumt, Maler zu werden.

Kaum konnte der kleine Bursche die Bleifeder halten, saß er über einem Blatt Papier und zeichnete. Nicht allein das Gesicht verstand er zu treffen, sondern auch die Bewegungen der Verwandten, die sich abends bei den Eltern um den Familientisch zusammenfanden, fing er ein. Alle, außer dem einen allzu getreulich Getroffenen, mussten lachen. Und es hieß, dass er unbedingt Maler werden müsste.

Nach Beendigung der Schulzeit erklärte jedoch der Vater, dass es nun gelte, sein Brot zu verdienen. Der Vater war ein tüchtiger Seemann. Seine sechs älteren Söhne hatten den gleichen Beruf gewählt. Darum beschloss man, dass auch der Kleinste auf See gehen solle. Bei diesem Vorschlag jedoch zuckte es in den geschickten Fingern. Die Mutter fühlte den Kummer ihres Jüngsten: „Hast du nicht Lust, Baumeister zu werden?“, fragte sie.

„Da musst du ja auch zu zeichnen verstehen.“ Die anderen lachten. Baumeister? Das waren hohe, feine Herren, die mussten viel studiert haben.

Ernst fing an, Häuser und Türme zu zeichnen. Allmählich fand er Gefallen daran und sagte entschlossen: „Ich werde Baumeister.“ Mochten die Brüder darüber lachen.

Erst kam die Lehre, das Steinetragen und Lehmmischen. Das war sehr langweilig. Aber er dachte: „Schadet nichts!“ Und blieb dabei: „Ich werde Baumeister!“

Als der Vater im Frühjahr 1842 nach Lübeck fuhr, nahm er ihn mit. Allein geblieben in dieser großen Seestadt, suchte er die Maurerherberge auf. Und da er seinen Lehrbrief vorzeigen konnte, behielt man ihn dort über Nacht. Arbeit gäbe es nicht, behaupteten die übrigen Gesellen. Als ihm jedoch der Herbergsvater seinen Zehrgroschen aushändigte, fragte er: „Willst du arbeiten?“ – „Ja“, gab er zur Antwort, „wenn ich einen Meister finde.“ Der Herbergsvater nahm ein Blättchen Papier und schrieb einen Namen darauf. „Hier hast du. Geh zu dem. Der sucht.“ Dabei zeigte er sich sehr erstaunt, denn er war gewöhnt, dass die Gesellen gar nicht gewillt waren zu arbeiten. Ihnen ging es nur ums Übernachten und um den Zehrgroschen. Dann zogen sie weiter.

Der schlaue Meister versprach ihm dauernde Arbeit, wenn er weiterhin für fünfundzwanzig Groschen täglich arbeitete. Der übliche Lohn betrug dreißig Groschen. Ernst Strasdowski nahm sein Angebot an und der Herbergsvater erlaubte ihm, in der Herberge weiter zu wohnen und an der Morgensuppe teilzunehmen, so lange er um den niedrigen Preis arbeitete. Als die Jahreszeit wärmer wurde, fühlte der junge Maurer Lust zu wandern. Schon in Lüneburg erreichte ihn die Nachricht, dass Hamburg brenne. Er eilte zurück, um bei den Löscharbeiten zu helfen. Und bald erscholl der Hilferuf nach Maurern. Die zerstörten Teile der Stadt sollten wieder aufgebaut werden. Nun stieg der Lohn von einem Taler auf zwei. Und nach sechs Wochen war er sogar auf drei Taler geklettert. Aber je höher der Lohn stieg, umso weniger wurde gearbeitet. Hatten die Maurer bei einem Taler schon den Montag blau gemacht, so schlugen sie bei zwei Talern auch noch den Dienstag dazu. Und bei drei Talern hängten sie gar noch den Mittwoch an. Strasdowski dachte: „Das machst du nicht." Er hatte sich vorgenommen zu arbeiten und so arbeitete er.

Als dann der Frost eintrat, händigte ihm der Meister mehr als dreihundert Taler aus, obgleich er sich inzwischen von seinem Lohn gute Kleider gekauft hatte. Der Meister sagte: „Sie sind ein ordentlicher Mensch. Sie haben Ihr Geld nicht vertrunken, haben jeden Montag gearbeitet. Ich rate Ihnen, gehen Sie nach Braunschweig und besuchen Sie dort die Bauschule. Die Kurse werden gerade eröffnet."

Der Vorschlag gefiel ihm. Und er folgte ihm. Nach Beendigung der Schule konnte er sein Patent als Baumeister mit nach Hause nehmen.

Nun belächelte ihn niemand mehr. Alle waren stolz, dass er es so weit gebracht hatte. Da er nachweisen konnte, dass er in großen deutschen Städten gearbeitet hatte, bekam er in seiner Heimatstadt Libau sogleich eine Anstellung als städtischer Baumeister. Er hatte die öffentlichen Bauten zu leiten, alle Reparaturen der Stadtgebäude anzuordnen und zu beaufsichtigen. Wenn Neubauten geplant wurden, mussten sie in Mitau genehmigt werden. Jeden Monat fuhr er dort hin, um auf dem Rathaus seine Pläne vorzulegen.

Eines Tages wurden ihm Grüße mitgegeben an einen Lehrer des Mitauer Gymnasiums. Es war Gottfried Schulze, der jüngste Sohn des ehemaligen Nachtwächters von Libau. Der Lehrer selbst war nicht zu Hause, als der junge stattliche Baumeister bei ihm vorsprechen wollte. Aber seine zierliche blonde Tochter kam die Treppe herunter ihm entgegen und fragte ihn nach seinem Begehr. Nur wenige Minuten sahen die beiden jungen Leute sich, während sie einige höfliche Sätze miteinander wechselten. Aber dabei betrachteten zwei lebhafte Augenpaare das jeweilige Gegenüber mit Staunen.

Bisher hatte der Baumeister immer nur über seinen Plänen und Messungen gesessen. Mochten die anderen sich auch vergnügen, er hatte nur seine Arbeit im Kopf. Seit jener letzten Reise nach Mitau war das jedoch anders geworden. Wie ein Wesen aus einer höheren Welt war ihm die Lehrerstochter Caroline Luise Schulze erschienen und er sah oft den rötlichen Schimmer über ihrem blonden Scheitel vor sich. Bei seinem zweiten Besuch hatte er den Vater angetroffen und er wurde aufgefordert wiederzukommen, wenn er seine Pläne auf dem Stadthause vorlegen musste. Seither fand sich manche Gelegenheit zu einem Gespräch mit der Lehrerstochter.

Er hatte bisher in seinem Leben keine Zeit gehabt, sich mit Dingen der Literatur und der Kunst zu befassen, und in Libau wurde dergleichen wenig gepflegt. Nur im Hamburger Schauspielhaus, das der berühmte Schinkel gebaut hatte, war er gelegentlich in eine Vorstellung von Goethes Egmont oder Shakespeares König Lear gegangen. Doch hatte er sich dabei wie in einem fremdländischen Garten gefühlt. Caroline Luise aber war nirgends so heimisch wie gerade dort. Sie gehörte einem literarischen Zirkel an, in dem man mit verteilten Rollen Schiller und Kotzebue las. Sie befasste sich sogar mit der Kant'schen Philosophie und verfolgte begierig das Erscheinen der Werke von Schopenhauer, dem sie vor allen anderen den Vorzug gab. Als Ernst Strasdowski mit feierlicher Stimme seiner Mutter von ihr erzählte, warf diese einen schrägen Blick über ihre Brille: „Also ein Blaustrumpf?" – „O nein!", gab er zur Antwort. „Etwas ganz, ganz anderes! Dafür ist sie viel zu natürlich und energisch. Ihr solltet nur sehen, wie behende und fröhlich sie den Abendtisch bereitet."

Als er wieder eines Tages in Mitau zu tun hatte, hörte er, dass am gleichen Abend eine durchziehende Truppe Schillers Räuber aufführen sollte. Und er beschloss zu bleiben. Nach der Vorstellung entdeckte er Caroline Luise inmitten junger Mädchen, deren Augen verstohlen nach bewundernden Blicken Ausschau hielten. Sie aber sah und hörte nicht, was um sie her vorging. Das Edle und Tragische des geschauten Dramas musste sie so ergriffen haben, dass es aus ihr zurückleuchtete. Da wurden ihm Herz und Sinne so bewegt, dass nurmehr der eine Gedanke in ihm Raum behielt: Caroline Luise!

„Wie gut, dass du kein Seemann geworden bist", sagte sie, nachdem er ihr seine Liebe gestanden hatte. Er sah sie belustigt an: „Hättest du mich dann etwa nicht genommen?"

„Nein", sagte sie mit abweisender Entschiedenheit. „Die Seeleute sind ein rohes Volk." Aber er meinte, ihr Großvater sei doch auch Seemann gewesen. „Nein", erwiderte sie ebenso bestimmt. „Nur ganz am Anfang, später war er Nachtwächter." Dabei bekam der Klang ihrer Stimme etwas Ehrfürchtiges, als stünde der Rang des Nachtwächters hoch über dem des Generals. Ernst Strasdowski musste ein Lächeln verbergen. Er begriff wohl, dass man dieses Andenken in der Familie in Ehren hielt. Auch in Libau wurde immer noch an diesen aufrechten Mann gedacht.

Das Einzige, was ihr während der Brautzeit Kummer verursachte, war, dass sie die bedeutendere, geistig rege Residenzstadt Mitau gegen die Stadt der Kauf- und Seeleute eintauschen sollte. Es konnte sogar geschehen, dass sie das feine Näschen etwas rümpfte: „Wenn man dort jemand fragt: ‚Kennen Sie Schiller?', so erkundigt er sich: ‚Wo wohnt der'?" Der schwierigste Augenblick war, als sie bei einer Familienzusammenkunft ihre Schwäger kennenlernte. Sechs Seeleute! Zum Unglück kam das Gespräch auf einen kürzlich entdeckten Brandstifter, der gerädert werden sollte. „Er hat es nicht besser verdient", sagten die Seeleute. „Strafe muss hart sein. Sonst tut sie keine Wirkung!" Und einer von ihnen meinte: „Bei den Kosaken wurde noch zu Peters des Großen Zeiten der Dieb mit

Keulen erschlagen. Wer sich an anvertrautem Gut versündigte, wurde lebendig eingegraben."

Empörung flammte aus den Augen der Braut. „Wird etwa durch solch unmenschliche Strafen der Schuldige gebessert? Wird die Schuld gesühnt?" Der wahre Grund ihrer Verehrung für die großen Geister war, dass sie für die Menschlichkeit eintraten. Bei Rousseau hatte sie gelesen: „Menschen seid menschlich! Das ist eure erste Pflicht!" Davon wussten diese Seeleute nichts. Sie beriefen sich auf den Zaren Alexander I. und seine liberalen Bestrebungen. Dass er zwar unter dem Einfluss der frommen Frau von Krüdener die Leibeigenschaft aufgehoben und das sogenannte heimliche Gericht abgeschafft hatte, das namentlich politische Verbrecher grausamster Willkür ausgeliefert hatte, dass er später jedoch infolge der Entdeckung revolutionärer Geheimbünde von seinem Liberalismus kuriert worden sei. Die aufgehobene Leibeigenschaft sei sogar schleunigst wieder eingeführt worden.

Caroline Luise ereiferte sich: „Das russische Volk war nur noch nicht gebildet genug für die zugedachte Freiheit. Schuld trifft die Regierenden, die es an Belehrung fehlen ließen!" Nun stand sie erst recht allein gegen die Meinung der Seeleute. Da kam ihr der Bräutigam mit seiner stillen Art zu Hilfe. Er sagte, König Friedrich II. habe schon vor siebzig Jahren in Preußen verkündet, dass man die Gesetze in dem Maße, in dem die Völker gebildeter werden, mildern müsse. Übrigens habe er in seinem Lande gerade die Todesstrafe des Räderns, wenn auch nicht auf einmal abgeschafft, so doch insofern gemildert, als er verordnete, dass die Schuldigen vorher auf rasche Weise durch Erschießen sollten getötet werden. Um des Abschreckungsmittels nicht verlustig zu gehen, dessen Wirkung man als wichtig erachtete, sollten sie alsdann auf die Räder gebunden und der Menge vorgeführt werden. Selbst im welfischen Braunschweig, so berichtete der Bräutigam, wo man auf den Preußenkönig nicht gut zu sprechen sei, selbst dort hätten seine Verordnungen im Sinne der Menschlichkeit Anerkennung gefunden.

Caroline dankte ihm mit einem warmen Blick. Nein, das war kein Blaustrumpf. Hier schlug ein Herz, das für die Menschenrechte eintrat.

Am ersten Sonntag nach der Hochzeit fand der sogenannte „Kirchgang“ statt. In Kurland war es Brauch, dass zu diesem Kirchgang alle Verwandten erschienen. Gottfried Schulze, katholisch wie sein Vater, der Nachtwächter, hatte wiederum eine evangelische Frau geheiratet und die Tochter Caroline Luise war im Glauben der Mutter erzogen worden. Auch die sechs katholischen Brüder Strasdowski hatten eine evangelische Schwester. So fand man sich zum „Kirchgang“ in zweierlei Kirchen ein. Als das junge Paar hinterher in die eigene kleine Wohnung zurückgekehrt war, unterhielt man sich darüber, wer alles teilgenommen hatte. Es waren wohl alle Familienmitglieder dagewesen, außer den Männern, die sich gerade auf Fahrt befanden. Unter ihnen war der Onkel Strasdowski, ein Vatersbruder, der bei den Verwandten in hohen Ehren stand. Er hatte es weit gebracht als Kapitän, fuhr schon lange sein eigenes Schiff und lebte in beachtlichem Wohlstand, so dass man sich nicht wundern konnte, wenn die vornehmsten Leute bei ihm aus und ein gingen. Dass er fehlte, wunderte niemanden. Aber Tante Eugenie, seine Frau, war nicht in der katholischen Kirche erschienen. Ob sie krank war?

„Ich werde nach ihr sehen", sagte die junge Frau und am nächsten Morgen machte sie sich auf den Weg zu ihr.

Sie trug das hübsche Jakonetkleid vom ersten Kirchgang in zartem Hellgrau mit bräunlichen Streifen. Sie hielt nichts von den modernen Krinolinen, diesen vielen Unterröcken aus Perkal über einem Gerüst von Stricken und dem breiten Rad aus Roßhaar. Wie sollte sich ein vernünftiger Mensch darin noch bewegen? Allerdings: Ganz ohne Krinoline ging es auch nicht. Wie hätten sich die Leute wohl umgedreht, wenn plötzlich eine Frau ein hemdartiges Gewand wie um die Jahrhundertwende getragen hätte! Selbst die litauischen Bauernmädchen trugen die Krinoline bei ihrer Feldarbeit. Auch auf dem Theater schien sie unentbehrlich. Als die berühmte Christine Hebbel-Enghaus, im Weimarer Theater gastierend, als Krimhild in der Krinoline auftrat, ging alles gut, solange die Heldin lebte. Als sie aber tot umzusinken hatte, strebte die Krinoline seitlich aufwärts wie eine Glocke und machte den tragischen Effekt zunichte.

Die junge Frau warf noch einen prüfenden Blick in den Spiegel. Der Anstand forderte, dass der Rock mit den ungezählten Volants glatt auf dem Gestell auflag, damit die enge Taille sich recht zierlich daraus hervorhob. Sie legte einen Longshawl über die Schulter und zog die Blumengarnierung der Innenseite ihres zurückgebogenen Hutrandes möglichst weit vor über den Scheitel ihres welligen Haares. Davon sollte man durchaus nichts sehen. Denn die Libauer, gewohnt, jeden neuen Ankömmling mit einem Spitznamen zu bedenken, nannten sie den „Rotschopf". Das war ihr zu Ohren gekommen und sie ärgerte sich darüber. Der Onkel besaß ein schönes, solides, aus Stein gebautes Haus, was damals in der kleinen Stadt noch eine Seltenheit war. Die Dame des Hauses sei daheim, hieß es. Der Besuch wurde ins Zimmer geführt mit der Bitte, sich eine Weile zu gedulden. Caroline Luise hatte Zeit, sich umzublicken.

Das waren keine jener neumodischen Möbel, wie man sie in den Häusern finden konnte, die sich das Neueste leisten konnten, maschinell hergestellt, mit dünnen Furnieren belegt, mit Beschlägen aus Zinkguss versehen. Diese hier entstammten jener vergangenen Zeit, da das Handwerk noch hoch in Ehren stand, als jeder Meister noch mit einem feinen Gefühl für Form und Material nach seinem Geschmack arbeitete. Auch die Muster der Teppiche gehörten einer älteren Zeit an. Ihre Farben stachen nicht wie bei modernen Teppichen beunruhigend in großen, blumigen Mustern hervor, sondern zogen sich vor dem Blick wohltuend bescheiden in ein behagliches Halbdunkel zurück. An den Wänden war es vor allem eine romantische Mondlandschaft, die das Auge der Besucherin anzog. Auf den Familienbildern und Schattenrissen über dem Sofa suchte sie Ähnlichkeiten heraus- zufinden. Als sie sich umwandte, entdeckte sie ein Buch auf dem runden Tisch. Ein Buch! In einem Seemannshaus ein Buch! Sie trat herzu und nahm es in die Hand. Beinahe hätte sie einen Ruf des

Staunens ausgestoßen. Es war die Herder'sche Übersetzung des „Cid". Solch ein Buch in diesem Haus!

Da näherten sich Schritte. Die Tante öffnete die Tür und stand vor ihr in einem unauffälligen, sehr eleganten Kleid aus schwarzem Taft. Die vornehme Erscheinung nahm ihr fast den Atem.

Nach der Begrüßung hob sie das Buch ein wenig, zwischen dessen Seiten sie den Zeigefinger gelegt hatte und fragte, indem sie es auf den Tisch zurückgleiten ließ, ob das etwa auch eine Lieblingslektüre der Tante sei. Als dies durch ein feines Kopfnicken bestätigt wurde, begann Caroline Luise:

> „Trauernd tief saß Don Diego,
> Wohl war keiner je so traurig!
> Gramvoll dacht' er Tag und Nächte
> Nur an seines Hauses Schmach …"

Sie sprach begeistert von der Schönheit der Verse und vom Glanz vergangener Zeiten, da Gottfried von Herder ihre Hauptstadt Riga besucht habe, als sogar die Werke eines Kant zuerst in Riga gedruckt worden waren! Da lächelte Tante Eugenie. Und sie meinte, man habe schon gehört, dass die Nichte viele Ideale vor Augen habe, Ideale á la Kant, und dass sie gut in seine Philosophie passe mit ihrem Verlangen nach klarer geistiger Gesinnung im Philosophischen wie im Religiösen. Ein zartes Erröten verbergend, griff Caroline Luise erneut nach dem Buch auf dem Tisch: als sei der „Cid" weniger verfänglich als Kant. Da knüpfte die Tante an die soeben geäußerte

Begeisterung über diese Verse an und sagte mit einer schönen Handbewegung wie abschwächend:

„Nun ja, das hat er ja nur aus dem Corneille übersetzt. Französisch klingen diese Verse noch viel, viel schöner." Und sie erhob ihre Stimme, um eine andere Stelle zuerst auf Deutsch und dann auf Französisch vorzutragen:

„Das Geheimnis ist der Weiber
Macht auf unsre Männerherzen.
Dies Geheimnis steckt in ihnen
tiefverborgen; Gott dem Herren,
Glaub ich, selber unerforschlich.
Wenn an jenem großen Tage,
der einst aufsucht alle Fehle,
Gott der Weiber Herzen sichtet,
findet er entweder alle
sträflich, oder gleich unschuldig;
so verflochten ist ihr Herz."

Die junge Frau stand erstarrt. Französisch hatte sie nicht gelernt. Aber sie hörte den Wohlklang und das weiche Hinfließen der Strophen. Ihre Wangen glühten, ihre Augen leuchteten. Als sie sich beim Abschied niederbeugte, um bewegt der Tante die Hand zu küssen, wurde ihr diese schöne Hand mit einer fast barschen Bewegung entzogen. Dazu überhasteten sich die abwehrenden Worte: „Mein Mann kommt sehr bald nach Hause und ich bin für drei Monate nicht mehr zu sprechen." Caroline Luise sah bestürzt zu ihr auf, wie zu einem jäh zerronnenen Bild. Warum sagt sie mir das?, fragte sie sich. Aber gleich darauf ging diese Frage wieder unter in der Freude über diese unerwartete Begegnung.

So erfüllt kam sie nach Hause, dass sie etwas tat, was sie sich bisher immer versagt hatte. Sie öffnete, wenn auch zögernd, die Tür zum Arbeitszimmer ihres Mannes, der denn auch ohne Murren Zirkel und Lineal beiseite schob, um sie fröhlich willkommen zu heißen. Wie reizend sah sie wieder aus in dem seltsam würdigen Kleid!

Sie hob das Kinn ein wenig, um die Bandschleife des blumengefütterten Hutrandes zu lösen, der ihr Antlitz wie mit zärtlichen Händen umschloss. Ganz von Anfang musste sie erzählen, damit auch nicht der kleinste Augenblick von diesem Erlebnis verloren ging: das schöne Mahagonizimmer, die Bilder, das Buch auf dem Tisch. Und vor allem konnte sie sich nicht genug tun in der ausführlichen Schilderung der so überaus vornehmen Erscheinung der Tante Eugenie.

„Sage, wer ist sie? Wo kommt sie her?"

Mit zusammengezogenen Brauen hatte ihr Mann zugehört. Endlich begann er peinlich zögernd: „Du würdest es ja doch durch andere erfahren. Darum ist es besser, *ich* sage es dir." Und nach einer kleinen Pause fuhr er fort: „Der Onkel hat sie aus einem öffentlichen Haus in Petersburg mitgebracht."

Er sah ihren Augen an, dass sie ihn nicht verstand. Darum begann er sehr vorsichtig, wie einem Kind, zu erklären. „Ein Liebhaber soll sie dorthin gebracht haben und dann im Stich gelassen haben. Der Onkel fand Gefallen an ihr. Um die Entführung mit Stricken aus dem Fenster hat sich schon eine Art Legende gesponnen."

Das Gesicht seiner Frau war zum Erschrecken verändert. Eine Trauer lag in ihren Zügen, die er noch nie bei ihr gesehen hatte. Dann wandte sie sich mit einer ihrer plötzlichen Bewegungen und ging stumm hinaus. Ihren Abscheu spürte er geradezu körperlich. ‚Das ist schlimmer als die Rohheit der Seeleute', dachte er.

Der Vater Strasdowski hatte seinem Sohn Ernst als Erbe ein Grundstück hinterlassen, das er einst, viele Jahre vor seinem Tod erworben hatte. Es war die sogenannte Vogtei auf dem Galgenberg, die damals für eine Kleinigkeit zu haben war, denn keiner wollte diesen Platz kaufen, weil sich jeder selbst am helllichten Tage fürchtete, dort vorüberzugehen. Die Vogtei war schon vor hundert Jahren abgebrannt. Aber auf dem Berge hatte der Galgen gestanden und die Leute behaupteten, in klaren Nächten höre man noch die armen Menschen wimmern, die auf diesem Platz geplagt und gefoltert worden oder in den Kellern elend zugrunde gegangen waren. Neben diesem Grundstück lag die kleine katholische Kirche und dahinter das neue Amtsgericht.

Ernst Strasdowski hatte es immer noch hinausgeschoben, seine Frau zu fragen, was sie dazu meinte, wenn man dort ein Haus bauen würde, denn er fürchtete, dass der Gedanke auch ihr Grauen einflößen könnte. Aber sie lächelte, als er schließlich davon sprach. Die Toten brauche man nicht zu fürchten, sagte sie, wenn man sich genug um die Lebenden kümmere. Und er begann mit den Plänen.

„So ein großes Haus willst du für uns bauen? Können wir das denn?“ Er nickte mit einem vielsagenden Schmunzeln. Zuerst galt es die Keller ausheben zu lassen. Die mächtigen Mauern der Vogteikeller ergaben eine solche Menge Steine, dass man damit nicht nur den Neubau errichten konnte, sondern mit dem Überschuss einen schwunghaften Handel begann, der beinahe die Baukosten deckte. Im nächsten Sommer sollte alles zum Einzug fertig sein. Und man kam gut voran.

Das Haus lag günstig. Die Sonne schien in alle Fenster. Der Wind wurde durch eine Gruppe alter Bäume und durch den dahinter aufsteigenden Galgenberg abgehalten. Von den Fenstern aus konnte man einen Teil der Stadt übersehen mit den vielen Bäumen, aus denen die Türme hervorragten. Und darüber wölbte sich der weite Himmel mit den groß geballten, mannigfach bunten Wolken, die über das Meer hinzogen.

Das war eine Freude mit dem eigenen Haus und dem hübschen Garten davor! Die kleine Wohnung hätte auch nicht mehr lange genügt. Ein Kind war schon geboren und ein zweites wurde in mehreren Monaten erwartet. Man hätte denken sollen, dass es keinen friedlicheren Platz geben konnte als hier zwischen dem katholischen Pfarrhof und dem Galgenberg.

Da geschah es eines Morgens, als Caroline Luise in ihrer Küche hantierte, dass ein ohrenzerreißender Schrei die Luft erzittern ließ, und gleich darauf wieder einer und noch einer und dann gellte es ohne Pause. Obgleich ihr die Knie versagten, stürzte sie über den Flur und riss die Tür zum Arbeitszimmer ihres Mannes auf. Der hatte schon das Fenster geöffnet und lehnte sich weit hinaus, die Richtung suchend, aus der diese Schreie kamen. „Ernst, Ernst! Schnell, lauf hin! Vielleicht kannst du etwas Furchtbares verhindern!" Die Schreie waren inzwischen in ein grässliches Wimmern übergegangen und allmählich ganz verstummt. Sie saß zusammengekauert, während sie ihren Mann zurückerwartete. Ihre Gedanken hämmerten, empörten sich, klagten an, flehten. Es wurde ihm schwer, ihr die Wahrheit zu sagen, als er sie so antraf. Aber ihr konnte man ja nichts, auch nicht das Geringste verheimlichen. „Du weißt: der Mann, der neulich dem Kapitän in der Schenke den Geldbeutel entwendet haben soll …"

„Das ist doch noch gar nicht bewiesen!", fiel sie ihm ins Wort. „Der Stadtrichter hat ihn zu hundert Spießruten verurteilt."

Sie brach in verzweifelte Tränen aus. Sie hatte wohl etwas Ähnliches vermutet, aber man vermag sich so etwas nicht vorzustellen: Da stehen zwei Reihen von je fünfzig Soldaten einander gegenüber, zwischen denen der Angeklagte mit gebeugtem Rücken hindurchlaufen muss. Jeder der Soldaten muss mit einer grausam scharfen Peitsche einen starken Hieb auf diesen gebeugten nackten Rücken niedersausen lassen.

„Warum schlagen sie denn so fest zu? Sie könnten doch wenigstens Erbarmen üben! "

„Weil sie sonst selbst gezüchtigt würden. Es stehen Wachen dabei, die genau beobachten."

Wie man wusste, kam es vor, dass nicht allein der Rücken aufgerissen war, sondern auch die Lungen. Das konnte schon bei fünfzig oder sechzig Ruten geschehen. Dieser aber hatte hundert bekommen. Und dann wurde er an die Kaake, den Schandpfahl gekettet und den Menschen gezeigt. Caroline war krank vor Empörung. Sie hielt die Hände vors Gesicht und starrte ins Dunkel. Dann raffte sie sich zusammen und zwang sich hinzugehen. Das war kein Mensch mehr, dieses blutüberströmte Bündel dort am Schandpfahl mit dem Brandmal auf der Wange und dem geschorenen Kopf. Und so etwas konnte in diesen Tagen noch geschehen!

„Humanität ist der Zweck der Menschennatur", sagt Herder. „Was in der Geschichte je Gutes getan ward, ist für die Humanität getan worden; was in ihr Törichtes, Lasterhaftes und Abscheuliches in Schwang kam, ward gegen die Humanität verübt."

War es denn ganz gewiss, dass er der Schuldige gewesen war? Diese Frage ließ Caroline Luise keine Ruhe. Nein, es war nicht ganz gewiss. Und wenn er den Geldbeutel genommen hatte – berechtigte das zu solch unmenschlicher Strafe?

Diese Angelegenheit war in Libau nach Jahren noch nicht vergessen. Man sprach von einem Gottesgericht, denn der betreffende Stadtrichter hatte kurz nach diesem schlimmen Urteil all sein Geld verloren, eine große Summe, wie es hieß. Und das nicht allein: Auch seinen Verstand hatte er verloren. Außerdem sei er an seiner Tochter gestraft worden, die eine „fürchterlich große Nase" gehabt haben soll, und nicht genug damit: Genau vorne an der Nasenspitze habe sie eine Warze gehabt, die zwar wegoperiert werden konnte, aber immer wieder wuchs. Der Sohn aber wurde auf einer Dienstreise von Wölfen zerrissen und gefressen. Der Kutscher hatte sich gerade noch retten können, er war vom Schlitten auf eines der Pferde gesprungen, hatte die Stränge durchschnitten und war davongerast. Diesem augenscheinlichen Strafgericht halfen die Anverwandten des Verurteilten auf ihre Weise nach: An jedem Jahrestag seiner grausamen Züchtigung wurde die Treppe vor dem Hause des Stadtrichters mit Blut bestrichen. Die Spuren waren nicht leicht zu entfernen und die Täter nicht zu ermitteln.

Caroline Luise hatte das erste Gespräch mit ihren Schwägern in der Brautzeit nicht vergessen. Einmal im Jahre mussten sie jedoch eingeladen werden: zum Geburtstag ihres Mannes. Dann bereitete sie alles vor und holte im letzten Augenblick ihre Schwägerin, die Schwester ihres Mannes zu Hilfe. „Ihr müsst schon ohne mich feiern", sagte sie. „Sei du so gut und übernimm die Pflichten der Hausfrau."

In den ersten Jahren hatte Ernst Strasdowski geglaubt, seiner Mutter ein entschuldigendes Wort über dieses Verhalten seiner Frau sagen zu müssen. Aber die Mutter blickte wieder schräg über ihre Brille und sagte: „Sie hilft ihnen aber, wenn sie merkt, dass ihnen etwas mangelt, auch diesen rohen Seeleuten, obgleich sie sie nicht liebt. Lass sie nur! Sie ist nun einmal eine Stufe höher als wir, sie passt nicht in unsere Façon hinein."

Dagegen beobachtete er zu seinem großen Erstaunen, dass sich die Verbindung zwischen seiner Frau und Tante Eugenie zu einer immer herzlicheren Beziehung, ja zu einer Freundschaft entwickelt hatte. Nun wollte sie die Tante sogar als Taufpatin für den zweiten Knaben bitten. Sie musste sich ihr schon außerordentlich verbunden fühlen. Als er sie eines Tages vorsichtig darauf hin anredete, sagte sie:

„Weißt du, zuerst empfand ich Ekel, als du mir sagtest, woher sie gekommen war. Aber das legte sich, da ich immer deutlicher merkte, dass sie wirklich der Mensch ist, den ich bei meinem Besuch nach dem ersten Kirchgang in ihr zu sehen glaubte. Ich muss dir sagen: Ich verehre sie. Mit niemandem spreche ich so gerne wie mit ihr. Meinst du nicht auch, dass sie es schwer hatte? Vielleicht glaubte sie, dass man ihren Umgang meiden möchte. Darum entzog sie mir damals ihre Hand. Sie musste denken: wenn sie von mir erfährt … Sie tat mir so leid. Und ich glaube, sie freut sich, dass ich sie lieb habe." „Das ist meine Caroline Luise", dachte er.

Über Erwarten gut hatte sich das Bauunternehmen entwickelt. 1852, schon zwei Jahre nachdem sich Strasdowski selbstständig gemacht hatte, konnte er einen Bauschreiber und einen Zeichner beschäftigen. Nun bemühte er sich sogar um Kronsbauten. Jeder wusste, welch schwere Bedingungen der Staat stellte. Zehn Prozent der Bausumme mussten vom Unternehmer hinterlegt werden, der sogenannte Salog, das Sicherheitsgeld. Damals gab es keine Banken, jedenfalls keine, die dem Handwerker zugänglich gewesen wären. Woher sollte man also das Geld nehmen? „Man muss die ganze Verwandtschaft angehen“, sagten die Verwandten selber, denn sie waren nicht abgeneigt, sich zu beteiligen. Der Verdienst an Kronsbauten war bedeutend und die Sicherheitssumme kam hinterher doppelt zurück. Da er den Fleiß seiner Lehrjahre beibehalten hatte, war jeder Tag für den Baumeister so angefüllt mit Arbeit, dass für die Familie kaum Zeit übrigblieb. Nur die Abende gewährten eine kleine Erholung.

Da kam fast jeden Tag nach dem Abendbrot der Nachbar herüber, der katholische Geistliche, und bei einer Tasse Tee ließ sich so manches in Gemütlichkeit besprechen. „Ich tauge nicht mehr zum Baumeister“, klagte Strasdowski. „Ich passe nicht mehr in diese Zeit.“ Und er schilderte, mit welchem Missvergnügen er bereits während der Gesellenjahre in Hamburg erkannte, dass eine ganz andere Bauweise um sich griff. In unheimlicher Geschwindigkeit wurde ein „prächtiger“ Bau nach dem anderen hingestellt mit riesigen „gotischen“ Fenstern. Nichts wollte mehr zu den gutgebauten, maßvollen Bürgerhäusern der früheren Zeit passen. Stockwerke wurden übereinandergetürmt, in denen eine Unmenge von Menschen zusammengepfercht hauste, über- und untereinander, Menschen, die sich weder kannten, geschweige denn sich gegenseitig grüßten!

Der katholische Pfarrer stimmte ihm zu. Es brauche einen nicht zu wundern, wenn heutigen Tages sogar die Steine eine freche Sprache führten, sagte er, denn „seit Industrie und Finanz das Wort haben, ist die Welt eine andere geworden, an die man sich schwer gewöhnt.“

Und er sprach von seinen Sorgen und den Sorgen der Kirche. Gelegentlich erzählte er, dass im Orient die Pforte den lateinischen Christen ein großes Zugeständnis gemacht habe, indem sie den Schlüssel zur Kirche in Bethlehem dem griechischen Patriarchen abgenommen und dem katholischen Pfarrer übergeben habe. Dadurch sei der Zar sehr aufgebracht worden.

Solche Erzählungen hörte man wohl, aber man vergaß sie schnell wieder, denn um die politischen Ereignisse kümmerten sich die tätigen Menschen damals wenig. So kam es, dass die Nachricht vom ausgebrochenen Krieg im Jahre 1853 erschreckend einschlug. Russland war aufgestanden gegen die Türkei. Und warum? Wegen eines Kirchenschlüssels in Bethlehem? Keiner verstand es. Die Kosaken und andere Truppen waren schon in die Türkei eingefallen. England und Frankreich eilten ihr zu Hilfe, jagten die Russen aus den eroberten Stellungen hinaus und belagerten Sewastopol. Nun war nicht allein das Schwarze Meer blockiert, auch die Zufuhr zur Ostsee wurde gesperrt.

Das hatte zur Folge, dass der russische Staat seine sämtlichen Zahlungen einstellte, diesem Beispiel folgten notgedrungen die Banken, die Kaufleute und zuletzt auch die Privatpersonen.

Strasdowski blieb nichts anderes übrig, als seine Leute zu entlassen, die Bauschreiber, Zeichner und Poliere, diese unentbehrlichen Helfer des Meisters. Das Bargeld war verausgabt. Da niemand zahlte, kamen die ausstehenden Schulden nicht herein.

Kein Mensch rührte mehr einen Finger. Floss der

Regen durch ein Dach, so ließ man ihn fließen, bröckelte eine Wand ab, so ging man gleichgültig vorüber.

Jeden Morgen kamen die Handwerker in Scharen und fragten, ob denn nicht endlich Arbeit in Sicht wäre. Aber schon von Weitem bedeutete ihnen ein Kopfschütteln, dass sich nichts geändert habe. Was sollte daraus werden? Vier lange Monate schwebte alles in dieser beängstigenden Ungewissheit. Die Verhältnisse wurden unerträglich. Im Libauer Hafen hatten die Engländer sieben russische Schiffe gekapert und alles gesperrt. In den Speichern lag Getreide in Mengen zur Ausfuhr bereit, aber die Engländer ließen nicht zu, dass man es hinausbrachte.

Eines Abends drängte sich eine Menge Menschen der Landstraße zu, die von Grobin nach Libau führte. Einer rief den anderen herbei und wies auf einen seltsamen Zug, der über die Brücke von Norden her feierlich langsam näherkam. In seiner Mitte fuhr eine Karosse, von sechs Pferden gezogen, vier Pferde gingen an der Deichsel nebeneinander und zwei liefen im Vorspann. Zwanzig Schritt vor der Equipage ritt ein Vorreiter, die Lanze im Steigbügel, zwanzig Schritt hinter dem Gefährt ein ebenso bewaffneter Nachreiter. Das musste etwas ganz außergewöhnlich Vornehmes sein. Denn nach Landesbrauch durfte nur der Graf mit sechs Pferden fahren, der Edelmann und der Bischof mit vier und der Bürger schließlich nur mit zwei Pferden. An der Brücke musste der Zug halten, um den Brückenzoll zu entrichten. Bei dieser Gelegenheit fragte der Einnehmer: „Wer fährt?“

„Der Abt von Pluniani!“

Pluniani war das älteste Kloster Litauens, ein berühmter Wallfahrtsort mit dem Heiligtum einer wundertätigen Madonna. Mehr als tausend Pilger strömten an den feierlich begangenen Festtagen dort zusammen und an Mariä Himmelfahrt wurden die Blumen der ganzen dortigen Gegend geweiht. Der Vorreiter erkundigte sich nach dem Weg zur katholischen Kirche. Und die Kalesche, von den Scharen der Zuschauer gefolgt, bog in den Weg ein, der am Hause des Baumeisters vorüberführte, und hielt vor dem Pfarrhof. Man erfuhr, dass der Abtprimas von Pluniani gekommen war, um seinen Freund, den katholischen Pfarrer zu besuchen.

Es wurde auch in der Familie des Baumeisters besprochen, dass an diesem Abend der Pfarrer wohl nicht zur gewohnten Tasse Tee kommen würde. Weiter beschäftigte man sich nicht mit diesem Ereignis, nachdem die mächtige Gestalt des Abtes und die seines Begleiters, die sich neben dem gewaltigen Herrn wie die eines Kindes ausnahm, hinter der Tür des Pfarrhauses verschwunden waren. Reiter und Wagen lenkten in den Hof ein, die Pforte schloss sich, die Gaffer verließen die Straße.

In einem Städtchen von sechstausend Einwohnern pflegte man damals früh zu Bett zu gehen. Alles war bald dunkel. Straßenbeleuchtung gab es nicht. Was sollte man länger als nötig um die funzlige Kerze herumsitzen? Der Baumeister schickte sich gegen neun Uhr an diesem Abend an, ins Bett zu gehen, als der Diener vom Pfarrhof anklopfte, um ihm eine Botschaft auszurichten. Der Herr Pfarrer ließ den Herrn Baumeister bitten herüberzukommen. Er möge seinen Sonntagsanzug anlegen, denn der Freund vom Pfarrherrn sei ein überaus mächtiger Mann. Er habe etwas vor, was er mit dem Baumeister zu besprechen wünsche. Etwas umständlich und wenig erfreut tauschte Strasdowski seine Müdigkeit gegen den Sonntagsanzug und ging hinüber. Der Pfarrer erwartete ihn schon im Flur und bedeutete ihm leise, er habe den Abt auf einen bestimmten Ring zu küssen und anzureden sei er mit „Hohe Eminenz". Im Übrigen möge er ganz ruhig und offen sprechen wie zu einem gewöhnlichen Menschen. Der Pfarrer sah ungemein feierlich aus in seinem langen, hoch zugeknöpften schwarzen Rock. Sein Freund, der Abt Primas, trug einen ebensolchen, nur mit anderen Aufschlägen und mit schwarzem Gürtel zum Zeichen, dass er Akademiker war. Auf seiner Brust hing an einer Kette ein großes goldenes Kreuz. Nach der Begrüßung und dem kurzen Austausch von Höflichkeiten wandte sich der Abt mit der Frage an den Baumeister, ob er es übernehmen wolle, das Kloster Pluniani, das sehr, sehr alt und baufällig sei, an einer anderen Stelle in derselben Gegend dort neu aufzubauen. Die Mittel zur Errichtung sowie das Baumaterial stünden zur Verfügung. Er habe von seinem Freund, dem Pfarrer, gehört, dass in Libau die Arbeit darniederläge, und diesem Umstand könne auf diese Weise doch abgeholfen werden. „Mit Freuden", antwortete der Baumeister, „wenn Eure Hohe Eminenz mir diese äußerst ehrenvolle Aufgabe anzuvertrauen die Gnade haben." Dann erlaubte er sich, nach den Plänen zu fragen, und der Kirchenfürst bedeutete dem Pfarrer durch eine hoheitsvolle Handbewegung, die mitgebrachte Mappe herzureichen. Die Zeichnungen wurden auf dem Tisch ausgebreitet und die Berechnungen in großen Zügen durchgesehen und besprochen. Als über die Hauptpunkte Klarheit erzielt war, verabredete man, dass der Abt, nach zwei erholsamen Tagen bei seinem Freund im Pfarrhof, den Baumeister nach Pluniani mitnehmen würde, damit er an Ort und Stelle alles genau überprüfen konnte.

Nachdem in Pluniani der Kontrakt mit allen Formalitäten abgeschlossen war, kehrte Strasdowski zurück, erfüllt von einer großen Aufgabe mitten in dieser Zeit des Arbeitsmangels. Er sah sich nach den nötigen Handwerkern um. Überall, wo er nur das Wort Arbeit verlauten ließ, wurde er als Wohltäter empfangen. Schon nach wenigen Tagen kamen zwei große Leiterwagen aus Pluniani und hielten vor dem Haus des Baumeisters. Dass sie aus Litauen stammten, sah man auf den ersten Blick, denn unter jeder Hinterachse hing ein Teerkessel zum Schmieren der Räder, ohne den eine Fahrt auf den dortigen schlechten Wegen unmöglich gewesen wäre. In Libau war inzwischen viel über den ehrenvollen Auftrag des Klosterbaus gesprochen worden. Die Pläne und Absichten des Kirchenfürsten nahmen dabei ein solch ungeheures Ausmaß an, dass die Erwartungen der Handwerker immer größer wurden.

So fanden sie sich am Morgen der Abfahrt früh um fünf Uhr bei den litauischen Wagen ein und begannen ein lautes Durcheinanderreden und Aufbegehren. Sie forderten mit einem Mal viel höhere Löhne, als noch kurz zuvor zu ihrer großen Zufriedenheit vereinbart worden war. Der Baumeister schlief noch. Aber Caroline Luise, die „resolute Frau“, wie man sie nannte, erkannte mit ihrem klaren Blick, dass diese Forderungen nur ein dreister Versuch sein sollten. Sie trat vor die Arbeiter hin und sagte gelassen: „Ihr könnt ruhig nach Hause gehen. Der Baumeister braucht euch nicht. Er fährt mit seinem Wagen nach Memel und holt sich von dort seine Leute.“ In wenigen Sekunden waren alle Plätze besetzt. Und als Strasdowski aus der Haustür trat, brauchten nur noch die Namen verlesen zu werden. Es fehlte nicht einer.

Von nun an verlief alles ohne Zwischenfälle. Die lang entbehrte Arbeit empfanden die Leute als Wohltat. Die ungelernten Arbeiter wurden vom Kloster gestellt. Sie arbeiteten um Gottes Lohn. Es waren ihrer viele, die sich fürs künftige Leben einen Platz im Himmel sichern wollten. Andere verlockte die gute und reichliche Kost aus der Klosterküche. Es meldeten sich jedenfalls so viele, dass schon auf Wochen voraus alle Plätze besetzt waren. Wie überall gab es unter diesen Männern fleißige, flinke und starke, und ebenso langsame und schwache Arbeiter, die es auf die richtigen Posten zu stellen galt.

Unter ihnen fiel besonders ein junger Bursche mit Namen Johns auf, ein breitschultriger Riese von fast zwei Metern Länge mit einem Paar ungeheurer Hände. Seine Kraft schien keine Grenzen zu kennen. Die größten Schwierigkeiten bewältigte er spielend. Kein Wunder, dass er herhalten musste. Beim Bau der Fundamente galt es Feldsteine hin und her zu bewegen, die drei und mehr

Zentner wogen. Was brauchten sich damit jeweils mehrere Männer abzuplagen? Johns bückte sich, griff zu, hob an mit einem verschmitzten Lachen über seinem breiten Kindergesicht und derjenige, der ihn um seine Hilfe gebeten hatte, bekam den Felsbrocken genau auf die Stelle gelegt, wo er ihn haben wollte. Johns war der Liebling aller Maurer. Zum Glück hatte er sich auf die ganze Bauzeit verpflichtet. Seine Kleider waren fadenscheinig, er ging barfuß. Das verlieh seinem Äußeren etwas Rührendes. Man fühlte unwillkürlich Sympathie für ihn. Besonders, als mit dem Ziegelbau begonnen wurde, und er auf seinem Rücken den Ziegelblock trug. „Ladet nur auf!", sagte er und ließ es zu, dass man ihn mit vierzig Ziegeln bepackte. Und damit ging er treppauf, treppab. Rasch wuchs der Bau. Mitte November war das ganze Konvikthaus unter Dach. Nun konnte der Winter ruhig Einhalt gebieten. Die Pferde wurden an die langen Wagen geschirrt und der Teerkessel unter die Achse gehängt. Es gab schwereres Gewicht zu ziehen als bei der Herfahrt, denn an allen hatte sich die kräftige Klosterkost bemerkbar gemacht, alle waren runder geworden und die freundlichen Mönche steckten noch jedem ein Geschenk zu, Mehl, Grütze und geräuchertes Schaffleisch. Auch die freiwilligen Arbeiter wurden entlassen und vorher vom Abt gesegnet. Jene, die längere Zeit um Gottes Lohn gearbeitet hatten, bekamen sogar das goldene Kreuz zum Küssen gereicht. Es war ein feierlicher und herzlicher Abschied. Als die Wagen nach Libau sich in Bewegung setzten, ging ein Flüstern und Fragen durch die engbesetzten Reihen: „Alle bekamen sie das goldene Kreuz gereicht, nur ein einziger nicht: Johns. Warum wurde er übergangen? Wer hatte soviel geleistet wie er? War es ein Versehen oder war es Absicht?“ Keiner fand eine Erklärung. Außerdem holperten die Wagen über die schlechten Straßen, so dass man Mühe hatte sich festzuhalten. Darum wurde nicht mehr weiter davon gesprochen. Es ging der Heimat zu.

Nach Ostern wurde der Klosterbau fortgesetzt. Zwischen Russland und den Feindländern Frankreich, England und der Türkei war Friede geschlossen worden. Die Zeiten besserten sich, alles fing wieder an zu arbeiten. Der Baumeister brauchte sich nicht mehr ausschließlich dem Klosterbau zu widmen. Ein bewährter Polier vertrat ihn in Pluniani. Es genügte, wenn er selbst alle vierzehn Tage hinfuhr, um den Stand der Dinge zu prüfen.

Schon um Anfang August dieses zweiten Jahres stand der gewaltige Bau fertig da. Die Maler konnten mit ihrer Arbeit beginnen. Die anderen Klöster Litauens hatten sich zusammengetan, um Pluniani ein großes Geschenk zu machen: eine zwei Meter hohe, vergoldete Monstranz, die für den Dachfirst bestimmt war. Dieses heiligste Wahrzeichen sollte weit übers Land leuchten. In die Freude über diese schöne Gabe mischte sich jedoch eine Sorge. Wie sollte man jetzt noch diese schwere Monstranz auf den First bringen? Sie wog mindestens drei Zentner. Man hätte also mehrere Männer gebraucht, um sie zu tragen. Die aber brauchten Platz und die Treppen waren viel zu eng. Man erwartete vom Baumeister, dass ihm ein glücklicher Einfall käme, der die Frage löste. Aber wie der sich auch den Kopf zerbrach, es wollte sich kein Ausweg finden. Als er eines Tages ratlos an den Reihen seiner Arbeiter vorüberging, trat einer vor und sagte zu ihm: „Ich will es wohl tun. “

„Was willst du tun?“, fragte Strasdowski. „Das dort hinauftragen“, sagte Johns. Der Baumeister lachte: „Du ganz allein?“ Johns nickte. Nun mischten sich die umstehenden Arbeiter ein: „Er kann es!“, riefen sie begeistert. „Johns kann es!“ Die Augen des Meisters maßen die wahrhafte Riesengestalt und die ebenso hohe, glänzende Monstranz. „Das ist nicht möglich!“, sagte er kopfschüttelnd. „Er kann es!“, riefen die anderen immer noch lauter. Der Polier trat vor und zählte die Wunder auf, die Johns während der Bauzeit schon vollbracht hatte. Feldsteine hatte er gehoben, mit denen mehrere von ihnen zusammen nicht fertig geworden waren. „Auf ebener Erde vielleicht“, meinte der Baumeister. „Aber die Treppen hinauf!“ Johns aber blieb bei seinem Angebot. „Wenn er das könnte“, sagte der Baumeister zu seiner Frau, „Johns wäre unser Retter.“

Der Abt-Primas nahm die Mitteilung über das ungewöhnliche Vorhaben gelassen ohne Einwendung entgegen und beschloss, das Kapitel zu versammeln, um den Tag zu bestimmen, an dem die Monstranz, bevor sie hinaufgetragen wurde, die Weihe erhalten sollte. Ein Fest wurde vorgesehen, das der Glockenweihe ähnlich sein sollte und das alle, die beim Entstehen des neuen Klosters mitgewirkt hatten, zum letzten Male vereinen sollte. Nachdem der Abt Johns Vorschlag angenommen hatte, war der Baumeister jeder weiteren Verantwortung enthoben. Er beschloss, seine Frau teilnehmen zu lassen an diesem Ehrentage, der auch sein Werk beenden und krönen sollte.

Es war einer der späten warmen Sonnentage. Der stattliche Bau erglänzte in herbstlicher Klarheit. Der ganze Convent hatte sich um die Monstranz inmitten des Klosterhofes vor dem Hauptgebäude versammelt. Viele Gäste fanden sich ein. In der ersten Reihe stand der Baumeister mit seiner Frau, umgeben von allen Gehilfen und Arbeitern. Ein wenig abseits in einem Nebenhof waren Tische festlich gedeckt für die letzte Mahlzeit der Bauleute. Sie wurden zum Abschied als Gäste bewirtet. Dem Ehrenplatz für Johns wurde immer noch etwas zugefügt. Sein Stuhl war bekränzt. Neben seinen Teller hatte der Küchenmeister ein großes Glas Branntwein gestellt.

Der Abt-Primas selbst vollzog die Weihe. Er sprach in erhebenden Worten darüber, dass diese goldene Monstranz auf dem Dachfirst des Klosters leuchten werde, um zwischen Himmel und Erde in weitem Umkreis nach allen Richtungen hin die Menschenherzen zu mahnen. Sie werde dort oben über ihrem Klosterleben stehen als das urewige Zeichen der Versöhnung mit Gott, die allen Menschen verheißen ist, die guten Willens sind. Als das Te Deum im Chor der Mönche verklungen war, folgte Johns dem Wink des Zeremonienmeisters und trat herzu. Aller Augen richteten sich auf ihn, als ihm die Monstranz von mehreren Männern mit Riemen angeschnallt wurde. Seine beiden Hände tasteten rückwärts nach einem sicheren Griff, damit die schwere Last nicht abrutschen konnte. Er wartete ein wenig, wie um sich an den Druck zu gewöhnen, und begann dann mit langsam ausgewuchteten Schritten auf die Tür des Turmes zuzugehen.

„Er trägt sie! Er trägt sie! “ Seine Gestalt verschwand im Turm. Draußen wurde es totenstill. Die Minuten dehnten sich. Jeder glaubte, die Last auf den eigenen Schultern zu spüren. Plötzlich blitzten schräge Strahlen durch eines der oberen Fenster. „Er steigt!“ Man konnte sehen, dass er langsam ging, aber ohne zu schwanken. Nun begann er mit der zweiten Treppe und wiederum erschien er in einem Fenster. Eine Pause trat ein, man sah, wie er Luft einholte. Dann schickte er sich an, genauso ruhig weiterzusteigen, wie er begonnen hatte. Endlich erschien die Spitze der Monstranz in der Dachöffnung. Nur noch wenige Stufen: Er war oben. Wie aus einem Munde gellte der Jubelruf der Menge zu ihm hinauf: „Johns! Johns!“ Der Zeremonienmeister versuchte zu dämpfen, doch vergeblich. Einige kräftige Männer erwarteten ihn oben, um ihm die überschwere Last abzunehmen. Als dann die Monstranz in der Mitte des Dachfirstes an die richtige Stelle gerückt war, traten die Handwerker mit ihrem Werkzeug hinzu, um sie zu befestigen. Die Blicke wandten sich wieder zur Treppe. Man sah, wie Johns die Treppe herunterstieg, mit einem glücklichen Lächeln auf seinem Knabengesicht.

Der Baumeister seufzte erleichtert auf und flüsterte seiner Frau zu: „Ich habe es nicht für möglich gehalten!“ Jetzt musste gleich der große Augenblick kommen. Dort stand der Abt. Alles wartete auf die feierliche Handbewegung, mit der er Johns das Kreuz zum Kusse reichen würde. Aber was war das? Der Abt wandte sich um und schritt langsam mit seinem Gefolge dem Konvikte zu.

Als Johns das gewahrte, erbleichte er. Die dunklen Augen sprühten auf, seine Züge verzerrten sich drohend. Er beachtete nicht, wie ihm alle zujubelten. Einem Nachtwandler gleich schritt er durch die Menge, vorbei an seinem bekränzten Platz. Dann wurde er von niemand mehr gesehen. „Schicke ihm jemand nach!", sagte Caroline Luise erregt. „Lass ihn suchen, gib ihm wenigstens ein Geldgeschenk! Man sah seiner Kleidung doch die Armut an!"

Der Baumeister ging, um sich mit dem Pförtner zu beraten. Der Mönch hörte ihn mit abgewandtem Blick an und zuckte unbeteiligt die Achseln. Er ließ sich nicht stören in seiner frommen Arbeit.

Es gibt nur vier Winde und doch sind dies zu viele, wenn man nicht weiß, welchem man sich zuwenden soll. Es wäre sinnlos gewesen, aufs Geratewohl Leute auszuschicken. Außerdem zählten die Schritte eines Johns doppelt.

Die Festteilnehmer hatten sich inzwischen verlaufen. Sie waren drüben damit beschäftigt, sich einen Platz zu suchen, und drängten an den gedeckten Tischen entlang. Alle fühlten sich erschöpft von der erregenden Spannung, als hätten sie selbst den schweren Weg auf den Turm hinter sich. Das Essen wurde aufgetragen und hinterher wandte man seine Gedanken der bevorstehenden Abfahrt zu.

Caroline Luise aber konnte sich nicht beruhigen. „Nie komme ich darüber hinweg", sagte sie unter zornigen

Tränen, „dass man diese Undankbarkeit nicht gutmachen kann. Wie bitter muss sie diesem Menschen sein!"

Mit der Seestadt Libau hatte Caroline Luise sich im Laufe der Zeit ausgesöhnt. Seit sie das große Haus am Galgenberg bewohnten, lag die Last des Haushaltes nicht mehr auf ihr allein. Sie hatte eine ältere Köchin eingestellt und die Arbeit im Haus besorgte ein kräftiges junges Mädchen. Außerdem wohnte im oberen Stock eine Kusine, der sie die drei Kinder ruhig anvertrauen konnte, wenn sie zu Besorgungen in die Stadt ging oder Verwandte und Freunde aufsuchte.

Am liebsten war ihr ein Gespräch mit Tante Eugenie. Sie nutzte jede Gelegenheit, um in der seltsam feierlichen Ruhe einzukehren, die in ihren Räumen herrschte, und das nicht nur, weil die Tante fast immer allein war. In dieser geheimnisvollen Stille kam ihr jedes Mal die Erinnerung an die erste Begegnung wieder, als die Tante ihr in dem vornehmen schwarzen Seidenkleid gegenüber gestanden hatte. Warum sie dieses Kleid wohl nie mehr an ihr gesehen hatte? Jetzt trug sie immer nur das gleiche schlichte schwarze Wollkleid, das sich nicht einmal mit dem Wandel der Mode veränderte.

Das Besondere an diesen Besuchen war, dass sie die Gedanken weit forttrugen von dem, was das gewohnte Leben betraf. Man musste sich hinterher die Zeit nehmen, bis ans Meer zu gehen, wo das Tagesgeräusch unterging im Tosen der Brandung. Den weißen Strand musste man genau kennen, um einen Platz zu finden, wo man sich ungestört dem weiten Anblick hingeben und Zwiesprache mit sich halten konnte über alles Unklare und Erschreckende, über alles, was zwischen Himmel und Erde nicht zusammenpassen wollte. Das Meer antwortete vom anderen Ende der Welt her, bald drohend, bald beschwichtigend und trotz aller Unruhe immer unveränderlich. Es waren immer die gleichen Fragen, die am Himmel standen, unheimlich zusammengeballt und ausweglos. Aber vom einen Ufer bis zum anderen, unsichtbaren, zog die späte Sonne eine Straße, und man fühlte mit der Möwe, die müde von ihrem Flug auf den Wellen ausruhte.

Seit dem Einweihungsfest in Pluniani war ein Jahr vergangen. Caroline Luise machte sich Sorgen um Tante Eugenie. Sie hatte eine langwierige Krankheit hinter sich, von der sie sich nicht erholen wollte. Täglich machte sie einen Besuch dort. Auch heute wollte sie erst wieder gegen Abend zurückkommen, wie sie beim Fortgehen gesagt hatte.

Ihr Mann saß in seinem Arbeitszimmer über neuen Entwürfen. Er war mit Aufträgen überladen. Nach dem langen Stillstand hatte die Bautätigkeit ungeheuer zugenommen. Er trank gerade, kaum von seinen Papieren und Zeichnungen aufschauend, seinen Nachmittagskaffee, als die Magd anklopfte und einen litauischen Arbeiter meldete, der ihn zu sprechen wünschte. Die Störung kam ihm ungelegen. Dennoch machte er sich schließlich von seiner Arbeit los, denn ein Litauer kam wahrscheinlich mit einer Nachricht vom Kloster Pluniani.

In der Küche stand eine Hünengestalt, die beinahe bis an die Decke reichte. War das möglich? Johns! Das war das altbekannte Gesicht mit dem knabenhaften Lächeln auf den unausgebildeten Zügen. Er sah sehr mitgenommen aus. Er trug eine dünne Leinwandhose, deren Gürtel von einem blinden Soldatenknopf zusammengehalten wurde, und darüber eine verschossene Jacke aus quadriertem Halbwand. Ein Hemd war nicht zu sehen. Wie immer ging er barfuß und hielt in der Hand eine Mütze, deren Schirm fehlte. Der Baumeister sprach ihn freundlich an:

„Nun, Johns, so sage doch, wie kommst du denn nach Libau?"

„Ja, Herr, ich suche Arbeit."

„Arbeit, die werden wir für dich schon finden. Wann bist du denn fortgegangen in Pluniani?"

„Gestern Morgen."

„Also vierzig Werst in kaum zwei Tagen. Das ist ein bisschen viel." Er wandte sich an die Köchin: „Ist nicht etwas vom Mittagessen übrig geblieben?"

„O ja", kam es prompt zurück. „Es gab doch Pannfisch, davon ist immer recht viel übrig." Der Baumeister lächelte. Pannfisch, aus Kartoffelbrei und gebratenem Dorsch mit Butter und Zwiebeln zubereitet, war nicht besonders beliebt. „Wärme es auf!"

„Das wird auch kalt gegessen", sagte die Köchin, die keine Lust hatte, um diese Zeit wieder Feuer in den Herd zu legen. Außerdem erkannte sie mit kundigem Blick, dass es in diesem Fall hauptsächlich auf die Menge ankam. Der Pannfisch war denn auch in sehr kurzer Zeit und mit sichtlichem Vergnügen vertilgt. Dann ordnete der Hausherr an, dass der Kutscher Johns zur Nacht auf dem Heuboden unterbringen sollte. Der Riese sollte sich bis zum nächsten Morgen gründlich ausschlafen. Dieser gute Arbeiter mit den fast übermenschlichen Kräften kam wie gerufen! Sein Erscheinen zeigte eine gewisse Anhänglichkeit. Wie würde sich die Frau freuen! –

Caroline Luise fand Tante Eugenie heute zum ersten Mal wieder in ihrem Sessel sitzend. Aber ihr dunkler Kopf hob sich noch erschreckend fahl von der Lehne ab. Es schien beinahe, als legte sich dieses Mal über die Stille des schönen Mahagonizimmers der Schatten eines nahen Abschieds. Das Gespräch nahm eine ungewohnte Wendung. Noch nie hatte Tante Eugenie von ihrem früheren Leben erzählt. Heute fühlte sie sich offenbar dazu gedrängt.

„Du weißt nicht, wie gut du mir getan hast", sagte sie unvermittelt und sah die Jüngere lange an. „Du weißt zwar viel von den Menschen oder besser: Du vermagst vieles von ihnen zu erahnen. Das aber kannst du nicht wissen: wie schwer das Leben ist, wenn man sich verachtet fühlt." Caroline Luise zog erschrocken ihre Hand zurück.

„Nein, lass nur", fuhr sie ruhig fort. „Dein Onkel ist immer von der zartesten Güte gegen mich gewesen. Und auch die anderen haben sich bemüht, aber sie können es nicht verbergen, man merkt es ihnen an. Dieses äußerlich kaum sichtbare Zurückweichen: Oh, es entgeht einem nichts. Sogleich antwortete es im eigenen Innern: ausgestoßen, verachtet. Aber es ist recht so. Als du das erste

Mal zu mir kamst, war ich noch sehr empfindlich. Ich sehe dich noch vor mir: eine hübsche junge Frau im hellgrauen Jakonetkleid mit dem zurückgebogenen Blumenhut – da hatte ich für einen Augenblick alles vergessen. Denn da stand ich, ein Mensch, einem Menschen gegenüber."

Caroline Luise war peinlich bestürzt. Und die Erwähnung jenes Jakonetkleides vom ersten Kirchgang löste die lange verhaltene Frage aus: „Tante Eugenie, warum darf ich Sie nie wieder in dem schwarzen Seidenkleid sehen, das Sie damals trugen? Ich liebte es so sehr an Ihnen!" Die Tante hob müde und abweisend den Kopf statt einer Antwort. Dann schien sie einen Augenblick mit sich zu kämpfen und begann mit leidenszarter Stimme wie von weit her zu erzählen: von den Versuchungen ihrer Jugend, von der Schwere und Bitternis ihres Lebens. Sie wären nicht zu ertragen gewesen, wenn es nicht einen Raum in dieser Welt gäbe, wo die Ausgestoßenen ihre Schmach vergessen. „Wir alle, die wir an den Pranger gehören!"

Caroline Luise zog sich das Herz zusammen bei diesen Worten. Es war neu für sie, dass Tante Eugenie, diese Weltdame mit den literarischen und philosophischen Kenntnissen, in naher Beziehung zu ihrer Kirche stand. Nun sah sie dieses Leben plötzlich im Feuer einer leidenschaftlichen Buße, die ihr als die größte Wohltat erklärt wurde.

„Du musst nicht denken", sagte sie, wieder ganz Weltdame, „dass ich etwa glaubte, Gott durch diese kleinen Akte der Überwindung für mich gewinnen zu können.

Aber ich brauche sie. Wenn man einmal gewählt hat zwischen Gott und Teufel, Gut und Böse, dann möchte man keinen Augenblick mehr gedankenlos versäumen. Dann verlangt einen nach einem steten Erinnertwerden, damit man der gewählten Linie treu bleibt. Man fällt sonst immer wieder zurück. Die alten Versuchungen lassen einen nicht los. Ich gestehe dir, dass es mich eine schwere Überwindung kostete, auf schöne Kleider zu verzichten: Ich liebte es sehr, elegant zu sein. Aber dieses alte wollene Kleid hat mir großen Gewinn gebracht", sagte sie, indem sie mit ihrer feinen Hand fast zärtlich über den rauen Rock strich. „Ich weiß, dir ist das alles fremd", fuhr sie fort. „Deine Religion kennt diese Art der Bußübungen nicht. Und außerdem hältst du dich an die Philosophen. Ich verstehe das. Auch ich habe immer viel für sie übrig gehabt. Aber wer wie ich durch eigene Schuld wahrhaft arm geworden ist, wen das Leben nicht mitnimmt auf seinem angenehm betäubenden Strom, dem helfen nur noch die einfachen Wahrheiten, die für alle Menschen und für alle Zeiten gelten." Und nach einer kleinen Pause, in der die Gedanken der beiden Frauen sich ineinander verflochten, setzte sie leise hinzu: „Dies sage ich auch dir: Achte darauf, wie leicht man von der gewählten Linie abgleitet."

Das Abenddunkel hatte sich inzwischen immer tiefer zu ihnen hereingeschlichen und machte sich daran, Gesichter und Gestalten völlig auszulöschen. In der aschfahlen Stille schwang das Gespräch weiter.

Im Haus auf dem Galgenberg hatte man schon mit Unruhe gewartet. „Johns ist da!“ Diese Nachricht fuhr wie ein Blitz hinein in die schweren Gedanken an Tante Eugenie, in die Caroline Luise versunken war, als sie nach Hause kam. Wie aus einer weit und mühsam hergeholten Erinnerung kam ihre Frage: „Hast du ihm schon ein Wort gesagt, ihm schon gedankt für seine hilfreiche Tat in Pluniani?“ – Nein, dazu würde man morgen noch genügend Zeit finden.

Nach dem Abendessen ging Strasdowski wie jeden Abend die Grenzen seiner Besitzung ab, um nach dem Rechten zu sehen. Seit abends der trauliche Lichtschein hinter den Fenstern seines Hauses zu sehen war, hatte der Galgenberg seinen unheimlichen Ruf verloren. Und wie wurden sie in der ersten Zeit bedauert, dort wohnen zu müssen!

Caroline Luise saß allein im Wohnzimmer und versuchte, sich mit geschlossenen Augen das Gespräch zurückzurufen. Jeder Satz hatte etwas in ihr aufgestört. „Achte darauf, wie leicht man von der gewählten Linie abgleitet!“ Das war ihr noch nie in diesem fordernden Ernst bewusst geworden. „Man muss das Leben immer wieder von Neuem beginnen“, nahm sie sich vor.

Die beiden Kleinen waren schon zu Bett gebracht, ihren älteren Knaben hatte die Mutter vergessen. Der vergnügte sich immer noch mit seinem Kegelspiel jenseits der Glastür, die vom Entrée ins Esszimmer führte. Da er noch zu klein dafür war, verfolgte er seine eigenen Spielregeln.

Es war längst Zeit, schlafen zu gehen. Aus der Küche kam kein Laut mehr. „Pst, der Vater schläft schon!“, sagte die Mutter zum kleinen Eduard, der seine Kegel soeben noch einmal aufstellen wollte. Weil man den Äuglein ansah, wie müde der kleine Bursche war, durfte er ausnahmsweise die Kegel stehen lassen, statt sie fortzuräumen. Im Schlafzimmer der Eltern wurde er zu Bett gebracht. Die Mutter machte die kleine Öllampe für die Nacht zurecht. Dann legte auch sie sich zur Ruhe.

Sie mochte soeben eingeschlafen sein, als sie von einem jähen Gepolter wieder aufgeschreckt wurde. Die Kegel! Der kleine Eduard hatte sie vor der Glastüre stehen lassen. Niemand im Haus war mehr auf. Das konnte nur ein Einbrecher sein. Sie versetzte ihrem ruhig atmenden Mann einen energischen Stoß: „Ernst, schnell, steh auf! Im Haus geht etwas vor!“ Der Mann brummelte ungläubig, aber da sie nicht nachließ, erhob er sich. Er war kaum in die Kleider geschlüpft, als die Schlafzimmertür sich öffnete. Eine herkulische Gestalt füllte die Tür aus. Ein Kindergesicht. Johns!

Er ließ die Tür weit geöffnet und trat einen Schritt ins Zimmer. In der linken Hand trug er ein Licht, in der rechten einen Strick. Der Baumeister sprach ihn an:

„Warum schläfst du nicht, Johns, es ist doch Nacht!“

Eine raue Stimme, die Erregung verriet, erwiderte: „Ich kann nicht schlafen. Ich höre den Mariengesang!“

„Den Mariengesang? Wo hörst du ihn denn?“

„Wo? Wo? Was weiß ich! Überall!“, schrie er, wild um sich blickend.

„Und wenn ich die Ohren zuhalte, höre ich ihn immer noch!“

Im selben Augenblick ging die Tür des Speisezimmers

auf. Die Magd erschien, sie mochte wohl noch etwas länger mit ihrem Verlobten geschwatzt haben. Nun trug sie ein Tablett mit abgewaschenem Geschirr, das sie noch wegräumen wollte, und ein Licht in der anderen Hand. Mit jähem Ruck hatte sich Johns umgewandt und starrte das Mädchen an.

„Hör, Anna", befahl die Hausfrau, „laufe zu Pawlowski hinauf! Ich höre ihn noch gehen. Er soll sofort herunterkommen!" Pawlowski war der Zimmerpolier, ein großer, kräftiger Mann, gebürtiger Litauer, der im oberen Stockwerk sein Zimmer hatte und vom Haus mitversorgt wurde.

Johns ließ sich erschöpft auf einen Stuhl fallen und starrte vor sich hin. Anna kam mit Pawlowski zurück. Der fing an, auf Johns einzureden und ihn auf litauische Art zu necken. Johns aber ließ nicht ab, vor sich hin zu starren. Jede Frage schien an ihm abzugleiten. In seinem Gesicht war nicht zu lesen, was hinter der Stirn brütete.

Die Magd wurde ins Pfarrhaus geschickt, um den Pfarrer zu holen, der nie vor Mitternacht schlafen ging. Strasdowski vervollständigte indessen seinen Anzug und seine Frau schlüpfte in den Morgenmantel.

Der Pfarrer trat ein mit dem litauischen Gruß: „Gelobt sei Jesus Christus!" Der Baumeister und Pawlowski antworteten: „In Ewigkeit, Amen!" Johns rührte sich nicht. Der Pfarrer wandte sich ihm zu. „Du bist doch ein Katholik, warum antwortest du nicht?" Als er keine Antwort erhielt, fuhr er freundlich fort: „Ich habe so oft deinen Fleiß, deine Kraft, deine Ausdauer loben gehört. Ganz unermüdlich sollst du gearbeitet haben beim Klosterbau und alles um Gottes Lohn!" Er trat einen Schritt näher und legte seinen Finger auf Johns' Arm: „So werde doch wieder ein nützliches Glied der Menschheit, Johns!" Und er löste das silberne Kreuz von seiner Brust.

Freude durchzuckte Caroline Luise. „Er macht es wieder gut", dachte sie, „das Versäumnis von Pluniani. Wer weiß, wie sehr es dazu beitrug, ihn so verstockt zu machen!"

Der Pfarrer hielt immer noch das Kreuz zum Kusse hin. Aber Johns rührte sich nicht. Ohne sich entmutigen zu lassen, setzte der Pfarrer seine Ermahnungen fort. Er möge zurückkehren auf den richtigen Weg, sagte er, auf den einzigen von der Religion vorgeschriebenen Weg der Ehrbarkeit und der Redlichkeit. Und abermals machte er den Versuch, Johns dazu zu bewegen, das vorgehaltene Kreuz zu küssen. Johns blieb unbeweglich. Da ließ er das Kreuz an der Kette zurückgleiten auf seine Brust. Und nach kurzem Nachdenken wandte er sich dem Baumeister zu: „Ich glaube, nun ist es das Richtigste, zur Polizei zu schicken." Und im Gefühl seiner geistlichen Verantwortung erteilte er selbst den Auftrag: „Pawlowski, gehen Sie zum Wachtmeister! Ich werde so lange hierbleiben." Er forderte alle Übrigen auf, mit hinüberzugehen ins Speisezimmer. „Was sollte das mit dem Mariengesang?", flüsterte Caroline Luise und sie sagte dem Pfarrer: „Er sagte, er könne nicht schlafen, weil er immer den Mariengesang höre." – „So? Das hat er gesagt?", fragte er erstaunt und fügte nach ernstem Nachdenken hinzu: „Dann wird er in seiner Jugend ein Marienverehrer gewesen sein. Oder er hat das Marienlied von seiner Mutter gehört. So etwas geht nie ganz verloren." Er senkte den Kopf über den gefalteten Händen und bewegte lautlos die Lippen. Caroline Luise winkte ihrem Mann und sagte ihm leise ins Ohr: „Du weißt, Ernst, wie es mich immer schon bei anderen gequält hat. Nun sollen ausgerechnet wir ihn der Polizei ausliefern. Vielleicht ist doch mit Güte noch etwas zu erreichen." Die Umsitzenden waren mit ihren eigenen Gedanken beschäftigt und bemerkten kaum, wie Strasdowski aufstand und dicht an Johns herantrat. Leise sprach er mit ihm, er möge die Zeit benutzen, bevor der Wachtmeister eintreffe, und solle schleunigst das Weite suchen. Keiner würde ihn daran hindern. Dabei griff er in die Tasche, holte einen Rubel heraus und bot ihn Johns als Zehrgeld an. Die Starrheit war gelöst. Johns sprang auf von seinem Stuhl, blickte wirr um sich, griff hastig nach dem Rubel und schob ihn in die Tasche. Atemlos verfolgte Caroline Luise jede seiner Bewegungen.

Da öffnete sich die Tür. Der Wachtmeister stand auf der Schwelle und hinter ihm Pawlowski.

„Ein ähnliches Signalement liegt bei uns schon vor", meinte der Polizist triumphierend. „Allerdings nicht ganz so riesenhaft wie dieser hier!" Er trat auf Johns zu und nahm ihm unsanft den Strick aus der Hand: „Damit wolltest du wohl den Meister ein wenig knebeln und seine Frau ans Bett binden, wie?" Er belachte seinen eigenen Witz. „Komm mit, Bursche!", herrschte er Johns an. Pawlowski übersetzte alles, was er sagte, ins Litauische. Der Wachtmeister packte Johns am Arm, um ihn mit sich zu nehmen. Es gelang nicht. Pawlowski versuchte zu helfen, aber ohne Erfolg. „Meister, helfen Sie uns“, bat der Polizist.

Als Strasdowski sich erhob, um mit Hand anzulegen, tat Johns seinen Mund auf. Und plötzlich, wie verwandelt, sagte er mit natürlicher Ruhe: „Das ist nicht nötig. Ich gehe schon selbst.“ Und zu aller Erstaunen folgte er willig. Der Pfarrer erhob sich und verabschiedete sich. Die Magd schloss hinter ihm das Haus ab. Man ging zu Bett.

Caroline Luise konnte nicht einschlafen. „Hätte ich nur einige Minuten früher gebeten, so wäre er jetzt frei“, dachte sie. „Und wer weiß, vielleicht hätte er wieder Vertrauen gewonnen.“

Am nächsten Morgen erschien der Wachtmeister, um zu berichten. Johns hatte sich am Abend ohne Widerstand ins Arrestlokal sperren lassen. Am Morgen sollte er dem Assessor zum Verhör vorgeführt werden. Als der Polizist einige Minuten vorher die Zelle betrat, war kein Johns mehr da. Die Traillen vor dem Fenster hatte er auseinander gebogen. Aber die Öffnung war zu eng, um durchzuschlüpfen. So hatte er kurzerhand das Gestänge des ganzen Fensters herausgerissen und sich empfohlen. Dem Wachtmeister war das sehr unangenehm. „Der Mensch muss aber auch übernatürliche Kräfte besitzen!“, meinte er.

Da sah ihn der Baumeister wieder vor sich, den Liebling aller Maurer und Poliere, dem kein Gewicht zu schwer war, keine Anstrengung zu groß. „Lasst den Burschen laufen!“, sagte er und lachte gutmütig. Der Wachtmeister, in seiner Dienstwürde gekränkt, erinnerte befremdet an den Strick, den Johns in der Hand hatte: Was der Herr wohl glaube, wem der gegolten habe?

„Das mag alles sein“, sagte Strasdowski. „Aber so ganz schlecht ist er nicht!“

Später erschien der Beamte nochmals. Die Polizei bat den Baumeister um genauere Angaben zur Ausstellung eines Steckbriefes. Die konnte er jedoch nicht machen und verwies die Herren an das Kloster Pluniani.

Ein halbes Jahr nach diesem Vorfall machte sich der Pfarrer bei guter Schlittenbahn auf den Weg, um seinen Jugendfreund, den Abt von Pluniani, zu besuchen. „Fragen Sie den Abt nach Johns!“, wurde er beim Abschied im Hause des Baumeisters gebeten.

„Leider konnte ich ihren Wunsch nicht erfüllen“, berichtete der Pfarrer, als er zurückgekehrt war. „Zwar habe ich dem Abt noch einmal alles genau berichtet, so, wie ich es ihm schon vorher geschrieben hatte. Aber er ging mit keiner Silbe darauf ein. Er fragte nicht und wollte nicht gefragt sein. Aber beim Abschied sagte er: ‚Grüße den Baumeister und versichere ihm, dass in jener Nacht Gott seine Hand über ihm gehalten habe.‘“ Das waren wenige schlichte Worte. Die beiden Eheleute durchfuhr ein Schauer. „Außerdem konnte ich durch den Archimandriten erfahren, dass zu Beginn dieses Winters eine Räuberbande von den Kosaken aufgespürt worden sei, die schon lange, bald im Kowno'schen, bald im Snwalki'schen und auch hier im Wilna'schen großen Schrecken unter der Bevölkerung verbreitet hatte. Bei dieser Gelegenheit soll man die Leiche von Johns gefunden haben."

Caroline Luise stand am Fenster und blickte in den weiten Himmel, der sich im Westen über den Fluten des Baltischen Meeres wölbte. Türkisfarben brach die höhere Schicht durch das schwere graue Gewölk und ließ den nahen Frühling ahnen.

Tante Eugenie hatte ihr Leben vollendet. Sie war weit über sich selbst hinausgewachsen, durch Verzicht und Buße war sie zur inneren Freiheit gelangt. „Achte darauf, wie leicht man von der gewählten Linie abgleitet!" Tante Eugenie hatte es ihr nicht vergebens gesagt.

Und Johns? Noch nie war das Böse so nahe an Caroline Luise herangekommen. Dieser Riese mit dem Kindergesicht, das so glücklich lächeln konnte, hatte einen Strick in der Hand gehabt, in einer der Hände, die damals die goldene Monstranz auf den Dachfirst des Klosters Pluniani getragen hatten. Darf auch das Böse dem Leben dienen, dem unbegreiflichen Leben? Wie war das mit der Schuld? Wir schaudern vor Iwan dem Schrecklichen, wir schaudern vor Johns. Weil sie nicht Herr werden ihres Zornes, ihrer Verruchtheit. Und wir? Wie viele eigene Abgründe verheimlichen wir uns? Trotz allen Verlangens nach „klarer geistiger Gesinnung im Philosophischen wie im Religiösen"? Gehören wir nicht alle einmal in unserem Leben an den Pranger? Wer bestimmt sie, die Unterschiede zwischen Schuld und Schuld?

Caroline stand immer noch allein mit ihren Fragen. Die zarten Farben der höheren Schicht waren allmählich verblasst. Schwer lastete ein streifiges Dunkel über Stadt und Meer. „Armer Johns!“, dachte sie. „Armer Johns mit deiner übermenschlichen Körperkraft und deiner verkümmerten Seele. Vielleicht hast du nie eine Mutter gehabt.“ Und Schmerz stieg heiß in ihr auf, weil man nun nichts mehr tun konnte für Johns.

Herrenloser Besitz

UM 1880

„Jetzt komme ich zu meinen eigenen Erlebnissen“, sagte Herr Strasdowski. „Sie haben meine Vorfahren kennengelernt und zuletzt mein Elternhaus. Bei meiner harmonischen und doch bunt bewegten Jugend will ich mich nicht aufhalten. Ich wählte den Beruf des Landwirts und meine erste selbstständige Tätigkeit nach meinem Studium führte mich nach Russland, weit gen Osten, ins Pensa'sche Gouvernement. Gewaltig war der Eindruck des Grenzenlosen, der unendlichen Weite, der riesigen Wasserflächen der Wolga. Jetzt erst begriff ich, was gemeint war, als man uns auf der Hochschule von der ‚goldenen Niva‘ erzählte, von den goldenen Kornfeldern, die sich von Horizont zu Horizont spannen.

Die Gegend war waldarm. Nur kleine Gehölze von Birken und Linden standen zwischen den fruchtbaren Flächen und, was ich sonst nirgends gesehen habe, ganze Wälder von Haselnusssträuchern. Eine lange, gerade Linie durchzog die Landschaft: eine jener gewaltigen Birkenalleen, die Katharina II. in ganz Russland hatte anlegen lassen, die sogenannten Trakte, ehemalige Postwege von dreißig Metern Breite und vier Reihen Birken. Alles andere rechts und links dieser Straße war fruchtbarster Boden. Für einen jungen Landwirt wie mich war es eine Augenweide. Und während diese Bilder an mir vorüberglitten, musste ich an den Fächer meiner Mutter denken. Nichts war einst schöner für uns Kinder, als wenn sie diesen Fächer vor unseren Augen öffnete. Ganz langsam schob sie dann den oberen Schildpattstab über den unteren zur Seite. Zwischen den Falten ließen die Bilder sich mehr ahnen als erkennen. Unsere immer begierigere Erwartung ahnte den Augenblick voraus, da das ganze Bild ausgebreitet und faltenlos vor uns lag. In ähnlicher Spannung fuhr ich dem Osten entgegen.

Aber die Landschaft veränderte sich, als ich mich der Gegend näherte, wohin ich als Verwalter zur Bewirtschaftung eines Gutes gerufen worden war. Der Weizenbau wurde spärlicher. Es gab nur Roggen und Buchweizenfelder. Die Böden wurden ärmer. Mein Herr, ein Adliger mittleren Alters, besuchte das Gut nur, um Rebhühner und Fasane zu jagen. Kaum hatte ich einen Überblick gewonnen, bemühte ich mich, ihm zu erklären, dass man den Stand des Gutes nicht heben könne, solange jeder größere Viehbestand fehle. Meine Errechnung musste einleuchten, denn die Ausgaben für eine Stammherde wären, durch die Verbesserung des Bodens durch den Dung, die Steigerung der Erträge in kurzer Zeit, mehrfach hereingebracht worden. Aber mein Herr wollte davon nichts wissen. Schon der vorige Verwalter hatte nichts erreicht. Ich merkte, dass der Beamtenstand hier kein gutes Ansehen genoss. Was aber konnte ich mit meinen Kenntnissen, mit meiner Unternehmungslust anfangen, wenn keine Viehwirtschaft da war?

In den Wolgagebieten, zu denen wir gehörten, hatte die Sonne in jenem ersten Jahr die gesamte Ernte versengt. Der Boden gab nur knapp die Aussaat her. Zwar bemühte sich die Regierung, der hungernden Bevölkerung beizustehen. Aber wie es in solchen Zeiten üblich ist, bereicherten sich einige Händler und den notleidenden Menschen wurde nicht geholfen. Im Jahr darauf konnte wenigstens eine mittlere Ernte eingebracht werden. Im August reiften vor allem gute Gartenfrüchte: Melonen und Arbusen, groß und süß, und die Gurken schmeckten vortrefflich. Nach den erlittenen Entbehrungen wurde diesen so erfrischenden Früchten reichlich zugesprochen. Die Folgen blieben nicht aus: Bei der Bevölkerung machten sich alsbald gesundheitliche Störungen bemerkbar, die Besorgnis erregten. Eine Epidemie brach aus. Die rasch zunehmende Sterblichkeit veranlasste die Behörden, Untersuchungen anzustellen, die zur allgemeinen Kenntnis brachten, dass diese Krankheit die Cholera asiatica war. Die Regierung wollte helfen. Dabei trat ihre Ohnmacht zutage. Weder Ärzte noch Medikamente waren vorhanden.

Eines Morgens stand auch ich mit stark benommenem Kopf auf. An meinen Kontrollritt zu den Schafherden und den Arbeitern auf den Feldern konnte ich mich hinterher nicht mehr erinnern. Als mein Pferd vor der Treppe meines Hauses haltmachte, fiel ich zu Boden und blieb vierzehn Tage bewusstlos. Meine Wirtschafterin, ein Mädchen von fünfundzwanzig Jahren, hatte öfter zugehört, wenn ich Erkrankten oder deren Angehörigen Ratschläge erteilte. Sie legte mir heiße Ziegel an die Füße, Wärmflaschen an die Schenkel und gab mir einen Tag starke Hühnerbrühe, den andern Tag Tee mit Rotwein, der damals in Russland gerade sehr billig war. Der Anfall ging rasch vorüber.

Im Dezember des gleichen Jahres wurde ich Verwalter eines größeren Gutes in der Gegend von Smolensk. Es gehörte einem jungen Leutnant Wolkow, der es von seiner fünf Jahre zuvor gestorbenen Tante geerbt hatte. Sein Kavallerieregiment, eines der vornehmsten in ganz Russland, gehörte zur kaiserlichen Garde.

Hier stand ich vor einer lohnenderen Aufgabe. Es war ein gewaltiger Besitz und er war mir in den glänzendsten Farben geschildert worden. ‚Sehen Sie zu, wie Sie damit fertig werden!', sagte der Generalbevollmächtigte vieldeutig. Das machte mich stutzig. Der ausscheidende Verwalter wollte sich die Übergabe leicht machen. Ich aber bestand auf Genauigkeit.

Bald gewahrte ich, dass alles ganz anders war, als ich nach den Schilderungen erwartet hatte. Außer einem kleinen Teil sehr wertvollen Hochwaldes gab es nur junge Bestände. Das Ackerland bestand entweder aus sandigen Böden oder aus Mooren, es war nahezu wertloses Land. Die Wiesen waren versumpft. Als ich die Kasse übernahm, ging mir ein Licht auf. Nicht eine Kopeke war darin, dafür ein stattlicher Packen unbezahlter Rechnungen. Ich fragte meinen Vorgänger, warum er seinen Posten aufgegeben habe. Er sah mich dumm an und stotterte etwas von einem Verwandten, der in Persien eine Eisenbahn baue und ihn dorthin gerufen habe.

Im Hochwald arbeiteten die Leute der Holzhändler, die für zwanzigtausend Rubel Holz gekauft hatten. Das Geld war laut Buch an den Besitzer abgeführt worden. Es lag nicht in meiner Natur, den Mut zu verlieren. Tagsüber, solange es hell war, fuhr ich über Land, um alles kennenzulernen. Das waren trostlose Bilder! Abends arbeitete ich meine Notizen aus, machte Pläne und durchdachte Verbesserungsmöglichkeiten. Dabei durfte ich aber nicht vergessen, dass der Generalbevollmächtigte gesagt hatte, dass Zuschuss oder Beihilfe nicht gewährt werden könnten. Das Ackerland war größtenteils, seinem Zustand entsprechend, zu einem niedrigen Satz an die Bauern der angrenzenden Dörfer verpachtet. Das Ergebnis meines vielen Kopfzerbrechens war, dass ich sehr sparsam arbeiten musste, um die Enden dieser wirren Fäden allmählich zusammenzuführen.

Das Weihnachtsfest war vorüber. Ein Tag verging wie der andere in gleichmäßiger Arbeit. Was sollte wohl Abwechslung bringen in die winterliche Einsamkeit?

Das Gut lag in einem Waldgebiet. Ich hatte mit dem Schlitten weite Wege durch tiefschlafende Wälder zu fahren. Für Augenblicke glaubte man nichts als ihren gleichmäßigen Atem zu hören. Manchmal kam es wie ein behagliches Schnarchen aus dem Dickicht. Plötzlich jedoch ächzte der Wald auf, es folgte ein gewaltiger Paukenschlag: Äste krachten unter der vereisten Schneelast. Das dröhnte wie der Einsatz eines großen Orchesters. Dennoch schlief ich ein, denn ich war müde. Da schreckten mich gehässige Laute auf. Was war das?

Der Kutscher antwortete nicht. Er hieb auf seine Pferde ein, dass ich mich festhalten musste. Die Schusswaffe hielt ich bereit. Man hörte und sah nichts mehr. Der Fluchtwind pfiff laut, der Schnee stob um uns. Und plötzlich riss der Kutscher die Pferde mit einem gefährlichen Ruck nach rechts. Es ging einen steilen Absturz in eine kleine Mulde hinab. Der Kutscher peitschte, peitschte erbarmungslos. Unten fegten wir über einen Fluss. Auf der anderen Seite keuchten die Tiere eine Anhöhe hinauf. Oben angelangt, hielt der Kutscher und deckte seine Pferde zu. Dann machte er seelenruhig das Kreuzzeichen.

Ich fragte, noch atemlos: ‚Wölfe?'

Der Kutscher nickte nur. Aber mussten wir nicht weiter? Der Kutscher wies nur auf die Pferde. Sie sollten sich erst ausruhen. ‚Die da drüben tun uns nichts mehr. Der Wind kommt hier von ihnen zu uns. Außerdem geht die Witterung von diesem Hügel aus über sie hinweg.'

Ich fühlte mich beschämt. Da hatte man Gott weiß was studiert: aber hier in dieser Lage hätte ich mir nicht zu helfen gewusst. Nicht einmal die Richtung des Windes hatte ich bemerkt. Ohne sein Wissen nahm ich mir den Kutscher zum Lehrmeister. Statt unterwegs zu schlafen, vertrieb ich mir fortan die Zeit mit der Suche und dem Erkennen von Wildspuren. Luchse und Wölfe liebten das Versteck im trockenen Farnkraut. Zwischen den kleinen Hügeln an den Abflüssen der Schneewasser waren manchmal auch Bärenspuren zu sehen im frisch gefallenen Schnee. Und ich lernte, dass der Bär seine Fährte gern dann wechselt, wenn es dicht schneit, weil sie dann rasch verwischt wird.

Wenn der Ruf ‚Der Bär! Der Bär!' ertönte, dann fühlte man sich nicht mehr außerhalb der Welt. Befehle jagten einander und mehrere Jäger mussten bis zum nächsten Morgen zusammengerufen werden. Sie stellten sich dann in einer Reihe dort auf, wo sie den Bären abfangen konnten. Von der entgegengesetzten Seite jagten die Treiber den Bären mit großem Getöse aus seinem Lager. Der musste seinen Kurs auf die Jäger richten und war allen Kugeln ausgesetzt. Wie falsch ist es, vom plumpen, schwerfälligen Bären zu reden! Wie ein Rennpferd läuft dieses große Tier im meterhohen Schnee. Man sieht nichts als eine fliehende Schneewolke mit einem dunklen Kern. Und auf diesen Kern wird geschossen. Wenn es von allen Seiten ballert, greift der Bär nicht an und abbekommen tut er immer etwas. Aber ein Bär kann viel vertragen. Damals taugten übrigens die Gewehre nicht viel. Ich habe, wie mancher andere, oft auf den Bären geschossen, aber erlegt habe ich keinen.

Mitten in diesem wildreichen Waldgebiet, weitab von der Welt, lag der Gutshof von Wolkowo. Ein verwahrloster Park ging in Wald über. Auf einem ehemaligen Rasenplatz, der wieder zur Wiese geworden war, standen vereinzelte Tannen und zwischen ihnen trockenes Farnkraut. Neben dem Herrenhaus, dessen kleine Terrasse überdacht war, lag mein Verwalterhaus. Alles war aus Holz gebaut.

Manchmal, wenn ich lüften ließ, ging ich durch die Räume des Herrenhauses. Es war alles noch leidlich im Stand. Da gab es eine Bibliothek mit Büchern in verschiedenen Sprachen. Sogar ein Cembalo stand dort. Die gestickten Stühle aus der Zeit Ludwigs XV. allerdings waren dem Fraß der Motten preisgegeben. Ich wollte alles so gut wie möglich erhalten. Denn ich malte mir aus, dass eines Tages mein Herr mit einer schönen jungen Frau am Arm ankommen würde, um den Sommer bei uns zu verbringen. Darum ließ ich auch den verwilderten Park lichten und wollte Beete anlegen für Rosen und Reseden. Aber es war noch mitten im Januar, als ich ein Telegramm erhielt, das etwas ganz anderes ankündigte als einen solchen erträumten Besuch. ‚Schicken Sie sofort zwanzigtausend Rubel. Wolkow', hieß es da. Ich las es einmal und noch einmal, drehte es zum dritten Mal herum und kam mir etwas dumm vor, weil der Inhalt mir so schwer verständlich erschien.

Dann befahl ich dem Kutscher, den Schlitten anzuspannen. Wir hatten in der nächsten Stadt einen Rechtsanwalt. Der nahm das Telegramm und las es sehr sorgfältig, als sei es auch für ihn nicht leicht zu verstehen. Doch schien er etwas Derartiges mehr gewohnt zu sein als ich. Er sagte kurz: ‚Befehl ist Befehl. Sie haben den Auftrag und müssen dem Herren so bald als möglich das Geld bringen. Soviel ich weiß, ist da noch Wald. Verkaufen Sie von Ihrem Hochwald.'

Auf der langen Rückfahrt sah ich überall nur unseren schönen Hochwald vor mir. Ein selten guter Bestand war es, kerzengerade gewachsen. Die beiden Holzfirmen, die bei mir gearbeitet hatten, lehnten einen weiteren Ankauf ab. Zwei Wochen musste ich kreuz und quer fahren, bis ich endlich einen Käufer fand. Es galt, auch bei den Behörden und beim Notar noch etliche Schwierigkeiten zu überwinden. Bis ich endlich alles geordnet hatte, war März. Dann machte ich mich reisefertig und fuhr mit den zwanzigtausend Rubeln nach Petersburg.

Bei einem Onkel konnte ich unterkommen. Zuerst jedoch wollte ich mich des Geldes entledigen und fuhr zur Wohnung meines Herrn. Ein alter Diener öffnete mir. Niemand war zu Hause. Der Herr sei schon zum Dienst gegangen, hieß es. Da ich Verschiedenes in Erfahrung bringen wollte, gab ich ihm die Hand und teilte ihm mit, dass ich die zwanzigtausend Rubel gebracht hätte. Damals pflegte ein Diener bei vornehmen Herrn über alles Bescheid zu wissen. Sein Kopfnicken drückte Befriedigung aus. Er forderte mich auf einzutreten und bot mir ein Glas Tee an. Dabei erfuhr ich zwischen seinem feierlichen Hantieren, dass mein Herr sich mit einer Dame habe fotografieren lassen. Und da diese Dame anrüchig wäre, verlange der Oberst von ihm entweder die Beschaffung der Fotografie und des Negativs oder das Ausziehen des Offiziersrocks. Die ‚Dame' aber verlange für das Konterfei fünfzehntausend Rubel. Er tat sehr vornehm verschwiegen, obgleich es ihm nicht gelang zu verbergen, dass ihm diese Mitteilung Freude bereitete. Besonders bei den Worten ‚Dame' und ‚anrüchig' zog er die Luft wie Zigarettenrauch durch die Zähne und ließ durchblicken, dass seinesgleichen sich auskenne. Mehr war von ihm nicht zu erfahren und ich empfahl mich.

Abends um sechs Uhr sollte ich den Herrn antreffen.

Als ich kurz darauf bei meinem Onkel klingelte, sagte die Hausdame, dass er fortgegangen sei. Ich gab mein Gepäck ab und meldete mich zum Abendessen an.

Neben dem Haus meines Onkels lag das Haus des Zuckerkönigs. Unter diesem Namen kannte ihn das Baltikum, kannte ihn ganz Russland. Es ging von ihm die Sage, dass alles, was er in seine Hände nehme, sich in Gold verwandle wie im Mythos vom König Midas. Als siebenjähriger Junge wusste ich den Namen unseres damaligen Zaren zwar nicht, aber den des Zuckerkönigs kannte ich wohl, denn er wurde von uns Kindern sogar beim Abzählen benutzt.

Da hieß es:

Ein Entel, zwei Entel,
drei Zweier, vier Mäntel,
Komm zu Tisch,
fang den Fisch,
Petersburger Zuckerkönig –
Los oder frei!

Später als Student hörte ich wieder vom Zuckerkönig. Man erzählte sich, dass er sich als junger Mensch um die Stelle des chemischen Leiters bei der großen Raffinerie des russischen Industriellen Prokofy Iwanowitsch Ponomareff gemeldet hatte, der anfangs zögerte, diese verantwortungsvolle Stelle einem so jungen Menschen anzuvertrauen. Nach kurzer Zeit wäre er bereit gewesen, ihn um den Preis jeglicher Lohnerhöhung zu halten.

Man wusste von dem jungen Manne, dass er es in seiner freien Zeit verstand, sich des Lebens zu freuen. Nach der heißen Fabrikarbeit segelte er durch die Newa hinaus ins Finnische Meer. Später hielt er sich sogar von seinen Ersparnissen eine eigene Segeljacht. Er besaß Hunde und ein Reitpferd. Auf den bescheidenen Bällen der deutschen Handwerker und kleinen Kaufleute war er als gewandter Tänzer begehrt, seine Lustigkeit steckte die ganze Gesellschaft an. Mochte aber die Stimmung auch noch so sehr im Steigen begriffen sein: mit dem zehnten Glockenschlage verließ er den frohen Kreis, denn um ein Uhr nachts musste er sich zur Arbeit einfinden. Ich habe oft überdacht, dass in dieser Zuverlässigkeit wohl das Geheimnis jedes erfolgreichen Lebensweges verborgen liegt. Von den Koenig'schen und Falz-Fein'schen Besitzungen hörte man in Russland sprechen wie von einem Wunderland. Natürlich träumte ich wie jeder junge Landwirt davon, wenn auch nicht eine Stelle dort zu erhalten, so doch wenigstens einmal einen Blick hineinwerfen zu dürfen. Nun stand ich vor dem Kontorhaus mit der Aufschrift: Leopold Koenig. An der Pforte traf ich den Hausverwalter, den ich von früher her kannte. Wir begrüßten uns, er nahm mich mit in den Hof und wir sprachen und lachten miteinander, nicht ahnend, dass wir einen Zuschauer hatten. Aus dem Fenster seines Privatkontors schaute Staatsrat Leopold Koenig auf uns. Ich wusste, dass mein Onkel dort Zugang hatte, da er die Börsengeschäfte dieser Firma versah, wusste aber nicht, dass er gerade in diesem Augenblick dort anwesend war, um Instruktionen in Empfang zu nehmen.

‚Mit wem unterhält sich der Hausverwalter?' fragte ihn, hinausblickend, sein Herr. Der Onkel trat ans Fenster: ‚Das ist mein Neffe Eduard Strasdowski.'

‚Was ist er'?

‚Landwirt im Smolensk'schen.'

‚Warum nicht bei mir? Rufen Sie ihn herein!'

Mein Onkel kam, belehrte mich, dass ich den Herrn mit Exzellenz anzureden hatte, und nahm mich mit hinauf. Es war ein feierliches Gefühl, vor diesen Mann zu treten. Der Staatsrat reichte mir die Hand.

‚Wie alt sind Sie?'

‚Achtundzwanzig Jahre.'

‚Und wie groß?'

‚Ein Meter vierundachtzig.'

Er hob seine Hand und legte sie mir auf die Schulter. ‚Schönes Alter und respektable Größe! Warum wollen Sie nicht bei mir Dienste nehmen?'

‚Mit dem größten Vergnügen wollte ich das', brachte ich ungeschickt hervor, weil mein Blut vor Überraschung wirbelte, ‚sobald man mir einen Dienst anbietet.'

‚Was machen Sie jetzt hier in Petersburg?'

Ich wollte meinen Herrn nicht preisgeben und sagte: ‚Mir sind Instruktionen erteilt worden.'

„Sie werden von mir hören', sagte der Staatsrat und reichte mir verabschiedend die Hand.

Das einfache Gespräch hatte mir Eindruck gemacht. Ein Fluidum von Vertrauen war von diesem Mann auf mich herübergeströmt.

Um vier Uhr wurde bei meinem Onkel zu Mittag gegessen. Ich bedrängte ihn mit Fragen. Gegen Ende des achtzehnten Jahrhunderts, erzählte er, hatte der Berliner Chemiker Markgraf die Entdeckung gemacht, dass aus Rüben kristallisierter Zucker zu gewinnen sei. In Russland hatte die Industrie jedoch wegen der schwierigen Verkehrswege länger als anderswo am Rohrzucker festgehalten. Erst ganz allmählich war es zu einer lebendigen Wechselbeziehung zwischen Industrie und Landwirtschaft gekommen. Da war Koenig einer der ersten nordrussischen Großindustriellen, der Land ankaufte, um selbst Rüben zu bauen. ‚Du musst wissen', sagte mein Onkel, ‚dass die Firma Leopold Koenig schon seit einem Menschenalter im Ruf eines sehr soliden und reichen Kaufhauses steht. Wenn der russische Staat in Finanzschwierigkeiten geriet, fuhr die Equipage des Finanzministers bei Leopold Koenig vor, denn der genoss das Vertrauen der Kaufmannschaft. Der Türkenkrieg hatte in Russland eine derartige wirtschaftliche Zerrüttung zur Folge, dass es dem Staat nicht gelang, seine Währung zu festigen. Er brauchte Hilfe. In Leopold Koenig fand sich ein Mittelsmann, der Einfluss auf die Börse hatte.'

Schlag sechs Uhr war ich in der Wohnung meines Herrn und ließ mich melden. Drei junge Offiziere saßen um den Teetisch. Ich stellte mich vor: ‚Der Verwalter von Wolkowo, Eduard Ernestowitsch Strasdowski.' Einer der Offiziere erhob sich mit eleganter Gebärde, kam auf mich zu, reichte mir die Hand und sagte: ‚Wolkow.' Dann stellte er mich seinen beiden Kameraden vor, dem Grafen Schuwalow und einem Mann namens Vasilewski. Ich schätzte von jeher das Korrekte und Kavaliersmäßige des russischen Adels seinen Vertrauensleuten gegenüber.

‚Hier bringe ich Ihnen die gewünschten zwanzigtausend Rubel', sagte ich. ‚Gut, sehr gut', war die Antwort. Ich legte das Geld auf den Tisch. Wolkow nahm die Scheine in einen Korb und sagte: ‚Ich danke Ihnen!' Damit wollte er den Korb in ein anderes Zimmer bringen. Ich hielt ihn jedoch zurück. ‚Geld liebt Genauigkeit', sagte ich. ‚Darf ich bitten, zuerst einmal nachzuzählen?'

Alle drei Offiziere erhoben sich, schoben das Teegeschirr beiseite und machten sich an die Arbeit. Die Tischplatte wurde mit Geldscheinen zugedeckt. Und die Überprüfung zeigte, dass es stimmte. Ich erhob mich und fragte: ‚Haben Sie noch einen Auftrag für mich?' Statt einer Antwort kam die Gegenfrage: ‚Was haben Sie vor?'

‚Ich wollte noch heute den Rückweg antreten.'

‚Aber nicht doch! Sie müssen sich unbedingt unsere Hauptstadt ansehen; dazu brauchen Sie ein paar Tage.'

Er entnahm einem der Packen zwei Fünfzigrubelscheine und reichte sie mir. ‚Die brauchen nicht durch die Bücher zu gehen. Leider habe ich keine Visitenkarte zur Hand.' Und an seine Freunde gewendet, fuhr er fort: ‚Habt Ihr vielleicht welche?' Graf Schuwalow fand etliche in seinem Portefeuille und gab sie mir. Die Galerien und Museen seien manchmal unvermutet geschlossen, sagte Wolkow, eine Visitenkarte mit prominentem Namen mache sie aber jederzeit zugänglich. Ich bedankte mich und fragte, ob ich nach zwei Tagen vorsprechen sollte, um einen Befehl entgegenzunehmen. ‚Nein, ich danke', sagte er, und während er eine Zigarette zusammendrückte, fragte er: ‚Sagen Sie mir, wie war es möglich, so rasch das Geld zu beschaffen?'

‚Ich bedaure nur, Sie nicht bälder bedient zu haben', sagte ich. ‚Aber ich hatte weite Fahrten. Wolkowo liegt fünfzig Werst von der Eisenbahn entfernt und hat sehr schlechte Wege. Man braucht beinahe einen Tag, um zur Station zu gelangen.'

Sein Erstaunen darüber zeigte mir, dass mein Herr in seinem Leben nie in Wolkowo gewesen war. Ich behielt mein Erstaunen jedoch für mich. Am nächsten Morgen war mein erster Gang zur Wiborger Seite, um die große Raffinerie von Leopold Koenig zu sehen, die sich am Flussufer, ganz nahe der ehrwürdig-primitiven Fabrik, in der er einst selbstständig zu kochen begonnen hatte, erhebt. Ich wusste, dass in der südrussischen Steppe auf dem Gute Trostjanez eine ebenso große Zuckerfabrik und Raffinerie lauter selbstgebaute Rüben verarbeitete.

Mein Onkel nahm mich mit auf die Börse. Ich sollte dort sein, wenn der Staatsrat sie betrat. Sämtliche Kaufherren, damals alle im Gehrock, nahmen in diesem Augenblick den Zylinder ab, um ihn zu begrüßen. Während er zu seinem Platz ging, kam sein Prokurist und informierte ihn. Dabei ließ er sich Zeit für jeden, der ihn um Rat ersuchte. Es war ein eindrucksvolles Bild, wie der gelassene Kaufherr, auf den Knauf seines Stockes gestützt, vor den Tafeln stand, auf denen die Kurse notiert wurden, um in aller Ruhe seine Weisungen zu geben. Ein Schwarm von Maklern umdrängte ihn indessen, weil jeder als erster seine Entscheidungen erfahren wollte, die den Markt maßgeblich beeinflussten.

Am Tag darauf fuhr ich zurück. Ostern stand vor der Tür. Danach wurden die Arbeitstage länger. Es galt Vorbereitungen zu treffen.

Ich hatte Wiesen und Felder sorgfältig gedüngt. Der Boden, solcher Gaben ungewohnt, zeigte sich dankbar durch üppigen Ertrag. Man versicherte mir, noch nie solch ein Gras in den Wiesen gesehen zu haben. Das sprach sich herum. Und als ich das Heu später nach günstiger Mahd eingebracht hatte, konnte ich zu gutem Preis verkaufen. So vermochte ich der Kasse eine Reserve von fünftausend Rubeln zuzuführen. Und ich begann, an meiner Arbeit Freude zu bekommen.

Sobald dieser Wechsel von Geben und Nehmen zwischen dem Acker und dem Landmann sich einstellt, fühlt man sich heimisch und verpflichtet. Ich konnte es damals kaum erwarten, bis ich nach Feierabend meinen Ritt durch die Felder machte, um die Fortschritte zu beobachten. Dann stieg ich vom Pferd und ließ die Ähren durch meine Finger gleiten. Es war eine herrliche Frucht! Solch einen erfolgreichen Anfang hatte ich mir nicht träumen lassen. Und weiter drängte in mir das Verlangen zu fördern, zu verbessern. Bald würde ich in der Lage sein, auch große Flächen des misshandelten Waldes wieder aufzuforsten. Bisher blieb er seiner natürlichen Verjüngung überlassen.

Gerade vor der Getreideernte, Ende Juni, am Peter-

und Paulstag erreichte mich abermals ein Telegramm meines Herrn: „Ich bitte in möglichst kurzer Zeit um zwanzigtausend Rubel. Wolkow." Zwar kam die Nachricht einem Hagelschauer gleich, der vernichtend auf meine vielversprechende Ernte fiel, doch diesmal verspürte ich kein Herzklopfen. Mein Seelenzustand war ausgeglichen. Ich trat an den Kassenschrank, betrachtete die Geldscheine. Sie lagen noch unberührt. Sollte ich sie herausnehmen? Es war nur der vierte Teil der angeforderten Summe, überlegte ich. Nein, ich entschied, diese Reserve zu behalten.

Wiederum musste ich Kreuz- und Querfahrten unternehmen, diesmal durch sommergrüne Wälder. Der Geruch altvertropften Harzes schläferte die Gedanken ein. Um so wacher, tierhaft, vertraut, drängte der Blick ins seitliche Dickicht. Die alten grauen Moosbärte der Fichten zauste der Wind, Bärlapp bewegte sich leise. Man glaubte, zusehen zu können, wie dieses Schlangenmoos weiterkriecht. Zwischen den Stämmen wuchs das Farnkraut zu Mannshöhe und fing gierig das spärliche Licht auf. Mit dem Wagen ging es langsamer als mit dem Schlitten. Dem Kutscher machte seine Straße zu schaffen. Es war nicht immer sicher, ob die Britschka alle Hindernisse nahm. Umfallen schadete nichts, nur durfte es keine Radspeiche kosten.

Mein Bemühen blieb lange erfolglos. Alle Firmen waren übersättigt. Das hatte ich vorausgesehen und ließ mir zur Vorsicht mein Angebot jeweils bestätigen. Endlich half mir der Zufall für geradeaus zwanzigtausend

Rubel Holz zu verkaufen. Bis Ende August war alles in Ordnung gebracht. Und ich trat wieder mit dem dicken Packen Rubelscheine in der Tasche meine Reise an.

Bei meinem Onkel wurde ich mit Neuigkeiten empfangen. Man war erstaunt, dass ich von dem schrecklichen Ereignis noch nichts gehört hatte, das alle Gemüter erregte. Man erzählte mir, dass man beim Kavallerieregiment meines Herrn auf dem Dachboden des Pferdestalles eine Leiche gefunden habe. Der Fall musste dem Chef des Regiments, dem Kaiser selbst, gemeldet werden und dieser befahl die Untersuchung durch die Kriminalpolizei. Dabei ergab sich Folgendes:

Ein reicher Kaufmann aus Moskau wollte in Petersburg seinen Neffen besuchen, der bei der Gardekavallerie diente. Er machte sich auf den Weg zur Kaserne, nachdem er sein Gepäck im Hotel abgestellt hatte. Als er dort jedoch nach mehreren Tagen nicht wieder erschienen war, machte das Hotel Anzeige. Die Polizei erfuhr beim Portier des Hotels, dass sich der Vermisste nach der Adresse des Kavallerieregiments erkundigt habe. Dort aber war nichts von seinem Verbleib bekannt. Zwei Wochen später erst fand man den Unglücklichen. Ein Soldat wollte während seiner Arbeit im Stall die Katze fangen, sie entwischte, lief die Treppe hinauf zum obersten Boden und sprang aufs Heu, um zu entkommen. Der Soldat kletterte ihr nach und verfolgte sie bis zum Giebel. Da fuhr er entsetzt zurück: Eine nackte Leiche lehnte an der Holzwand. Er erstattete Bericht. Die Leiche wurde vom Neffen des Kaufmanns als die seines Onkels erkannt. Der

Schuldige aber war ein Wachtmeister, wie sich herausstellte. Er hatte den Kaufmann zusammen mit seinem Neffen gesehen und dabei war ihm nicht nur der kostbare Pelz aufgefallen, den dieser trug und den er auf mindestens 6000 Rubel schätzte, sondern auch die wertvolle Kamtschatka-Pelzmütze und die goldene Uhr, die er an einer dicken Kette aus der Tasche gezogen hatte. Als das Regiment zur Kirche abmarschiert war, schickte der Wachtmeister den Dejouranten auf sein Zimmer, führte den Kaufmann in den menschenleeren Pferdestall, erschlug ihn dort mit einer Mistgabel, schleppte ihn auf den Heuboden, wo er ihn auszog und an der Giebelwand versteckte. Dann stopfte er die Kleider in einen Sack, nahm die Uhr an sich und verstaute alles auf seiner Stube. Er rief den Dejouranten auf seinen Posten zurück, und als die anderen von der Kirche kamen, ging alles seinen gewohnten Gang.

Dieser Bericht erzürnte den Zaren Alexander III. dermaßen, dass er das Regiment nach Wjatka versetzte und dazu verfügte, dass es zu Fuß dorthin zu marschieren habe. Nur den Bitten seiner Gemahlin war es zu verdanken, dass er den Befehl zurückzog und mildere Strafen verhängte.

Ich war erregt nach dieser Erzählung, während die anderen über den Vorfall hinweggingen wie über jede beliebige Schauergeschichte. Es war mir nicht möglich, ihrem gleichgültigen Gespräch weiter zu folgen, weil meine Gedanken immer um einen Punkt kreisten. Und da ich es höflicher fand, ehrlich meine Meinung zu sagen, fragte ich meinen Onkel etwas unvermittelt:

‚Sage mir, wäre früher ein solcher Mord in dieser Kaserne denkbar gewesen?'

‚Gott behüte!' war die Antwort. ‚Gar nicht auszudenken! Die Gardekavallerie war immer die Stütze des Zarenreiches seit Peters des Großen Zeiten, eine Elitetruppe von ausgesuchten Leuten!'

‚Und wie kommt es, dass *heute* so etwas möglich ist?'

‚Ja, wie kommt es, wie kommt es!' erwiderte mein Onkel fast ärgerlich, als hätte ich eine wunde Stelle berührt. ‚Das sind eben diese neuen Strömungen, die machen sich überall bemerkbar!'

Diesmal vermied ich es, den alten Diener meines Herrn allein zu sprechen und von ihm noch einmal Näheres über diese Sache zu hören. Darum ging ich zur gleichen Zeit wie das letzte Mal in die Wohnung und traf meinen Herrn allein. Er dankte mir für meine Bemühungen und drückte mir zwei Hundertrubelscheine in die Hand. Ich erlaubte mir, eine Bemerkung über die allzu rasche Verausgabung des Geldes zu machen und fragte ihn, ob es ihm denn nicht leid täte, dass der letzte Rest des herrlichen Waldbestandes auf diese Weise nach und nach verschwinde.

Er antwortete mir kurz und einfach: ‚Nein. Ich habe noch fünf reiche Tanten zu beerben und man ist nur einmal jung.' Dann bat er mich, eine Tasse Tee mit ihm zu trinken.

Als ich mich verabschiedet hatte und die Treppe hinabstieg, war es mir, als gäbe es nichts anderes mehr für mich als dieses Hinabsteigen, immer weiter hinab. Es schien mir auch nicht aufzuhören, als ich längst das Straßenpflaster unter meinem Schritt spürte und mich mitten im Verkehr befand. Ich hatte keine Lust mehr, mich in der Hauptstadt umzusehen; ich vermochte ja doch nichts anderes wahrzunehmen als diese Abwärtsbewegung und die gepflegte Hand meines Herrn bei den Worten ‚Ich habe noch fünf reiche Tanten zu beerben.' Das also war der russische Landadel, das waren die Besitzer von Grund und Boden. Ähnliches hatte ich früher schon gehört, vieles aber für übertrieben gehalten. Ein flottes Leben mit Champagner und ‚Damen', das war alles. Wie oft wurde wohl dieses ‚Jungsein' für Leute wie Wolkow nie beendet. Und ich musste an die andere, ebenso verbreitete Art russischer Landbesitzer denken, die durch das üppige Leben so träge geworden ist, dass sie den ganzen Vormittag mit der Absicht verbringt, aufzustehen, um diese dann am Nachmittag vielleicht zu verwirklichen. Wie oft kam von den notwendigen Briefen mit Anordnungen für die Verwalter nichts weiter zustande als der immer wieder gefasste Entschluss, sie zu schreiben. Kein Wunder, wenn man den Besitz so vorfand, wie ich es im Pensa'schen und in Wolkowo erlebt hatte.

Vielleicht hätte mich diese letzte Begegnung mit meinem Herrn nicht so erschüttert, wenn ich nicht gleichzeitig von dem Mord in der Kaserne gehört hätte. Dieses Bild erschreckte mich: Die Offiziere, die ein Beispiel geben sollten, warfen das Geld hinaus und verprassten es, die Soldaten, gleichfalls von der Gier nach Besitz ergriffen, mordeten, um ihn sich zu verschaffen. Sah ich denn zum ersten Mal die Zeit, in die ich hineingeboren worden war?

Als mein Wagen mich auf der Station abholte und ich wieder den unebenen Weg von fünfzig Werst zurücklegte, fühlte ich, dass ich inzwischen ein anderer geworden war. Wie hatte ich mich noch auf der Hinfahrt gefreut, mein Ackerland für den Winter vorzubereiten. Die Ernte war gut. Alles drängte aufwärts und weiter. Nun aber stand hinter den hohen Waldungen nichts anderes als der kalte Befehl: „Herunter mit ihnen!" Und ich sah über das Land hin, als ginge mich das alles nichts mehr an. Wenige Wochen später erhielt ich einen Brief aus Trostjanez, dem Hauptkontor der Koenig'schen Güter in der Ukraine, mit der Nachricht, dass eine Stelle frei sei und dass ich am ersten Oktober schon antreten könnte. Fast gleichzeitig schrieb mir mein Onkel, ich sei als Gehilfe auf einem der Güter ausersehen.

Als Gehilfe? Das war eine neue Enttäuschung. Im Pensa'schen war ich selbstständiger Verwalter gewesen. Hier in Wolkowo hatte man mich mit großer Verantwortung betraut. Und nun sollte ich Gehilfe werden? Ich hatte doch studiert, hatte den Doktortitel! Aber bald sagte ich mir: Wenn du dich gut führst und etwas leistest, wirst du schon eines Tages Verwalter werden oder aber man verabschiedet dich. Ich wollte doch nicht umsonst Landwirtschaft studiert haben. Meine Enttäuschung war überwunden und damit die Leere, der Unmut der letzten Zeit. Ich kündigte meine Stelle und richtete meine Erwartungen auf die Ukraine."

Der Zuckerkönig

Um 1900

Da war ich: mitten in der südrussischen Steppe. Nichts als versengtes Weidegras, soweit das Auge reichte. Der Zug schob sich langsam hindurch. Vorüber an verstreuten Herden: Kleine, flinke Steppenpferde grasten da, Ochsen und Schafe. Manchmal, wenn der Zug auf einer Station lange hielt, scholl das gurgelnde Stöhnen von Kamelherden herüber. Schnell wie Vollblutpferde sieht man sie hier in der Freiheit dem fernen Horizont entgegenrennen. Ich fragte, was die Erdhügel mitten im Steppengelände bedeuteten. Man erklärte mir, das seien Kurgane, alte Heldengräber, in denen noch häufig Waffen gefunden würden. Heute benützte man sie als Ausguck für die Hirten, die über die Herden wachten. Auf abgeernteten Sonnenblumenfeldern wurde der schwarze Boden sichtbar. Ich hatte noch nie solch dunkle Erde gesehen. Sie war uns in den Vorlesungen als Inbegriff der Fruchtbarkeit geschildert worden. Der Zug hielt zwischen Waraschba und Charkow. Ich musste aussteigen. Ein Wagen nahm mich in Empfang. Eine unbekannte Welt tat sich vor mir auf.

„Wie weit bis Trostjanez?“ – „Dreiundvierzig Werst!“ – Wieder dehnte sich der Blick wie über offenem Meer. Aber nicht sonnenversengtes Steppengras nahm er wahr oder wie im Pensa'schen wogendes Getreide. Das war schon abgeerntet. So weit man sehen konnte: gelblichgrüne Zuckerrübenblätter. Die Pferde griffen aus. Unser leichter Wagen flog über die Unebenheiten der Wege dahin. Als ich dem Kutscher etwas Anerkennendes darüber sagen wollte, lächelte er: „Unseren Herren geht es noch lange nicht schnell genug.“ Ich erfuhr, dass die Pferde aus eigenen Gestüten stammten. Es ging an großen Eichenwaldungen vorbei, deren Laub noch im Spätgold leuchtete. Wir hatten schon mehrere große Gehöfte hinter uns gelassen mit weiten Parkflächen und Gärten. Am Horizont tauchten Fabrikschornsteine auf. „Liegen dort drüben die Koenig'schen Besitzungen?“ Wiederum antwortete mir ein mitleidiges Lächeln und die Peitsche wies rückwärts: „Seit wir die Station verlassen haben, gehört alles uns.“ War das möglich? All dies kultivierte Land samt den Gutshöfen? „Das dort ist wohl die Zuckerfabrik?“, fragte ich, auf die fernen Schlote weisend. „Das ist die Dampfmühle und drüben die Brennerei. Bald sehen wir auch die Zuckerfabrik und die Raffinerie.“

Endlich kamen wir den Schornsteinen näher. Wir bogen in den Gutshof ein und hielten vor dem Herrenhaus. Ein freundlicher Herr mittleren Alters empfing mich und ging mir voraus in das Bürogebäude. Dort erklärte er mir, dass hier die Oberverwaltung des Gutsbezirkes Trostjanez zusammenlaufe. Die Enttäuschung darüber, zum Gehilfen herabgestiegen zu sein, war gewichen. Wie hätte ich anders die Fülle der neuen Eindrücke bewältigen sollen! Ich musste an das Wort meines Onkels denken: „Wie ein deutsches Fürstentum ist das dort: Da herrscht eine Ordnung, die man in Russland sonst kaum findet."

Man erzählte mir, dass der kaiserlich russische Staatsrat Leopold Koenig einer deutschen Bauernfamilie entstammte, die in der Franzosenzeit auswanderte, als es in der Heimat zu eng geworden war für strebsame Menschen. Die meisten waren damals über das Wasser nach Amerika gezogen, einige jedoch in Europa geblieben und gen Osten ausgewandert. „Schon Peter der Große hatte Tausende von Deutschen angesiedelt zum Arbeiten und Aufbauen", erzählte mein neuer Vorgesetzter. „Nach seinem Tod hörte die Einwanderung von Arbeitsfreudigen jedoch auf. Es kamen solche, die Nutzen ziehen, ein bequemes Leben genießen und auf Jagd gehen wollten. Katharina II. holte jedoch später wieder weit über hunderttausend Deutsche aus Schwaben und Sachsen. Unter diesen zuletzt Eingewanderten waren einige besonders erfolgreich, die, Herrschern gleich, den Aufbau ganzer verwahrloster Landstriche in die Hand genommen hatten, die Werte und Arbeitsmöglichkeiten schufen zum Segen der Bevölkerung.

Leopold Koenig hatte als Zuckersieder angefangen. Der Tag des jungen Arbeiters zählte vierzehn Stunden. „Flink und verlässlich", hieß es von ihm. Er kam rasch vorwärts. Kaum war er Siedemeister geworden, als seine heitere und unternehmungslustige Mutter Geld für ihn aufnahm, damit er eine eigene Fabrik in Petersburg bauen konnte. Winzig klein war er unter den Riesen der Zuckerbarone. Als der Krimkrieg ausbrach, die Grenzen gesperrt wurden, schnellten die Zuckerpreise hoch. Die großen Fabrikbesitzer spekulierten auf noch höhere Preise und hielten ihren Zucker zurück, ungeachtet der Not der Bevölkerung. Das widersprach der Art dieses jungen Deutschen. Er war keine Spekulantennatur. Schon früh hatte er sich unter dem Einfluss des gottesfürchtigen Elternhauses daran gewöhnt, auf die innere Stimme zu achten. Wir alle wissen, dass er sich bei großen Entscheidungen auf diese Stimme verlässt.

Als dann nach dem Tod des Zaren Nikolaus I. sein Sohn Alexander II. plötzlich Frieden schloss, stürzten die Preise. Und weil er nicht dem spekulativen Beispiel der anderen gefolgt war, gewann Koenig einen gewaltigen Vorsprung.

Bis dahin war der Zucker in offenen Kesseln gekocht worden. Jetzt wurde allgemein der moderne Dampfbetrieb eingeführt. Die Fabrikanten klagten, dass dieses Kochen im geschlossenen Kessel sich nicht rentiere. Koenig, der junge Fabrikherr, reiste nach Hamburg, stellte sich selbst wieder an den Siedekessel, um von Grund auf diese Neuerungen kennenzulernen. Als er zurückkam, rentierte sich in seiner Fabrik das neue Verfahren. Und wieder gewann er Vorsprung.

Dann kam die Entdeckung der deutschen Chemiker, dass die Zuckerrübe genauso wertvoll sei wie das eingeführte Zuckerrohr. Koenig überlegte nicht lange. Er kaufte hier im Gebiet der schwarzen Erde verwahrloste Adelsgüter auf. Und bald bestimmte der „Zuckerkönig“ die

Zuckerpreise für ganz Russland. Als hier auf den Gütern, unter Mitwirkung tüchtiger Verwalter, eine Ordnung nach seinem Wunsch gedieh, verlegte er seinen Wohnsitz ins „Ausland". Er wählte Bonn nicht allein wegen des milden Klimas für die Seinen, sondern weil er noch studieren wollte. Er hörte nicht nur praktische und naturwissenschaftliche, vor allem chemische Vorlesungen, sondern auch sein Lieblingsfach: Geschichte!

Ich war meinem freundlichen Vorgesetzten dankbar für jede Mitteilung. Mein Staunen und Fragen nahm kein Ende. Den größten Eindruck machten auf mich die geordneten Arbeitsverhältnisse, die hier herrschten. Damals war allgemein noch die Ausbeutung der Bauern üblich, obgleich die Leibeigenschaft dreißig Jahre zuvor aufgehoben worden war. „Ordnung kostet Geld", war ein häufiger Ausspruch Leopold Koenigs, wie ich hörte. Er zahlte Prämien an die Arbeiter, wenn sie ihre Maschinen mit Kohle heizten, statt die Stämme aus den Wäldern zu verfeuern. Wo gab es so etwas im damaligen Russland? Wo gab es jemanden, der bei der Verleihung des Titels Exzellenz und des damit verbundenen erblichen Adels keine andere Antwort hatte als: „Mein Name ist mir gut genug!" Niemand durfte es wagen, ihn Herrn von Koenig anzureden.

Ich war gerade zu Beginn der Rübenernte gekommen. Kein Mensch hatte mich gefragt: Haben Sie schon gewirtschaftet? Verstehen Sie etwas? Die Herren hatten mein Diplom angesehen und die Belobigung. Noch wünschte ich mir keine Rangerhöhung. In einem Betrieb, der exakt wie ein Uhrwerk abläuft, muss man sich erst gründlich einleben. Ein Heer von Arbeitern und Arbeiterinnen war um diese Jahreszeit aus den entlegenen Dörfern herbeigeströmt. Sie kamen in Wagen und wurden in großen Scheunen untergebracht und verpflegt. Die eintönigen Rübenfelder sahen plötzlich aus wie blühende Gärten. Weithin leuchteten die bunten Röcke der unzähligen Mädchen und Frauen.

Jeden Sonnabend fanden sich alle Verwalter und Rayonchefs in Trostjanez zu einer Art Kolloquium ein. Die Herren hielten abwechselnd einen Vortrag. Mir fiel auf, wie sehr alle bei der Sache waren. Ich habe in dieser Zeit viele Fragen gestellt nach der Entstehung dieses musterhaften Reiches. Und besonders aufschlussreich fand ich folgende kleine Geschichte:

Als der erste große Güterkomplex gekauft war und Leopold Koenig seiner Mutter davon erzählte, schien die alte Frau enttäuscht. Es war ihr alles nicht groß genug für den Sohn. Mit einem Seufzer sagte sie: „Königin von Marokko möchte ich werden!" Dieser Ausspruch seiner alten schlichten Mutter verwunderte den Sohn. Warum denn gerade Königin von Marokko? Sie meinte mit sorgenvollem Blick: „Weil es da furchtbar viel zu ordnen gibt."

Ich erkannte bald, dass der Unternehmungsgeist Leopold Koenigs dieser ererbten Leidenschaft des Ordnens entstammte.

Beim nächsten Kolloquium hörte ich, dass ein Gehilfe für Maximowka, einem großen, entfernten Vorwerk, gesucht wurde. Alle, die man für diesen Posten ausersah, weigerten sich hinzugehen, weil es nicht zum Rayon

Trostjanez gehörte, sondern zum hundert Werst entfernten Guty. Schließlich rief der Oberverwalter mich zu sich und sagte, ohne zu fragen: „Sie fahren morgen nach Maximowka."

So wurde ich Gehilfe auf diesem größten Vorwerk. Jetzt hatte ich kaum mehr Zeit, mich am Anblick der Felder zu freuen. Die buntgekleideten Frauen blieben gleich Schwärmen schöner Insekten in der Ferne. Mit dem Verwalter zusammen hatte ich die Verantwortung für die Leute zu tragen, hatte zu sorgen, dass die Wagen fertig waren, sie zusammenzuholen, dass in den eigens für sie gebauten Scheunen ihre Lager bereitet wurden. Aus dem Kursk'schen setzten sich ganze Dörfer in Bewegung. Die Familien brachten ihre Kühe und Schafe mit, die sich an Rübenblättern sattfressen durften. Natürlich fraßen sie nicht nur die Blätter, sondern auch Rüben. Aber wir brauchten nicht kleinlich zu sein. Der Ertrag war gut. Von größter Wichtigkeit war die Beköstigung dieser Leute. Wir hielten uns dabei immer an den Grundsatz: nur vom Besten und so reichlich, dass übrig blieb. Jeden Tag, mit Ausnahme der beiden Fastentage, gab es Fleisch, zur Vesper getrocknete Fische. Fünf Stück Zucker und vier Pfund Brot aß jeder pro Tag, bei kühlerem Wetter sogar mehr. Unser Tag begann um vier Uhr morgens, meistens lange vor Sonnenaufgang, und gearbeitet wurde mit kurzen Mittags- und Mahlzeitpausen bis Sonnenuntergang. Aber dann war der Tag noch nicht zu Ende. Aus einer Scheune erscholl Musik. Für jede Plantage waren extra zwei Geigen und ein Basscello bestellt, die abends aufzuspielen hatten.

Und der Tanz begann. Sehr hübsche Mädchen gab es da. Sie trugen den Sarafan, Hemd, Rock und gesticktes Mieder. „Teufelspuppen“ war der Ehrenname, den sie am liebsten hörten. Sie tanzten, bis sie schließlich doch ihr Strohlager anlockte. Jeden Sonnabend wurde dieses Lager erneuert, die Scheune ausgeräumt und gesäubert.

Nicht das Roden der Rüben war das Schwierigste, sondern der Abtransport zur Zuckerfabrik. Das Beschaffen der leeren Waggons verursachte mir oft Kopfzerbrechen. Bis zu fünfundachtzig Kilometer lagen die Güter voneinander entfernt. Trostjanez umfasste zwanzigtausend Hektar, Guty war noch größer. Die Gesamtfläche der Güter gab während der Erntezeiten über zwanzigtausend Menschen Arbeit. Das bedeutete Brot für achtzig- bis neunzigtausend Menschen.

Einer der Söhne des Staatsrats, Friedrich Koenig, war in der Verwaltung von Guty tätig. Er war vom Fach, hatte in Deutschland studiert und sich auf größeren Betrieben in Rübenzucht und Elitesaat ausgebildet. Er war ein hochgewachsener, kräftiger Mann mit sonnenverbranntem Gesicht, aus dem zwei gute blaue Augen schauten, die, wenn er lächelte, einen träumerischen Ausdruck annahmen. Man sagte von ihm, dass er vielseitig begabt sei, ein eifriger Hörer von guter Musik, der selber Geige spielte. Wenn er von einem jungen Talent erfuhr, dem die Mittel zur Ausbildung fehlten, war es ihm eine Freude zu helfen. Außerdem hieß es, verstünde er sich darauf, sein Leben zu genießen.

Jenen ersten Winter, den ich in Guty verbrachte, war Herr Friedrich oft in St. Petersburg. Eines Tages erzählte man sich von einer Abendgesellschaft im Hause Koenig'scher Verwandter in der Hauptstadt. Unter den Gästen war auch ein junges Mädchen, das, sehr weitläufig mit den Koenigs verwandt, im Hause eines Onkels erzogen worden war. „Du wirst wohl nicht zum Feste gehen, Laila", hatte die Tante zu ihr gesagt, als die Einladung gekommen war. „Du tanzest ja nicht gerne und hast auch kein Gesellschaftskleid." Laila aber, fast übergroß und keine gute Tänzerin, hatte diesmal doch Lust, die Tanzeinladung anzunehmen. Sie war geschickt und nähte sich aus weißem Mull ein Kleid. Ihr schönes Gesicht hatte einen ernsten, bescheidenen Ausdruck von großem Liebreiz. Als einzigen Schmuck wählte sie ein silbernes Edelweiß, das sie in den Knoten ihres vollen, aschblonden Haares steckte. Als nach einer Tischrede ein „Hoch" auf jemand ausgebracht wurde, konnte man beobachten, wie Friedrich Koenig sein Glas ergriff und in Windeseile um den ganzen Tisch lief, um als erster mit Laila anzustoßen. Man wusste, dass die beiden sich zum ersten Mal begegneten. Später, während des Tanzes, sah man sie in einem Nebenzimmer zusammensitzen, in ernste Gespräche vertieft. Friedrich, infolge einer Malaria leicht asthmatisch, tanzte nicht. Die jungen Damen warfen erstaunte Blicke auf die beiden Menschen, deren Gespräche sich fern vom Ball bewegten.

Friedrich musste auf die Güter zurückreisen. Als einer der Herren, ein Verwandter, zum Vortrag bei ihm erschien, sah er zu seinem Erstaunen einen Strauß Edelweiß auf dem Schreibtisch. Er konnte nicht wissen, welche Bewandtnis es damit hatte. Aber nach beendetem Vortrag zog ihn Friedrich ins Vertrauen. „Kannst du mir Gelegenheit verschaffen, sie wiederzusehen?“, fragte er. Der Zufall ergab, dass die Frau dieses Verwandten nicht nur eine Kusine, sondern sogar eine enge Freundin Lailas war. So wurde das junge Mädchen alsbald nach Trostjanez eingeladen. Und in Guty bereitete Friedrich ein Fest vor. Er holte sie persönlich im Schlitten von der Station ab. Als sie in Guty eintrafen, waren sie ein Brautpaar. Niemand begriff, wie die kurze Strecke von der Station bis zum Gut, die mit den schnellen Pferden in kaum zehn Minuten zurückgelegt wurde, für das Zustandekommen einer so gewichtigen Verlobung hatte genügen können. Man betrachtete nachdenklich die anmutige Erscheinung der jungen Braut, der die Reinheit aus den Augen strahlte.

Ich war zum Verwalter von Maximowka aufgerückt. Kurz darauf hörte ich, dass Leopold Koenig in Trostjanez eingetroffen sei. Wie bedauerte ich nun meine rasche Beförderung! Ich brannte doch darauf, ihn wiederzusehen. Eines Morgens um halb fünf Uhr holte man mich vom Felde. Der oberste Chef erwarte mich.

Ich sprengte auf meinem Pferd nach Hause und sah Leopold Koenig in Begleitung seines Sohnes Friedrich vor der Treppe stehen. Es war eine Vorliebe von ihnen, in aller Frühe aufzutauchen. Manchmal kam es dabei vor, dass sie einen Verwalter noch im Bett antrafen.

Der Staatsrat fragte mich, ob ich schon gefrühstückt hätte und lud sich zu mir ein. Ich geriet in Verlegenheit, denn mein Junggesellenfrühstück bestand aus Brot, Butter, Speck und Tee. Ich ließ schnell ein paar Eier dazu backen und mein hoher Gast speiste mit sichtlichem Vergnügen. „Sagen Sie, hätten Sie auch ein Gläschen Cognac?“ Ich bejahte: „Doch leider keine feine Marke, es ist nur Verschnitt.“ Er leerte jedoch das Gläschen mit dem ihm eigenen, besonders reizenden Ausdruck der Befriedigung. Dann warf er seinem anspruchsvollen Sohn einen schelmischen Blick zu und neckte ihn: „Nicht wahr, Friedrich, dieselbe Marke trinkst du auch?“

Noch am Frühstückstisch sagte er, dass sie auf dem Herweg an einem Stück Feld vorübergekommen seien, wo der Wind den Mutterboden eine ganze Strecke weit fortgehoben habe. Er war sehr zufrieden, als ich die Stellen genau zu bezeichnen wusste und ihm sagte, dass ich es bereits dem Förster gemeldet hätte.

„Immer säubern diese Deutschen, alles wird von ihnen so fürchterlich genau genommen!“ Diesen Satz konnte man oft von den Russen hören. In früheren Zeiten hatten sie die tüchtigen Nachbarn bewundert und ihre ordnende Hand war überall erwünscht gewesen. Im Lauf der Jahrhunderte hatte sich das jedoch geändert. Sie machten sich lustig über Fleiß und Ordnungssinn der Deutschen, statt von ihnen zu lernen und sie andererseits auch wieder zu befruchten mit ihrem Zug ins Grenzenlose.

Die Landschaft, in der ich nun lebte, einst eine Steppe, war nicht von selbst entstanden. Die Nachbarn der Koenig’schen Besitzungen hatten darüber gespottet, dass dieser Deutsche große Waldflächen anpflanzen ließ, statt sich mit der natürlichen Besamung zu begnügen. Später erst wurde ihm Anerkennung zuteil:

„Hohes Fordern und liebevolles Betreuen, dem Land, dem Vieh und besonders den Leuten gegenüber, die es besorgen, leiten diesen schöpferischen Ökonomen bei allen seinen Unternehmungen. Was an Kräften hergegeben wird, bekommen alle ersetzt durch ausgiebige Löhne, gute Unterkunft und Verpflegung, das Vieh durch gute Ställe und richtiges Futter, das Land durch reichliches Düngen. Diese damals ungewöhnliche Fürsorge sichert ihm bei aller Strenge die Liebe und das Vertrauen seiner Angestellten und deren Einsatzfreudigkeit. Was zuerst von den Bauern belacht wurde, findet nun Nachahmung und hebt den allgemeinen Wohlstand."

Wenn er so etwas las, sagte er: „Ich bin von einem jeden meiner Arbeiter abhängig."

Wir machten erfolgreiche Versuche auf allen möglichen Gebieten. Und manche Leute holten sich Rat bei uns. Als ein Müller fragte: „Können Sie nicht diesen Weizen liefern, wie er im Pensa'schen gebaut wird?", versuchten wir es gleich mit einer Probe. Im Pensa'schen winterte diese Sorte aus, bei uns gedieh sie vorzüglich. Heute noch baut Amerika allgemein denselben Weizen unter dem Namen „Charkower Weizen".

Auch in der Forstwirtschaft wurde nach gleichem Plan und Ordnungswillen vorgegangen wie in der übrigen Landwirtschaft. Die reichen, aber verwilderten Bestände wurden in Pflege genommen. Im Park von Trostjanez standen vierhundert Jahre alte Eichen. Sie wurden freigelegt.

Verwüstete Wälder wurden erneuert. An dem Aufbau der großen neuentstandenen Waldflächen arbeiteten tüchtige Russen und bewährte Forstleute aus Deutschland. Wo der Steppenwind den Boden forthob, wurden Eichen oder Erlen angeschont. Das kam dem dürren Gelände, vor allem der Feldwirtschaft, zugute. Höchste Gefahr drohte den jungen Rübenfeldern durch Sturm. Dann konnten sie durch Auswehen in einem Augenblick vernichtet sein. Die Silikate der Schwarzerde schlagen mit ihren winzig-scharfen Kanten an den Wurzelhals und die verletzte Pflanze stirbt ab.

Nach den Enttäuschungen mit dem russischen Landadel stand ich hier vor einem wirklichen Herren. Das unsichtbare Herrschertum, das von diesem schlichten Manne ausging, beließ zwischen ihm und seinem Gegenüber eine kleine Distanz. Es war nicht Scheu oder Unterwürfigkeit, was diese entstehen ließ, sondern Ehrfurcht. Dabei war nicht zu erkennen, ob diese Ehrfurcht von ihm auf den andern überging oder ob sie von einem selbst auf ihn zukam.

Seine Unterhaltung bestand aus knappen, liebenswürdig-witzigen Sätzen, die lebhaften Augen waren immer beteiligt, ohne je etwas zu verraten. Oder es war ein Schweigen um ihn. Dann hatte er den Blick weit geradeaus gerichtet auf ein unergründliches Ziel. Seine Bewegungen, flink und geschmeidig, aber nie hastig, gehorchten dem Rhythmus der ihm eigenen Ruhe. Freude am Erfolg, die gelegentlich seine schmalen Lippen umspielte, rührte an eine schmerzliche Einsamkeit, die selbst seinen Humor färbte. Seine Stimme war leise, aber von gewichtigem Klang. Nie wieder habe ich die Worte so sprechen gehört, mit denen er im Familienkreis die Morgenandacht beschloss: „Und der Friede Gottes, welcher höher ist denn alle Vernunft, bewahre unsere Herzen und Sinne in Christo Jesu, Amen." Alle spürten, dass ihm der Friede Gottes wirklich höher galt als alles.

Immer neue Pläne erweiterten unser Schaffensgebiet. Auch in Guty war inzwischen eine neue Zuckerfabrik gebaut worden. Ein Auftrag, den ich dort im September 1893 auszuführen hatte, gab mir Gelegenheit, der Einweihung beizuwohnen.

In Russland war es Brauch, alles mit dem Segen der Kirche zu beginnen. Sonst wäre jeder Unglücksfall, selbst ein Splitter im Finger, unfehlbar der Unterlassung dieser heiligen Pflicht zugeschrieben worden.

Bei der Einsegnung dieser Fabrik ging es sehr feierlich zu. Jeder Arbeiter stiftete eine Kerze. Fünfhundert Kerzen waren es am Ende, Wolken von Weihrauch und erhebendem Kirchengesang stiegen auf. Zum Schluss des Gottesdienstes sprach der Priester die Worte: „Rette, o Herr, Dein Volk, segne seine Arbeit und den Schweiß seiner Hände." In diesem Augenblick setzten sich die Maschinen in Bewegung, und alle machten das Kreuzzeichen. Einige Stunden später arbeitete die Fabrik.

Es war ein segensreiches Jahr, eine besonders gute Getreideernte wurde eingebracht, Rüben und Kartoffeln standen besser denn je. Wie gewöhnlich begann das Roden der Wurzelgewächse am ersten September. Zum Ernten konnte die Witterung nicht günstiger sein.

Aber der September war allzu heiß und staubig. Es

fiel kein Tropfen Regen, alles begann zu dorren. Nur die langen, kühlen Nächte und reichlicher Morgentau retteten die Wintersaat. Die Bäche versiegten, die Flüsse schlichen dahin wie kleine Rinnsale. Täglich sank der Spiegel des Fabrikteiches. Anfang Oktober musste die neue Zuckerfabrik aus Wassermangel ihren Betrieb einstellen. Und wir hatten noch den ganzen Anfall von Rüben zu verarbeiten, jeden Tag hundert Eisenbahnwaggons. Zum Glück setzte in der gleichen Woche noch Regen ein. Es waren Wolkenbrüche und nach einem Stillstand von neun Tagen konnte die Fabrik wieder arbeiten. Im Februar darauf übernahm Friedrich Koenig die Verwaltung von Guty. Er erkannte die Notwendigkeit, einen engeren Zusammenschluss der verstreut liegenden Güter herzustellen. Das Glück begünstigte diese Einsicht. Ihm wurden Scharowka und Klenowoje angeboten, zwei stattliche Gutsbezirke aus der Nachbarschaft, die er erwarb. Nun konnte er größere Projekte planen. Durch eine Erdbewegung von zweihunderttausend Kubikmetern konnte die Wasserversorgung der Zuckerfabrik Guty großzügig gelöst werden. Ein Teich von dreizehn Hektar Oberfläche war dadurch entstanden. Die Talhöhen wurden aufgeforstet und ein Schleusenwerk errichtet. Das Bassin umfasste eine halbe Million Kubikmeter Wasser. Das hätte ausgereicht, um zwei Zuckerfabriken zu versorgen. Der neue See bot in dieser wasserlosen Steppe einen besonderen Anziehungspunkt.

Ich hatte Herrn Friedrich bisher nur flüchtig gesehen. Jetzt gehörte ich mit meinem Gut Maximowka in seinen Bezirk. Nachdem er mit seiner jungen Frau in Guty Einzug gehalten hatte, wurde ich zur Audienz befohlen. Als Erstes fiel mir wieder der träumerische Ausdruck seiner blauen Augen auf, wenn er lächelte. Ich wurde begrüßt und aufgenommen, als ob wir alte Bekannte wären. Die Gegenwart seiner schönen jungen Frau verbreitete Güte und echte Freundlichkeit. Die Gespräche lagen abseits von allem Beruflichen. Nach dem Abendessen wurde musiziert. Ehe man sich's versah, war Mitternacht. Auf der Heimfahrt hatte ich das Gefühl, dass dieses Werk, an dem ich mitarbeitete, von unvergänglichen Kräften getragen sei. Eines Tages stand ich vor einer neuen Aufgabe. Mir wurde die Abfertigung der Rüben für alle Güter übertragen. Nur eine kleine Rampe für fünfundzwanzig Waggons stand zur Verfügung. Abgefertigt mussten aber täglich hundert werden. Immer aufs Neue entspann sich der Kampf mit dem schläfrigen Bahnbeamten, der sich nicht herbeilassen wollte, die leeren Waggons aus dem ankommenden Zug herauszunehmen. Er wollte weiterfahren, weiterschlafen … Um zwei Uhr nachts schon war ich auf der Station und kümmerte mich selbst darum, dass bei Tagesgrauen unsere Waggons bereitstanden.

Auf den abgeernteten Getreidefeldern liefen meine Dreschmaschinen. Zwanzig Tiefpflüge mit achtzig Paar Ochsen gruben Stoppeln unter. Rüben wurden gerodet, Rüben gefahren. An anderer Stelle bereiteten zwanzig Pflüge mit vierzig Paar Ochsen das Land für die Sommerung vor. Auf den Maisfeldern wurden von etwa hundert Mädchen die Kolben gebrochen und in die Maisspeicher gefahren. Es gab Arbeit mehr als genug und an manchem Tag fand ich nicht die Zeit zu frühstücken.

Ich weiß nicht, wie viel die anziehende Erscheinung der jungen Frau meines Herrn dazu beitrug, dass diesen Winter eine Erinnerung in mir wach wurde. Ich dachte zurück an die Zeit meiner ersten Verwaltertätigkeit, an jene Wochen, als ich im Pensa'schen an der Cholera krank lag. In meinem bewusstlosen Zustand war mir damals öfters und immer im gleichen Zusammenhang eine Traumgestalt erschienen. Immer dann, wenn ich mich besonders schwach fühlte, kam ein Mädchen und kredenzte mir ein Getränk. Sie war gut gewachsen und schön. Jedes Mal, wenn mein Bewusstsein schwand, kam sie. Und wenn meine Wirtschafterin dann ins Zimmer trat, war meine erste Frage: „Wer ist bei mir gewesen?" „Niemand", war die Antwort. „Ich wache doch streng darüber, dass keiner sich Zutritt verschafft."

Der Sommer war wieder zu Ende. Die ersten Blätter fielen. Zwischen den weiten Grünflächen des Parkes von Maximowka färbten sich die Lindenalleen weißlichgelb. Die Himbeersträucher im Gemüsegarten waren abgeerntet. Unter ihnen wucherten rosa und lila Malven. Wenn sie blühten, wusste man: Der Herbst ist da. Weithin schwebten Falken und Habichte im klaren Raum, manchmal ein Adler, der sich aus den südlichen Felsengebirgen zu uns verirrt hatte. Die Steppe wimmelte von Füchsen. Sie waren unentbehrliche Mäusejäger. Einmal erlebte ich eine wahre Mäuseplage. Die ungebetenen

Gäste kamen mittags auf den Tisch und wollte man sich ins Bett legen, so waren sie schon vor einem da. Zog man sich an, sprangen Mäuse aus den Kleidern. Aber plötzlich, wie es gekommen, war das gesamte Mäusevolk wieder weg. Bei der Erinnerung an solche und ähnliche kleinere und größere Plagen, denen wir zu begegnen hatten, gruselt mir noch heute vor der Schnecken-Invasion, die wir eines Tages erlebten. In Scharen krochen diese wahrhaft „ungreifbaren" Tiere den Zuckerrübenfeldern entgegen. Das wogte hin und her, her und hin wie Meereswellen. Man konnte kaum hindurchfahren, der Wagen wippte, quatschte und zermatschte alles, was ihm unter die Räder kam. Da hieß es schleunigst umkehren und den ganzen Gutshof alarmieren, um auf dem betroffenen Feld ein großes Feuer anzulegen.

Die Rübenernte war in vollem Gang. Das weithin hörbare Heulen der Dreschmaschinen half mir, nach ihrem an- und abschwellenden Ton das gleichmäßige Fortschreiten der Arbeit zu beurteilen. Da rief eines Tages mein Rayonchef an und teilte mir mit, dass mir nachmittags um vier Uhr vom Hauptkontor zwölftausend Rubel geschickt würden, für die ich in Walki möglichst viele Ochsen einkaufen möge. Morgen sei dort Viehmarkt. Ich wollte vorbringen, dass ich überlastet sei. Aber Befehl war Befehl. Er hängte ab. Walki war vierundfünfzig Werst von uns entfernt. Wenn ich dort etwas erreichen wollte, musste ich alles sofort vorbereiten. Ich musste Männer hinschicken, die einen Hof mieteten, Futter und Wasser für die Tiere besorgten. Um vier Uhr traf das Geld ein. Es wurde Abend, bis ich meine Anordnungen getroffen hatte. Um zwei Uhr weckte mich der Nachtwächter. Ich wollte möglichst früh in Walki sein.

Der Tag war heiß und anstrengend gewesen, empfindlich kühl war dagegen die Nacht. Ich kuschelte mich in meiner Britschka zurecht. Es war dunkel, wie es nur in Russland sein kann. Die schwarze Erde zieht die Nacht zu sich herab zu einer unheimlichen Vermählung. Man musste es den Pferden überlassen, den Weg zu finden. Trotz harter Stöße war ich sofort eingeschlafen. Als ich erwachte, begann der Morgen zu dämmern. „Noch sieben Werst bis Walki“, sagte der Kutscher.

Dort war der Markt bereits im Gang. Ich fand meine Leute. Sie hatten den Hof besorgt und Futter und Wasser. Den Ältesten bevollmächtigte ich, den Handel einzuleiten. Ich brauchte nur noch zu zahlen.

Nach gut ausgeschlafener Nacht kamen dann um zehn Uhr die Herren Verwalter anderer Güter. Da gab es kaum noch brauchbares Vieh zu erhandeln. Ich hatte gegen fünfzig Paar der besten Ochsen gekauft und konnte zufrieden sein. Ich befahl, die Tiere zu tränken und sich sofort auf den Heimweg zu begeben, bezahlte, gab den Leuten Zehrgeld und versprach ihnen eine Belohnung. Dann wollte ich zu meiner Britschka gehen.

Als ich mir jedoch durch die Menge Bahn brach, blieb ich plötzlich wie angewurzelt stehen. Was ich erblickte, war jene Traumerscheinung, jenes Mädchen aus meinen einstigen Fieberträumen. Es war dieselbe Gestalt, dasselbe Gesicht mit den dunklen Augen.

Vor mir stand ein Mann, der wie ein Einheimischer

aussah. Ich fragte ihn auf kleinrussisch: „Wer ist das dort?“ Ein barsches „Woher soll ich das wissen!“, war die Antwort. Der Gedanke, jetzt umkehren zu müssen, war unerträglich. Ich kam mir vor, wie an der Nase herumgeführt mitten im Trubel des Walkier Marktes. Und ich war verstimmt. Wie oft hatte ich mir in den letzten Jahren gesagt, dass es doch läppisch sei, einem Fieberbild treu zu sein. Denn es stand mir jedes Mal im Wege, wenn ich einem Mädchen begegnete, das mir gefiel. Noch am Tage zuvor fühlte ich mich im Zenit meines Lebens, Verwalter von Maximowka geworden, einem der schönsten Güter Südrusslands. War das nicht auch ein Traum meines Lebens gewesen, seit ich damals in St. Petersburg zum ersten Mal Leopold Koenig gegenüber gestanden hatte? Warum aber trog jenes andere Bild immer wieder? Ich war erregt und konnte nicht gleich nach Maximowka zurückkehren. Unschlüssig ging ich auf und ab. Da fiel mir der Balte ein, der mich vor längerer Zeit auf sein kleines Gut in der Nähe von Walki eingeladen hatte. Wenn ich auch keine Lust verspürte, ihn gerade heute wiederzusehen, so entschloss ich mich doch, wenigstens diesen Umweg zu machen.

Über der Haustür las ich in deutscher Sprache: „Grüß Gott, tritt ein, bring Glück herein.“ Das heimelte mich an und ebenso die Einrichtung dieses Hauses. Nirgends war etwas Übertriebenes zu sehen, alles erinnerte mich an mein Elternhaus in Libau. Der junge Balte empfing mich. Wir plauderten und er lud mich zum Mittagessen ein. Bald darauf öffnete sich hinter mir die Tür und eine Stimme, die mir vertraut erschien, sagte: „Ich bitte zu

Tisch." Mein Gastgeber stellte vor: „Meine Schwester." Als ich mich umdrehte, verbeugte ich mich vor meiner Traumerscheinung. Ich fühlte meinen Puls im Kopfe hämmern und war so verwirrt, dass ich am liebsten vor ihr auf die Knie gesunken wäre. Es dauerte ein paar Augenblicke, bis ich einige höfliche Worte zu stammeln vermochte.

Genau wie beim Militär musste bei uns auf den Koenig'schen Gütern die Braut eines Beamten die Zustimmung des Oberhauptes haben. In mehreren Fällen hatte ein Beamter, sogar nach längerer Dienstzeit, den blauen Brief erhalten, weil seine Wahl nicht dem strengen Maßstab entsprach. Leopold Koenig wusste, dass Takt und eine tiefe Herzensbildung dazu gehörten, den Schritt aus engen Verhältnissen in eine Schicht größeren Wohlstandes unbeschadet zu überstehen. Welch richtige Einsicht war es, dass kleinliche Geltungsinstinkte in alle Beziehungen zwischen Menschen eindringen können und sie zerstören. Wir erkannten erst mit den Jahren die Weisheit, die den Beamtenstab dieses Güterbereiches lenkte.

Es war Winter, als ich mich zu meiner Hochzeit aufmachte. Die Weite vor mir schien zu glühen: Winzige, kantige Kristallprismen des lockeren Schnees waren so scharf geschliffen, dass sie das Sonnenlicht in allen Farben über die schlafende Ebene verspritzten; die Glocken auf dem Krummholz des Leitpferdes ertönten im Dreiklang ihrer verschleierten Melodie. Die Troika flog dahin und meine Wünsche flogen weit voraus. Ich träumte vom ersten Besuch mit meiner Frau bei Herrn Friedrich, ich träumte davon, wie ich sie Frau Laila vorstellen würde, die ich von allen Frauen, die ich kannte, bisher am meisten bewunderte. Meine Verehrung für sie war so frei von jeglicher jugendlichen Verliebtheit, dass ich glauben durfte, dass meine Frau ihr die gleichen Empfindungen entgegenbringen werde.

Seit Friedrich Koenig im Hauptkontor von Guty Wohnung genommen hatte, kränkelte er. Ein Professor aus Charkow fand die Ursache: Der Keller war voll von Anopheles, der Malariamücke. Sofort sollte Scharowka instand gesetzt werden. Der Architekt richtete sich nach Skizzen von Herrn Friedrich. Die Fassade des Schlosses sollte jedoch erhalten bleiben mit den steinernen Zeichen russischer Adelsgeschichte einer vergangenen Epoche.

Ich war zum Rayonchef von Oridino ernannt worden. Wir bezogen dort ein hübsches Haus. Der Park umfasste ein weites, mit Eichen und Espen bestandenes Gelände. Meine Frau konnte sich in den warmen Nächten nicht vom Fenster trennen. Zur Zeit der Fliederblüte waren es die Nachtigallen, die ihre langen Tongirlanden über Park und Garten spannten und sich gegenseitig übertrillerten. Etwas später, wenn die glühende Steppensonne die kaum erschlossenen Blütenbüschel versengte, stieg es gutmütig wichtig vom Teiche auf. Die Frösche wurden keinen Augenblick müde, den Nachtigallenchor mit ihren gleichtönigen Bässen zu untermalen. Der Duft von Gräsern und reifendem Korn mischte sich immer betäubender zwischen das gleichmäßig hohe Himmelsblau und den Teppich, der rings auf der schwarzen Erde lag. Akazienhecken verströmten ihren Duft. Die Nacht hielt unbeweglich die übervolle Schale hin. Man musste trinken, trinken …

Die Linden blühten. Immer erregender wurden die Nächte, wenn leise, ganz leise der Chor der Erntearbeiter anhob, sechsstimmig, langsam anschwellend, bis plötzlich die tragende Stimme des Vorsängers sich abhob und die Flut des Chores überstieg, der zurückebbte, wie lauschend, um den beglückenden Glanz der führenden Stimme noch höher zur Himmelskuppe emporzuheben. Und dicht neben die des Vorsängers gesellte sich dann noch eine Frauenstimme, ein tönendes Sternbild, bis beide langsam wieder versanken, um die gewaltige Wucht des Chores heraufzubeschwören. Keiner sang sich selbst zur Ehre. Alle sangen sie aus einer einzigen Inbrunst. Der reine, gewichtlose Ton, vollkommenster Ausdruck der Seele, erhob sich über die Erde zu den Geheimnissen der Nacht.

Wir sahen sie in der Ferne um ihre Feuer sitzen. Wer von ihnen konnte an schlafen denken? Singen! Singen! Wenn auch morgens um vier Uhr wieder die Arbeit anfing. Und was für Tage waren das! Oft wurden vierzig Grad Réaumur im Schatten gemessen. Mittags, wenn die Sonne am höchsten stand, konnte man nicht arbeiten. Da konnte man auch nicht singen. Da war Zeit zum Schlafen. Wenn die Tage kühler wurden, kam die Ernteszeit für die Maschinisten. Achtzehnpferdige Dreschmaschinen schafften täglich fünfzig Tonnen Weizen. Sie brauchten je zweiundsiebzig Mann zur Bedienung. Schon einige Tage nach Beginn des Getreideschnittes ertönte der lustige Pfiff der Lokomotive. Dann machten alle das Kreuzzeichen und die Dreschmaschine begann zu brummen. Ihre Melodie bestand aus zwei langgezogenen Tönen, die erst im September wieder verstummten.

Eines Winternachmittags, ich war noch erschöpft von der Rübencampagne – rief Friedrich Koenig bei mir an: „Sie müssen nach Goloschwina fahren. Ich habe die Rübenschnitzel dort sichergestellt fürs Vieh." Und ich machte mich auf. Es waren vierzig Fuhren und achtzig Pferde. Dazu mussten wir im Freien bei fünfundzwanzig Grad Kälte nächtigen. Es ging ein Wind, dass man sich umdrehen musste, um einatmen zu können. Wehe, wenn es da an Decken gefehlt hätte!

Vor solch überraschenden Anordnungen war man nie sicher. Zu meinem Bezirk gehörte auch das Gut Losoweja. Eines Nachmittags war ich dorthin gefahren, hatte alles mit dem Verwalter besprochen und befand mich auf dem Rückweg, als mir kurz vor Oridino ein Reiter vom Vorwerk entgegengesprengt kam. Herr Friedrich ließ mich ans Telefon bitten. Er ersuchte mich, sofort nach Guty zu kommen. Es war Mitte Juni, die Sonne war schon untergegangen. „Fünfundzwanzig Werst habe ich zu fahren, vor elf Uhr nachts kann ich nicht bei Ihnen sein." – „Gut", meinte er. „Ich werde aufbleiben." Ich war verstaubt, schmutzig, fuhr aber, um keine Zeit zu verlieren, wie ich war, obgleich ich mich um diese Jahreszeit sonst zweimal am Tage umzog. Als ich mich erschöpft in die Wagenecke zurücklehnte, lechzte ich nach einem Trunk.

Der Tee war im Hause Koenig immer besonders aromatisch. Ich spürte den angenehmen Rauchgeschmack des „Karawanentees" auf der Zunge. Wenn dieser chinesische Tee gelobt wurde, pflegte Herr Friedrich zu erklären, dass der Rauchgeschmack vom schwelenden Kamelmist der Lagerfeuer auf dem langen Weg von China herrühre. Als ich ankam, sagte der Diener, dass man mich erwarte. Ich trat ins Zimmer, wo Herr Friedrich mit dem neuen Direktor saß, den ich noch nicht kannte. Die Herren tranken Wein. „Ein bisschen spät", sagte Herr Friedrich. „Aber ich muss Sie sprechen." Und fragte: „Wie viel Zuckerrüben haben Sie?" – „Vierhundert Hektar eigene und sechshundert Hektar fremde Zucht, im ganzen tausend Hektar." – „Sie wissen doch", sagte er, „dass nach Weihnachten die Rüben sich schlecht verarbeiten. Und in Guty haben wir Rüben bis zum März. Sie müssen ihre Rüben nach Trostjanez abfertigen. Wie viele Waggons werden das sein?" Ich überschlug: „Etwa achttausend. Aber ich brauche dazu Vorrichtungen, Rampen, Geleise. Und ich habe nur zwei Monate Zeit." Herr Friedrich brummte ärgerlich: „Um Geleise bitten wir die Eisenbahn schon zwei Jahre lang und bekommen keine."

Eine fürchterliche Verantwortung, dachte ich, fühlte mich erdrückt und suchte nach Hilfe. „Der Herr Direktor wird vielleicht für die Geleise sorgen", sagte ich. „Das andere werde ich schon selbst machen."

Der aber lächelte überlegen. „Ich fahre morgen auf Urlaub nach Ägypten." Und Herr Koenig interessierte sich lebhaft für dieses neue Thema. Wo das Schiff abginge, fragte er und erfuhr, dass der andere in Alexandria auf die

Expedition stoßen wollte, der er sich anschloss. Sie unterhielten sich über den Staudamm von Assuan und den ertrunkenen Tempel bei Philä. Im Nebenzimmer meldete sich eine Uhr. Ein einziger tieftönender Schlag. „Jetzt fängt der Morgen an. Man muss schlafen gehen. Sehen Sie zu, wie Sie fertig werden."

Wir hatten bei der Unterredung das Gewitter überhört. Es goss in Strömen. In mir wirbelte Sturm. Das einzige, was ich begriffen hatte: Es musste geschafft werden.

Ich wusste, dass die Eisenbahnverwaltung schon lange wünschte, dass wir eine große Waage errichteten, die sie gleichfalls benutzen durfte. So ließ ich nicht nur eine große Rampe bauen, sondern bestellte auch die Waage. Als Gegenleistung bekam ich die Geleise geliefert. Über Geld hatte ich freie Verfügung. Und ich brachte das fast Unmögliche fertig. Wäre es anders gekommen, so hätte es geheißen: Sie sind Ihrer Aufgabe nicht gewachsen. Der Direktor erwähnte diese Sache nie mehr. Aber Herr Friedrich sagte später: „Ich wusste, dass Sie es schaffen."

Der Park von Scharowka war ein gepflegtes Waldgebiet mit großen Rasenflächen. An ihren Rändern lagen die Schleppen der seltensten südländischen Koniferen, die im dortigen Klima prächtigen Wuchs entwickelten.

Der Umbau des Schlosses war fertig. Wenn man sich ihm näherte, lichtete sich die Waldung und ließ den Blick frei auf französische Gartenanlagen, die das Gelände durch Ballustraden mit Steinfiguren und Vasen und durch sauber geschnittene Hecken in einzelne Bezirke aufteilten. Der Park war durchzogen von Bächen bis zum Springbrunnen vor der Schlossterrasse. Die Einweihung sollte mit einem festlichen Abend begangen werden. Als wir vorfuhren, lag das Schloss in einem Lichtermeer. Das waren prunkvolle Räume. Die Wände waren zum Teil mit Seide bespannt, der Speisesaal und einige andere Zimmer in Eiche getäfelt. Alte Verzierungen an den Decken und über den Türen waren aufgefrischt worden. Die Anwesenden staunten und bewunderten.

Mich fesselte der Anblick der Frau des Hauses. Was war es, was von dieser Frau ausging und so bestimmend auf ihre Umgebung wirkte? Frau Laila war von stillem, bescheidenem Wesen. Wenn sie lächelte, behielten ihre Augen immer einen ernsten Ausdruck, als wüsste sie mehr als andere um die Schwere des Lebens. Um ihre eigene Schönheit wusste sie nicht. Ihr braunes Seidenkleid war schlicht bei aller Kostbarkeit des Stoffes. Ein Schmuckstück ordnete sich fast unauffällig ihrer Schönheit unter. Als ich meine Frau darauf aufmerksam machte, entdeckte ich in ihren Zügen einen kaum verhohlenen Unwillen. Sie war eifersüchtig! Eine schmerzhafte Enttäuschung schob sich ungreifbar wie ein Schatten zwischen uns. Die Gesellschaft um mich bekam plötzlich etwas Unwirkliches. Wohl sah ich in Herrn Friedrichs Blick den träumerischen Ausdruck, wenn er von Weitem dem Blick seiner Frau begegnete. Aber mir war, als dürfte ich das nicht mehr sehen, als hätte ich mich nur mehr als Gast zwischen Gästen zu fühlen, auf deren Wohlbefinden das Augenmerk unserer Gastgeber gerichtet war.

Bei allen hinterließ das Fest den Eindruck, dass sich das Glück auf den Koenig'schen Gütern neu beleben wollte, ein Glück des Schaffens und Gestaltens, an dem jeder von uns teilhatte.

Der Umbau von Scharowka befriedigte den schlichten alten Herrn nicht. Er hätte lieber ein neues Haus gebaut, statt die prächtige Renaissancefassade stehen zu lassen. „Diese Ruinen sind Elefanten, die nicht satt zu bekommen sind."

Ich entgegnete ihm, dass solch ein Bau angemessen sei, und erinnerte daran, dass die Züge Charkow-Waraschba zweimal auf seinem Besitztum Station machten, dass die Bodenpreise derart gestiegen seien, dass die Güter heute drei- bis viermal so hoch im Wert stünden, was einen Zuwachs von mehr als zwanzig Millionen Rubeln ausmachte.

Er hörte mich gelassen an und sagte mit seiner unbeirrbaren Sachlichkeit: „Spaß hat mir nur der Verdienst der ersten Million gemacht." Und ich hörte aus seinem eigenen Munde: „Ich hatte meine Raffinadekocherei an der Sampsonnowski-Brücke und kochte meinen Zucker. Der Hafen war voll von Schiffen, die aus Westindien Zucker in Fässern gebracht hatten. Der Markt war übersättigt, ganze Schiffsladungen blieben unverkäuflich. Man bot sie mir an und ich nahm sie unter der Bedingung, dass ich ein Handgeld zahlte, das erst bei der letzten Abnahme in Verrechnung kommen sollte. Der Zucker wurde auf einem

Speicher auf meine Kosten gelagert. Für jede von mir entnommene Menge zahlte ich der Bank, die den Speicherschlüssel verwahrte, vier Rubel pro Pud, also für sechzehn Kilo. Gerade als der Kauf getätigt und der Zucker im Speicher verstaut war, brach der unglückliche Krimkrieg aus. England und Frankreich blockierten die Ostsee. Der Zucker stieg von vier auf fünf, acht, zehn, bis er nach einem Jahr auf vierzehn Rubeln angelangt war. Da verkaufte ich. Meine Konkurrenten hielten das für einen Fehler. Sie prophezeiten eine baldige Steigerung auf achtzehn Rubel. Stattdessen wurde Frieden geschlossen, und der Zuckerpreis fiel auf vier Rubel. Meine Konkurrenten waren vor die Hunde gegangen. Ich hatte eine Million gewonnen."

Im Jahre 1898 kam wieder einmal der Finanzminister bei ihm vorgefahren. Es handelte sich um eine innere Anleihe, die unbeliebt war. Der Minister wollte die fünfprozentige Geldanleihe in eine vierprozentige Reichsanleihe umwandeln. Ganz Russland prophezeite ihm ein großes Fiasko.

Mein Onkel Schulz war an jenem Tag wie an jedem anderen zur vereinbarten Zeit auf dem „Zuckerhof". Man erwartete ihn mit Unruhe. Während er auf das Koenig'sche Wohnhaus zuschritt an den vielen Beamtenwohnungen vorbei, wurde er von mehreren Herren angehalten. „Wissen Sie schon, was sich gestern hier ereignet hat? Die Equipage des Finanzministers … Natürlich handelt es sich nicht um einen Privatbesuch, das hängt fraglos mit der Finanzkrise zusammen. Schulz, mit Ihnen bespricht er alle Börsensachen. Seien Sie so gut, geben Sie uns nachher Bescheid!" Aufgeregt ging mein

Onkel weiter. Der Finanzminister auf diesem Fabrikhof: Bedeutete das für die Regierung nicht im gegenwärtigen Augenblick ein Canossa? So weit musste sie gehen, um sich das Vertrauen der Geschäftswelt wieder zu erobern! Gehobenen Bewusstseins betrat er das Kabinett des Staatsrats. Der alte Herr saß in seiner gewohnten Ruhe am Schreibtisch. „Ich höre, Excellenz haben hohen Besuch gehabt?“ So etwas durfte mein Onkel schon einmal äußern. Die feinen Lippen seines Gegenübers wurden noch schmaler. Das ernste Antlitz bekam einen so hoheitsvollen Ausdruck, dass plötzlich eine Entfernung sich auftat, über die keine Frage sich hinüberwagen durfte. Wie an jedem anderen Tag wünschte er Bescheid über die Zuckerakzise. Die Herren auf dem Fabrikhof wurden enttäuscht. „Wie, Schulz, auch mit Ihnen bespricht er sich nicht?“ Und einer sprach wieder von der inneren Stimme, die bei Koenig in Augenblicken der Entscheidung solch eine wichtige Rolle spielte. „Mit ihr allein wird er sich besprechen.“

Und es kam der große Börsentag für die russische Staatsanleihe. Wie jedes Mal, wenn Koenig dort eintrat, verstummten die Gespräche. Die Herren grüßten den „Zuckerkönig“. Alle warteten ungeduldig. Alle hatten schon das aufgeschlagene Buch für die Zeichnung der Anleihe eingesehen. Doch niemand hatte gezeichnet. „Was wird Koenig tun?“ Aller Blicke waren auf ihn gerichtet. Der alte Herr erhob sich mit jugendlich elastischer Bewegung, ging auf den bedeutsamen Schalter zu, nahm Platz und schrieb. Atemlose Stille herrschte im

Raum. Behenden Schrittes, wie er gekommen, kehrte er zu seinem Platz zurück.

Plötzlich ging es wie ein Brausen durch die große Börsenhalle: „Millionen, Koenig … Wie? Gezeichnet … fünf Millionen!“ Andere gingen zum Schalter und setzten den Stift an. Alle nahmen sein Beispiel als Richtschnur. Damit war die Finanzkrise des russischen Staates behoben.

„Ihr wohnt hier auf einem anderen Stern“, sagte die Schwester meiner Frau, als sie eines Tages zu uns kam. Sie wohnte unverheiratet in Petersburg und besuchte die Universität. „Ihr arbeitet den ganzen Tag und dabei genießt ihr diesen Frieden, der aus den Wäldern, aus der Erde strömt. Die Leute sitzen abends vergnügt vor ihrer Tür, spielen Balalaika, und das Leben ist so schön. Auf die beunruhigenden Nachrichten aus den Städten achtet ihr gar nicht. Dort spricht man von randalierenden Bauern.“ Sie hatte recht: Unsere Beamten gingen über so etwas hinweg. „Bei uns kann so etwas nicht vorkommen“, meinten sie und beruhigten sich damit, dass die Regierung die Störenfriede nach Sibirien schickte oder sie aufhängte. Diese leichtfertige Gleichgültigkeit hatte mich oft erschreckt. Jetzt aber hatte ich meiner Schwägerin zu antworten, die stark nach der „anderen Seite“ hinneigte. Ich sagte, das sei doch nur die Schuld der hetzerischen Studenten, der sogenannten Intelligenz, die ein Interesse daran hätte, die Bauern aufzuwiegeln. Die Regierung sei doch genötigt einzugreifen.

Die Schwägerin antwortete erregt: „Die Regierung kann ja gar nicht alle aufhängen. Ist die Empörung nicht etwa berechtigt? Welche Zustände sind das in einem Staat, wo die Bauern keine Daseinsmöglichkeit haben, weil das Seelenland ihnen immer wieder fortgenommen, immer wieder neu verteilt wird! Was nützt es ihnen, wenn sie sich auf ihrem Acker plagen! Wachsen neue Seelen nach, wird er ihnen doch wieder genommen. Da beschimpft man sie, weil sie trinken und prügeln. Das ist doch kein Wunder, wenn sie so niedrig gehalten sind! Und die Beamten sind so schlecht bezahlt, dass sie auf Bestechung geradezu angewiesen sind. Soll man denn den Staat immer so weitermachen lassen?"

Meine Frau und ich sagten wie aus einem Munde: „Du stehst ja auf Seiten der Nihilisten." Dagegen wehrte sie sich jedoch. „Durch meine Freundin Natascha von L. habe ich Einblick. Sie will mich durchaus auf diese Seite ziehen. Doch ich empfinde Abscheu vor diesem Morden und diesen unsauberen Wühlereien. Aber man muss doch verstehen, warum sie so handeln. Das sind doch großenteils Menschen mit sehr edlen Absichten, Menschen, die helfen wollen! Warum bekämpft die Regierung die Intelligenz? Weil sie Angst hat vor jedem Fortschritt. Die Welt aber ist weitergegangen. Die Gelehrten haben doch nicht gearbeitet, damit man die Ergebnisse ihrer Arbeit verschweige, sondern damit man sie nütze!"

Ich fragte sie, ob sie es denn als einen segensvollen Fortschritt betrachte, dass alle festen Begriffe sich auflösen. Zugeben musste ich, dass auch wir auf der Universität über Darwin und Haeckel gehört haben, die die bisherige Unantastbarkeit von Kirche und Religion aufhoben. Atheismus war durchaus zeitgemäß.

„Merkt ihr das auch bei euch?“, fragte sie gespannt.

„Wir alle sind studierte Leute. Als Leopold Koenig häufiger auf seinem Bonner Wohnsitz weilte, besuchte er regelmäßig Vorlesungen. Er ist wahrlich nicht ohne Kritik, auch der Kirche gegenüber nicht. Aber sein Glaube ist stark und wurde durch die Erfahrung seines Lebens bestätigt. Er ist im wahren Sinn ein Christ. Auch der größte Skeptiker kann den Geist nicht verneinen, der sein Werk durchdringt.“

Als wir unser Gespräch spät in der Nacht beendeten, wusste meine Schwägerin, warum man hier wie auf einem anderen Stern lebte.

Seit meiner Tätigkeit in Oridino nahm ich regelmäßig am Kolloquium in Trostjanez teil. Dadurch kam ich mit allen anderen Verwaltern in Berührung und erfuhr mancherlei. So merkte ich bald, dass in Guty ein beispielloser Klatsch umging. Früher, solange der Staatsrat selbst den Ton dort angab, hatte man so etwas nicht gekannt, auch nicht, solange Herr Friedrich dauernd dort weilte. Seit heftige Malaria-Anfälle ihn nötigten, häufig ins Ausland zu reisen, hatte er seine Vollmachten dem neuen Direktor übergeben. Zusehends veränderten sich die Zustände. Eleganz, Aufwand und Luxus wurden Hauptzweck der Geselligkeit. Das war das Gegenteil der sich immer gleichbleibenden Einfachheit des Zuckerkönigs. Es musste Neid, Klatsch und Intrigen im Gefolge haben.

Das Gespräch mit meiner Schwägerin hatte mich hellhörig gemacht. Die Luft vibrierte von einem noch verhaltenen Murren. Kaum vierzig Jahre waren vergangen, seit Alexander II. die Leibeigenschaft aufgehoben und den Bauern die Freiheit gegeben hatte. Woher kam es, dass sie dieses Geschenk missachteten?

Die Leibeigenen hatten zum Gut gehört und mussten hart arbeiten. Aber sie bekamen, was sie brauchten: Nahrung und Holz. Jetzt hatten sie die langersehnte Freiheit. Was aber nützte sie ihnen, wenn sie nicht Land genug bekamen? War die Leibeigenschaft auch nicht golden, so war sie doch besser als die Armut.

Unweit Scharowka lag das Dorf gleichen Namens. Ein ärmliches Dorf. Seit jener Befreiungszeit der sechziger Jahre hatten die Bauern nicht nur zu wenig Land, das wenige, was sie besaßen, war nicht einmal fruchtbar. Es war unmöglich, darauf fortzukommen.

Herr Friedrich beschloss, das Bauernland anzukaufen. Er überlegte mit einem Vermittler, dass die dortigen Bodenpreise so hoch gestiegen waren, dass man in anderen Gegenden das Zehnfache an Areal für die Bauern von Scharowka erwerben konnte. Man schickte Kundschafter aus. Sie kamen zurück mit dem Bescheid, dass im Ufa'schen Gouvernement Boden in gewünschter Menge vorhanden sei für den Spottpreis von fünfzehn bis zwanzig Rubeln pro Hektar.

„Schwarzerde, Brüderchen. Ihr müsst uns glauben: Roggen so hoch", und sie zeigten mit der Hand bis an den Kopf. Andere, die hingeschickt wurden, kamen mit dem gleichen Bescheid zurück: „Und Hirse, Brüderchen, ah, bis zum Nabel." Das entschied. In Scharowka war schwacher, sandiger Boden, auf dem Roggen, Kartoffeln und Hafer gut gediehen, Hirse und Gerste jedoch kaum, Weizen gar nicht. Das Hauptkontor kaufte ihnen nicht nur den Boden, sondern auch die Hütten ab. Im Frühjahr des Jahres 1896 fand der Aufbruch des Dorfes statt. Auch der Letzte verließ seine Heimat und schloss sich dem Zuge an. Was zurückblieb, waren Hütten zum Niederreißen: Brennholz, teures Brennholz. Denn diese halbverfaulten Hütten hatten nur noch aus Gewohnheit zusammengehalten. Etwa zehn davon waren in etwas besserem Zustand. Man ließ sie stehen, um sie vielleicht gelegentlich als Notbehelf zu verwenden. Einstweilen wurden die Türen zugenagelt.

Der größte Teil der Bauern war, in der neuen Heimat angelangt, sehr zufrieden mit dem Tausch. Sie hatten das Zehnfache an Boden. Und da im Ufa'schen Holz reichlich vorhanden und billig war, konnten sie für den Erlös ihrer alten Hütten ein neues gutes Haus bauen. Der Boden erwies sich als triftig und fruchtbar. Die Ernte wurde gut. Unter diesen Bauern gab es aber auch Faulpelze, die ihr Geld in Schnaps umsetzten und allmählich herunterkamen. Durch Briefe von Verwandten aus anderen Dörfern der alten Heimat erfuhren sie, dass nicht das ganze Dorf Scharowka abgetragen sei. Ein Jahr später kehrten acht derartige Familien in die frühere Heimat zurück, brachen in die stehengebliebenen Hütten der fleißigsten ihrer früheren Dorfgenossen ein und ließen sich darin nieder. Als es einige Stunden später entdeckt wurde, forderte der Flurreiter sie auf, die Wohnungen zu räumen. Sie weigerten sich. Die Polizei witterte Skandal und wollte nur auf Befehl des Friedensrichters eingreifen. Der erschrak. Das konnte ihn womöglich sein Amt kosten. Schon länger beschäftigte die Rede vom „armen Bauern und vom Blutsauger“ die Zeitungen. Er entschied, dass die Bauern wohnen bleiben sollten, bis sie etwas anderes gefunden hatten.

Herr Friedrich erkannte den unhaltbaren Zustand und gab jeder dieser Familien dreihundert Rubel. Da zogen sie aus. Und am selben Tage noch wurden die Hütten abgerissen.

Die Presse griff die Sache auf. Entstellt und lügnerisch erging sich vor allem das allrussische Hetzblatt „Nowoje Wremja“ über das Schmarotzertum der Deutschen, die sich am Blute des russischen Volkes festgesogen hätten. Das war nach dem Herzen des Verwalters von Scharowka, Herrn Kasin, der die besondere Sympathie des neuen Direktors genoss.

Waren die Bauern wirklich mit uns unzufrieden? So fragten wir uns angesichts dieser verleumderischen Zeitungshetze. Nein. Sie bekamen mehr, als ihnen nach ihren eigenen Begriffen zukam. „Ich bin von jedem einzelnen meiner Arbeiter abhängig“, war ein immer wiederkehrender Satz des alten Herrn.

Auf den Gütern beschäftigten wir lauter eigene Handwerker. Wir hatten den stillen Auftrag, den kleinen Besitzern ringsum unentgeltlich Hilfe zu leisten. Sie baten oft um Beschlag eines Pferdes oder um die Reparatur eines Wagens oder Schlittens; und wenn sie die Rechnung forderten, wurde es geflissentlich vergessen. Verlangte einer von ihnen jedoch zuviel des Guten, so sagte ich ihm: „Für dieses Mal ist es genug, mein Lieber.“ Auch seinen Angestellten gegenüber war Leopold Koenig nie kleinlich. Wo viele Kinder waren, zahlte er jährlich Beihilfen, auch bekamen die Söhne der niederen Beamten Subsidien zum Studium. Nie wurde dies an die große Glocke gehängt, es durfte sogar ausdrücklich nicht darüber gesprochen werden. Herr Friedrich hat durch seine offene Hand viele Sorgen geglättet und viele Tränen gestillt. Auch ich habe einmal, als ich erkrankte, eine fürstliche Dotation von ihm erhalten, die mich in den Stand setzte, nach Wien zu fahren und geheilt zurückzukommen. Der alte Koenig hatte Entschädigungen auf sich genommen, die Sache des Staates gewesen wären. Aber vermochte er die Fehler des Staates gutzumachen, der versäumt hatte, den Bauern von dem Augenblick an, da er mit großartiger Geste ihnen die Befreiung von der Leibeigenschaft schenkte, auch das Land zu geben, das sie für ihren Lebensunterhalt brauchten? Wir hörten immer öfter von Stimmen, die sich gegen uns erhoben, und fragten uns: Wo sitzen diese Hetzer?

Nach dem Türkenkrieg 1877 hatte sich unter den Studenten jene Bewegung verbreitet, die sich „progressiv" nannte. In Wirklichkeit war sie terroristisch, wie mir meine Schwägerin selbst zugegeben hatte. Nach außen hin verschwand sie nach der Ermordung Kaiser Alexanders II. im März 1881 vorübergehend. Die angeblich zu diesem Kreis gehörenden Mörder wurden gehenkt. Heute glaubte niemand mehr, dass der Mord von diesen Leuten angezettelt worden war. Dazu waren sie viel zu leidenschaftlich auf den Fortschritt bedacht. Aber das heimliche Gift der reaktionären Unwahrhaftigkeit ließ die Fortschrittler der „progressiven Bewegung" zu Terroristen werden. Noch verstanden diese reaktionären Aufwiegler, sich zu verbergen. Später trat immer deutlicher zu Tage, dass die Hofkreise um die Zarin-Mutter dahintersteckten, die ihrer Macht nicht verlustig gehen wollten und mit Erbitterung die geplanten Reformen des Zaren bekämpften. Das war alles, was damals zu uns drang. Wir taten unsere Arbeit. Wir hatten unsere eigene Zeitrechnung. Unser Organismus stellte streng seine Forderungen. Wir konnten auch nicht warten, bis der Staat uns Schulen oder Krankenhäuser baute.

Zwei Jahre zuvor war ich im Sommer mit Herrn Friedrich und Frau Laila durch die Erntefelder gefahren. Am Wegrand standen die Wagen, mit denen ganze Familien aus dem Kursk'schen gekommen waren. Es war bei diesen Leuten Brauch, dass die Frauen und Kinder bei Regenwetter unter die Wagen krochen, während der Mann oben saß wie eine Pagode. Als wir fuhren, schien jedoch die Sonne. Plötzlich sah ich, wie Frau Laila, mir gegenüber, erregt auf einen Punkt hinstarrte. Sie ließ den Kutscher halten. „Was ist mit der Frau dort unter dem Wagen, ist sie krank?" Ich redete den nächststehenden Mann an, der vor uns Hafer aufnahm. „Wo ist deine Frau?" „Dort unter dem Wagen", sagte er gleichmütig. „Sie hat ihre schwere Stunde." „Höre", sagte ich, „fahr nach Hause, ich gebe dir, was sie braucht." „Wozu?", meinte der andere. „In zehn Minuten ist alles vorüber und sie wird mir wieder helfen."

Ich sah Frau Laila erbleichen, ein fliegendes Zittern um ihren Mund verriet ihre Erregung. „So etwas kann in Europa geschehen?" Auch Herr Friedrich war entsetzt.

Noch am Abend wurde ich zu ihnen befohlen. Ich erhielt den Auftrag, im Krankenhaus von Klenowoje, das Leopold Koenig Jahre zuvor gebaut hatte, unverzüglich mit unserem Arzt eine Station für Wöchnerinnen einzurichten. Eine Hebamme mit weißer Schürze, Medikamente und alles Nötige wurde beschafft. Schließlich fand sich eine Frau bereit, ins Krankenhaus zu gehen. Sie hatte eine Frühgeburt. Das Kind starb. Nie mehr war fortan eine Frau zu bewegen, die Wöchnerinnenstation aufzusuchen. Ich erhielt den Auftrag, jeder Frau vor der Geburt eines Kindes ein Stück neuer Leinwand zu geben.

Guty lag mitten im Waldgebiet. Die Schule dort stand schon etliche Jahre und reichte nicht mehr aus. Es wurde eine moderne Schule gebaut mit zwei Klassen und einem Versammlungs- oder Betsaal. Für alles hatte Herr Friedrich gesorgt. Sämtliche Lehrmittel wurden unentgeltlich abgegeben, sogar die Gehälter der Lehrer wurden gezahlt. Es war ein imposantes Gebäude. Der Betsaal aber erwies sich bald als zu klein. Da beschloss Herr Friedrich, eine Kirche zu bauen.

Ein rechtgläubiger russisch-orthodoxer Verwalter nahm Fühlung mit dem Archierej, dem Bischof, der den Vorschlag befriedigt aufnahm. Ein Platz wurde ausgesucht, Pläne vorgelegt, die Kirche mit Pfründen dotiert. Vierzig Desjatinen Land waren für den Popen vorgesehen und achtundzwanzig für den Diakon, den Psalmsänger. Der Bischof kam selbst zur Grundsteinlegung. Sein Koch war schon am Tage zuvor eingetroffen. Da der Bischof nur Fastenspeisen genoss, verlangte er zehn Hühner, um die Bouillon zum Bereiten der Fastenspeisen zu kochen. Am

Sonntag wurde der Archierej von der Station in einem mit vier herrlichen Rappen bespannten Landauer abgeholt. Auf dem Bauplatz der neuen Kirche sprach er von der Liebe der Menschen untereinander und von der Güte Gottes. Gleich nach dem Essen fuhr er fort. Als er auf der Station ankam und aus dem Landauer stieg, betrachtete er liebevoll Wagen und Pferde: „Herrliche Pferde und herrliche Equipage!“ Der Verwalter verstand diese Anspielung auf seine Worte von der Menschenliebe sehr wohl: „Erlauben Eure Eminenz, dass wir sie Ihnen morgen zum Andenken an den heutigen Tag verehren?“ Dankend nahm der Bischof an. Ich habe ihn noch viele Jahre in diesem Landauer mit den vier Rappen fahren sehen.

Die Besuche von Leopold Koenig waren seltener geworden. Wenn er kam, erschien er nicht mehr überraschend in aller Morgenfrühe, um sich von der Leistung seiner Verwalter zu überzeugen. Er fuhr nur noch in seiner gutgefederten Equipage und der Kutscher wurde ermahnt, das Tempo zu mäßigen. Wir haben uns lange nicht eingestehen wollen, dass es das Alter war, das seinen Schritt verlangsamte. Man hörte ihn nicht mehr früh beim Aufstehen sein munteres Liedchen pfeifen. Sein Geist aber war beweglich geblieben. Er war immer noch der Herr über uns alle, der Mann, der sein Werk, seine Schöpfung bis ins Letzte durchdringt. Wenn ihm etwas missfiel, tadelte er es nicht, machte aber darüber witzige, manchmal beißende Bemerkungen. „Von euren großen Sachen verstehe ich nichts“, pflegte er jetzt manchmal zu sagen. „Das muss ich schon euch überlassen.“

Aber über kleine Dinge freute er sich. Entzückt konnte er vor einem Pferdchen aus seinen Gestüten stehen.

In Petersburg besuchte er immer noch täglich die Börse. Immer noch bedeutete es Beruhigung, wenn der weiße Kopf mit den kleinen, seidigen Löckchen sichtbar wurde. „Eine Rarität, dieses Haar“, sagte der Friseur, „eine Rarität!“

Wenn zu seinem Empfang auf den Gütern Höfe und Wege säuberlich mit Sand bestreut waren, meinte er: „Das kostet doch Geld.“ „Ja, Exzellenz, Ansehen kostet Geld“, lautete die Antwort. Von jeher liebte er nicht, wenn für ihn etwas Besonderes vorbereitet wurde. Nur schwarzer Rettich durfte nie auf seinem Tische fehlen und abends eine Hafersuppe, die hatte er immer schon „delikat“ genannt. Nach wie vor war es wie zu Anfang seines großen Aufstieges seine Gewohnheit, abends mit den Kleidern auch seine Sorgen abzulegen. Darum hatte er den Schlaf eines Kindes behalten, keinem Zugriff der Sorgen erreichbar, noch den Verlockungen des Mammons.

Bald nach der Räumung des Dorfes Scharowka fuhr ich einmal am Gut des Adelsmarschalls vorüber. Er erzählte, dass der Gouverneur bei ihm zur Jagd sei. „Da kommt er gerade. Laden Sie ihn ein nach Guty zur Jagd. Er wird sich freuen“, flüsterte er mir rasch zu. Er stellte mich vor und ich lud ihn ein. Trostjanez wie Guty hatten eine vorzügliche Jagd. Es waren achtzehntausend Hektar Waldgebiet. Nach Ausschießen der Wölfe war Rehwild dorthin übersetzt. Nur bevorzugten Schützen war der Abschuss eines Bocks erlaubt.

Der Gouverneur kam bei ausgezeichnetem Jagdwetter. Seiner Schützenkunst musste etwas nachgeholfen werden. Er schoss außer Füchsen und Hasen eine Ricke, die man, um ihn nicht zu blamieren, beim Aufheben gegen einen Bock vertauschte. Auf der Rückfahrt schilderten wir ihm die Umwandlung dieser Ländereien. „Als Herr Koenig den Besitz antrat, war hier nichts als Sumpf, der mit giftigen Ausdünstungen Boden und Luft verpestete, so dass ganze Dörfer an chronischer Malaria krankten. Diese Sümpfe zwischen Dorf und Zuckerfabrik Guty wurden entwässert. Und jetzt sehen Sie hier gesundes Wiesenland." Als wir an den Arbeiterhäusern vorbeikamen, ließ der Gouverneur halten und besichtigte sie. Er war sehr erstaunt, statt der damals üblichen Gleichgültigkeit den Untergebenen gegenüber so viel wohlwollende Fürsorge zu finden. Wir sagten ihm, dass gerade dies der besondere Stolz des alten Herrn sei, dass es ihm, wie er sich ausdrückte, anvertraut war, „so vielen das Brot zu geben". Wir besichtigten auch das zuerst gebaute Krankenhaus. „Wie, Krankenhäuser, die unentgeltlich offenstehen, nicht allein für die Gutsleute, sondern für den ganzen Umkreis? Wie vielen kommt denn hier ärztliche Betreuung zugute?" –„Etwa vierhunderttausend." „Aber die Bauern sind doch so furchtbar abergläubisch und wehren sich gegen jede fortschrittliche Hygiene?" Wir erklärten ihm, dass Leopold Koenig sich das Vertrauen der Bevölkerung erobert habe. Gleiches Erstaunen äußerte er bei der Besichtigung der neuen Schule. Wir zeigten ihm die wertvollsten Lehrmittel für den Hygieneunterricht. „Und das alles unentgeltlich! Das geht ja weit über alle Grenzen privater Verpflichtungen!“

Während des Abendessens im Schloss bei Herrn Friedrich wurden bedeutsame Reden gehalten. Am meisten bewunderte der Gouverneur, dass Leopold Koenig als alter Mann das alles eingerichtet hatte. Ich sah es den Gesichtern meiner Mitarbeiter an: Dieser Gast zeigte uns die großartigen Umrisse unseres Schaffensbereiches in neuem Lichte. Als er sich zu später Nachtstunde verabschiedete, gestand er, dass er ohne besondere Erwartungen gekommen sei, und ließ die abwertende Tendenz gewisser politischer Kreise durchblicken, die dem Wirken großer Persönlichkeiten entgegenstanden. „Ich habe mit eigenen Augen gesehen, welche Pionierarbeit hier geleistet wird.“

Leider wurde dieser Gouverneur bald versetzt, nachdem mehrere Male auf ihn geschossen worden war.

Als Leopold Koenigs achtzigster Geburtstag bevorstand, brachte er seine Umgebung in Verlegenheit. Er wollte nichts von einer festlichen Veranstaltung wissen. „Wozu?“ Vielleicht hätte er einem Fest eher zugestimmt, wenn seine Frau noch am Leben gewesen wäre. Sie hatte sich an seiner Seite die gleiche Schlichtheit angeeignet gehabt und bewahrt. Sie war jedoch von etwas enger pietistischer Frömmigkeit, während sein Verhältnis zum Höchsten eine fröhliche Dankbarkeit bestimmte. „Wie schön, dass man als Landmann nicht von Menschen abhängt, sondern einzig vom Herrgott“, sagte er, wenn die anderen ängstlich nach dem Wetter schauten.

Er stammte aus einem gottesfürchtigen Haus. Sein

Gott war streng und sehr genau. Aber er konnte einen gutgemeinten Spaß verstehen. Seine Frau aber hatte keinen Sinn dafür. Denn ihr Gott fühlte sich leicht gekränkt. Darum konnte sie diesen knappen, treffenden Sätzen ihres Mannes mit Unmut begegnen. Er ging jedes Mal liebenswürdig darüber hinweg. Es bedeutete ihm keine merkliche Trübung, wenn die Lebensgefährtin für diese Seite seines Wesens kein Verständnis zeigte. Aber solch ein gelassener Humor ist auch eine Gottesgabe. Es stand viel Arbeit und Selbstzucht dahinter. In jüngeren Jahren soll Leopold Koenig einmal einen Unverschämten die Treppe hinuntergeworfen haben. Da war ein Entsetzen vor sich selbst über ihn gekommen. Nie wieder ließ er seinem Zorn den Lauf. Als er einmal gefragt wurde, wie es möglich sei, dass er sich nie über etwas aufrege, nie heftig wurde, kniff er die klugen Augen zusammen: „Lohnt es?" Die Hausbewohner und Angestellten hatten nun aber doch dafür gesorgt, dass der achtzigste Geburtstag allem Sträuben entgegen zu einem Fest wurde, wie es der Tradition des Hauses entsprach. Nach dem Essen führte der Jubilar sogar noch eine Polonaise an und unterzog sich seinen eigenen etwas unbequemen Anordnungen, indem er in gebückter Haltung durch die lange Kette der viel jüngeren Paare hindurchkroch. Zum Schluss tat er vor seiner Dame, der Tochter des ältesten Sohnes, einen Kniefall.

Die Erntezeit lag wieder hinter uns. Ein früher Winter hatte eingesetzt. Eines Tages ließ mich Herr Friedrich zu sich kommen.

„Ich habe einen besonderen Auftrag für Sie“, sagte er mit schlauem Lächeln. Mir fielen frühere Aufträge ein und ich erschrak ein wenig, denn ich hatte die ruhigere Zeit mit Ungeduld erwartet. Herr Friedrich nahm einen Sammetkasten vom Tisch und öffnete ihn vor meinen Augen. Geblendet stand ich vor dem ernsten, lebensvollen Glanz eines Smaragdschmuckes. „Meiner Frau ist dieses Collier etwas eng geworden. Hier neben dem Schloss müsste etwas eingefügt werden. Nun, das weiß der berühmte Fabergé schon selbst am besten. Bitte fahren Sie nach Petersburg und bringen Sie ihm den Schmuck. Sie müssten dann die paar Tage dort bleiben, bis er fertig ist. Ich denke, um diese Jahreszeit ist ein kleiner Aufenthalt in der Hauptstadt nicht unangenehm.“ Dabei händigte er mir etliche Scheine aus. „Sie lieben Musik: Vielleicht können Sie in der Oper Schaljapin hören.“

Was ich gestammelt habe, weiß ich nicht mehr. Ich wusste nur, dass Frau Laila diesen Schmuck nicht dringend brauchte, sie besaß anderen. Aber Herr Koenig hatte gemerkt, dass mir eine Erholung guttun würde, und wählte diesen Vorwand, mir eine Freude zu bereiten.

Meine Frau wollte mich nicht begleiten, weil wir noch eine Reise nach Libau vorhatten in diesem Winter und ihr beides zuviel wurde. Ich war von Herrn Friedrich so reich beschenkt worden, dass ich beschloss, diesmal nicht bei meinem Onkel Schulz abzusteigen, sondern in einem guten Hotel. Die Oper wollte ich nur einmal besuchen, um Herrn Friedrichs Wunsch zu entsprechen. Im Übrigen verfolgte ich einen anderen Plan, für den mir die Reise nach Petersburg wie gerufen kam. Doch zuerst hatte ich mich meines Auftrags zu entledigen.

Viel hatte ich vom Hause Fabergé gehört, vom kaiserlichen Hoflieferanten, so dass ich mit bestimmter Vorstellung den Laden betrat. Ich hatte schon oft Gelegenheit gehabt, seine Kunst, die Ikonen der Kirchen mit kostbaren Umrahmungen und Beschlägen zu versehen, zu bewundern. Durch sein tiefes Einfühlungsvermögen in die byzantinische Kunst ließ er die goldenen und silbernen Umrahmungen mit den echten Edelsteinen und den feinsten Emaillearbeiten wieder zur Einheit mit den alten Heiligenbildern werden. Was mich beim Betreten des großen Raumes umfing, war eine überaus elegante Vornehmheit, die nur wenige erlesene Schmuckstücke bereithielt für wenige bevorzugte Käufer.

Ein Herr, etwa Mitte fünfzig, trat mir entgegen. Ich stellte mich vor als Abgesandten von Friedrich Koenig. Sofort war ich als Bekannter aufgenommen. Ich verfolgte mit Genuss, wie seine Künstlerhände den Sammetkasten seiner Hülle entledigten. Beim Öffnen des Kastens hielt er für Sekunden den Atem an. Nun lag der Schmuck vor ihm, es war wie die Wiederbegegnung mit einer Geliebten. Und hatte er nicht wirklich diese Steine aus dumpfer Dämmerung zu ihrem herrlichsten Dasein erweckt? Ein kurzes Aufblicken zeigte ihm, dass ich Mitwisser dieser innigen Begegnung war. Fast entschuldigend sagte er: „Ich habe diesen Schmuck selbst gearbeitet.“ Zart befühlte er die Umgebung des Schlosses. „Hier kann eine Kleinigkeit eingefügt werden. Es dürfte aber einige Tage dauern, Herr Koenig schrieb mir, Sie seien bezüglich Zeit nicht gedrängt." Das versuchte ich etwas einzuschränken. „Kommen Sie vielleicht in zwei Tagen wieder", bat er.

Ich nahm einen Iswoschtschik, um zu meiner Schwägerin zu fahren. Ich hatte mir vorgenommen, möglichst viel mit ihr zusammenzusein, um mir ein Bild machen zu können, wie es „in der Welt" aussah. Ihre Wohnung kannte ich noch nicht. Es erstaunte mich, in welch unwirtlich entlegene Straßen mein Kutscher einbog. Als er vor der angegebenen Hausnummer hielt, entlohnte ich ihn und öffnete die Haustür. Einen Portier hatte ich nicht erwartet, aber ebensowenig den Dunstgeruch, der mir aus dem ärmlichen Treppenhaus entgegenschlug. Hatten wir Geschwister nicht für ein standesgemäßes Auskommen gesorgt? Vielleicht hatte sie sich inzwischen doch näher an die „progressive Bewegung" angeschlossen. Man konnte sich genau vorstellen, wie Gesinnungsgenossen diese Treppe hinaufdrängten, um oben unbemerkt ihre Verhandlungen zu führen. Die Schwägerin war gerade dabei, sich ein Mittagessen zu kochen. Ich wollte sie auffordern, mit mir im Restaurant zu speisen. Entrüstete Ablehnung! Ich verstand. Wenn sie dort gesehen worden wäre! Außerdem widersprach so etwas ihren Grundsätzen. So lud ich mich zu ihr ein. Kohlsuppe und etwas Wurst, es werde schon reichen. Zum Glück hatte meine Frau einiges für sie in die Handtasche gepackt. Das legte ich auf den Tisch, vor dem ein einziger Stuhl stand. „Hast du hier immer nur einen Gast?" Sie lachte verneinend. „Oft bis zu dreißig und mehr. Auf dem Fußboden ist Platz genug!"

„… um einen Schmuck von Frau Koenig zu Fabergé

zu bringen …“ Sie konnte sich darüber nicht beruhigen, „… von Charkow bis Petersburg!“ Für den Abend hatte ich mir einen Platz in der Oper bestellt. Gounods Faust wurde gegeben. Schaljapin sang den Mephisto. Dass meine Schwägerin nicht daran denken würde, mit mir zu kommen, wusste ich. Aber sie schlug vor, gegen sechs Uhr abends einen Spaziergang über die Hauptgeschäftsstraße zu machen. Ich willigte ein.

Über den verschneiten Newski-Prospekt, der von Licht überflutet war, flogen die pompösen Troikas. Vor Jelissejew, dem berühmten Delikatessengeschäft, stauten sich ungezählte Schlitten. Die Diener stiegen vom Bock und wickelten ihre Damen aus den Pelzen. Meine Schwägerin blieb stehen, als erwarte sie ein ganz besonderes Schauspiel. Da sich nichts weiter ereignete als das Halten der Schlitten und das Auswickeln der Damen, die dann zwischen den Auslagen von geräuchertem Lachs, Schneehühnern, Kaviar und Artischocken bis zur Tür vordrangen, um für die Abendgesellschaft besonders delikate Leckerbissen einzukaufen, kam meine Schwägerin dicht an mich heran und bedeutete mir, den Kopf etwas zu ihr herabzubeugen. „Vor einigen Tagen“, flüsterte sie, „kam ein lumpenbedecktes Weib an solch einen Schlitten und wollte mit hastigem Griff das Bündel aus seinem Arm auf den leeren Sitz legen. Der Diener sah’s und jagte sie fort. Mit dem gleichen hastigen Griff nahm sie das Kind wieder an sich und war auch schon im Gewühl untergetaucht. Wohin mit dem Leben? Es ist kein Brot, kein Raum dafür da. Kein Land …“

Abends in der Oper schien sich der Rang mit den brillantengeschmückten Damen vor mir zu drehen. Überall sah ich Mephisto mit seinen hämischen Bewegungen. Wohl hörte ich den herrlichen Bass. Aber ohne von ihm ergriffen zu sein. Auch in meinem angenehmen Hotelzimmer fand ich keine Ruhe. Ich hatte meine Schwägerin gefragt, ob sie mich am nächsten Morgen mitnehmen könnte in eine Vorlesung der Universität. Sie lehnte entschieden ab. Und ich gestehe, dass meine Enaksgestalt wenig geeignet war für ein unauffälliges Einschmuggeln. „Ich kann dir genau schildern, was du wissen willst", erklärte sie mir. „Es hat sich gegen früher vieles geändert. In diesem letzten Jahr besonders. In die Hörsäle der russischen Universität schleicht sich der Hunger ein. Auf den ersten Blick ist es noch nicht zu sehen. Die Mehrzahl der Hörer hat volle, rosige Gesichter mit dem Ausdruck einer Sattheit, die träge macht. Sie sitzen da, spielen ein wenig gelangweilt mit ihren Degen, tragen natürlich gute Uniformen: auf Seide gefüttert, die den besten Schneider verraten. Früher – das weißt du ja – waren sie alle auf Seide. Jetzt schiebt sich hie und da ein Nebenmann in die Reihen, von dem man unwillkürlich etwas abrückt. Er trägt die gewöhnlichste Uniform aus schlechtem Zeug, ein Hemd aus schwarzem Schirting, um den Schmutz unsichtbar zu machen. Seine Nahrung besteht aus einem Brot zu fünf Kopeken und ein paar Gläsern aus dem Samowar. Sag selbst: Wie soll er nicht neidisch werden zwischen all den Gutgenährten? Er gehört zu denen, die den Spitznamen ‚Kucharkin-Syn', ‚Sohn der Köchin', führen. Meine Freundin Natascha lässt auch so einen studieren, weil er begabt ist und später für Russland etwas leisten soll." Ich fragte, ob sie sich denn von ihrer Familie gelöst habe.

„Nein, das gerade nicht", gab sie zur Antwort. „Aber immer mehr verstärken sich die Gegensätze in den Familien der Besitzenden. Die Eltern schwärmen von den vergangenen goldenen Zeiten, als Adel und Besitz noch eine ganz große Rolle spielten. Ein Teil der Jugend ist dem Luxus und der Prasserei verfallen und macht alles zunichte, was sich durch Generationen erhalten hat. Der andere Teil verachtet das ausschweifende Leben dieser Leute und bekennt sich zum Liberalismus, stellt sich, wie Natascha, auf die Seite der Unterdrückten. Man könne nichts anderes tun, sagen sie, als alles niederreißen und dann ganz von Neuem wieder aufbauen."

„Höre", sagte ich, „was diese Menschen wollen, klingt so einfach. Das empörte Gefühl muss ihnen zustimmen. Aber bei aller berechtigten Auflehnung: Sie sind ja nicht fähig, ihre Gedanken zu ordnen. Sie entfernen sich immer mehr vom wirklichen Leben, steigern sich gegenseitig in Theorien hinein und enden im Hass."

Meine Schwägerin wollte mir nicht recht geben, aber sie wusste nichts zu erwidern.

Als ich zur verabredeten Stunde wieder bei Fabergé eintrat, herrschte die feierliche Stille einer versinkenden Zeit. Herr Fabergé kam mir mit betrübtem Ausdruck entgegen. Er bedauerte sehr, mir sagen zu müssen, dass an dem Schmuck noch eine Kleinigkeit zu arbeiten sei, dass aber diese halbe Stunde für mich nicht verloren sein solle.

Er führte mich in sein Kabinett und zeigte mir eines jener kostbaren Ostereier, die er Ende der neunziger Jahre angefertigt hatte. Sie waren aus Gold und Platin, mit Brillanten, Rubinen, Smaragden, Alexandriten und Perlen verziert und öffneten sich durch einen unmerklichen Druck an bestimmter Stelle, um eine kleine Märchenwelt vorzuzaubern: ein Pfau schlug sein Rad, eine winzige Primaballerina tanzte den „Sterbenden Schwan", ein kleiner Kapellmeister dirigierte des Zaren Lieblingsarie. Diese reizenden Kunstwerke hatten auf der Pariser Weltausstellung große Bewunderung hervorgerufen.

„Neunundvierzig dieser Eier", sagte Herr Fabergé, „haben wir dem Zaren geliefert als Ostergeschenke für seine Familie und seine Angestellten. Dieses eine musste ich behalten, ich konnte mich nicht davon trennen." Und er öffnete das goldene Ei, das eine winzige Uhr enthielt, aus der bei jedem Stundenschlag ein Hähnchen hervortrat, das mit seinen Edelsteinflügelchen flatterte und ein klangreines Kikeriki ertönen ließ, bevor es in sein goldenes Ei zurückhuschte. Ich versuchte, mir jede Einzelheit zu merken, um sie zu Hause und in Scharowka mitteilen zu können. Diese Überraschung während der kurzen Wartezeit bedeutete mir mehr als die vollkommenste Theateraufführung.

Ich wurde fast wie ein Freund verabschiedet, wohl wissend, dass der Ausdruck der Verehrung meinem Herrn galt und der Trägerin „seines" Schmuckes.

Kurz vor Weihnachten des gleichen Jahres 1903 erbat ich Urlaub bis zum Dreikönigstag, um zur Mutter nach

Libau zu fahren. Gerade vor dem Heiligen Abend kamen wir dort an. Die Nacht zwischen den beiden Feiertagen hatte ich nicht geschlafen. „Was ist dir?“, fragte die Mutter. „Ich kann es nicht sagen“, erwiderte ich. „Ich empfinde Unruhe.“

Wie hatte sich die Mutter auf uns gefreut! Sie hatte die Tage nachgezählt, die wir bleiben konnten. Trotzdem sagte sie: „Wenn du unruhig bist, musst du fahren.“ Sie war dem Ideal Kant'scher Selbstzucht treu geblieben. Am dritten Feiertag reisten wir ab. Drei Tage waren wir hingefahren, drei Tage geblieben, drei Tage dauerte die Rückreise.

Während der Bahnfahrt hörte ich es: „Der alte Koenig ist gestorben, einer der reichsten Männer Russlands!“

„Mir ist gar nicht, als gehöre es mir selber, was ich erworben habe. Mir ist, als wär's mir nur zum Verwalten gegeben.“

Zu den anwesenden Söhnen hatte er gesagt: „Gott hat mich mit Gütern gesegnet, aber er kann mir das jederzeit wieder nehmen. Suchet ihr nur, Tüchtiges zu lernen, alles andere ist vergänglich.“

Der alte Koenig war tot, einer der reichsten Männer mit der uneingeschränkten Freiheit der Anspruchslosen.

Ich brauchte nicht mehr nach Petersburg zu fahren, um durch meine Schwägerin zu erkunden, „wie es in der Welt aussieht.“ Auch auf den Koenig'schen Gütern traten die Gegensätze allmählich zu Tage. Wir lernten mit wacheren Sinnen uns gegenseitig erkennen bei unserer Arbeit. Merkwürdig: Es kann jemand Fehler machen und man hat dennoch Vertrauen zu ihm und ein anderer kann noch so korrekt sein, man findet doch kein Vertrauen zu ihm.

Unsere Beamten wurden mit der Zeit wohlhabend. Unter ihnen gab es immer noch vortreffliche, sympathische Menschen, die ihre Pflicht treu erfüllten. An anderen musste man erfahren, dass Reichtum ein Fluch sein kann, wenn er nicht in den richtigen Händen liegt. Ich bemerkte auch eine Veränderung der Sonntagnachmittage bei Herrn Friedrich Koenig in Scharowka. Früher traf man meistens mehrere Herren an. Nach dem Tee wurden Kegel geschoben oder Billard gespielt. Jetzt zog es Herr Koenig vor, außer meiner Frau und mir, nur den Chemiker zu bitten, der an der Zuckerfabrik in Guty angestellt war. Nach dem Tod des Vaters war Herr Friedrich sehr ernst geworden. Frau Laila erzählte vom Sterben des alten Mannes: „Wenn wir bisher nicht fromm waren, so müssen wir es jetzt sein“, sagte sie. „Trotz der quälenden Schwäche ist er in seinem Wesen bis zuletzt unverändert geblieben. Als in der letzten Nacht seine alte Schwester sich über ihn beugte und ihn fragte: ‚Wie geht es?‘, antwortete er: ‚Schlecht und gerecht. Es wird kalt.‘ Und als am letzten Morgen die Kinder und Enkel zu ihm geführt wurden, sagte er in leicht ironischem Ton: ‚Da kommt schon der Trauerzug.‘ Für jeden hatte er noch ein besonderes Wort, einen besonderen Segen. Als es zum Ende kam, ließ er sich zwei Gläser edlen Rheinweines einschenken, um mit dem Pastor anzustoßen, wie er es früher so gern getan hatte. Das Antlitz des Toten verkündete Zufriedenheit und Glück.“ Herr Friedrich bemühte sich, das geistige Erbe des Vaters anzutreten. Die Gespräche der

Sonntagnachmittage waren ernster und tiefer, als sie früher gewesen waren.

Der Chemiker war ein Schüler des bedeutenden Mendelejew und war erfüllt von den Gedanken dieses Lehrers. „Er verstand, die delikatesten Zusammenhänge des Lebens zu erklären.“ Immer wieder kam die Begebenheit mit dem Dorf Scharowka zur Sprache und Herr Koenig meinte, ob wir vielleicht doch einen Fehler gemacht hätten. „Nein, nein, nein, nein!“ Der Chemiker war ein kleiner, beweglicher Mann. Vier solche ‚Nein‘ hintereinander dauerten bei ihm nicht länger als bei mir ein einziges. Er schwebte einen Augenblick in Überlegung, regungslos, bis er mit sperberhafter Schnelligkeit auf sein oft weit entferntes Ziel traf.

„Ich bin gewiss, dass der Gouverneur die Schüsse, die auf ihn abgegeben wurden, uns zu verdanken hat. Das waren keine Schmeicheleien, die er uns hier bei der Tafel sagte. Er war wirklich sprachlos über alles, was er zu hören und zu sehen bekommen hatte. Meinen Sie, das hätte er für sich behalten? Nein, nein, nein, nein. Und das ist doch Grund genug für die Unruhestifter, solch einen Mann zu beseitigen. Sie fürchten die sozialen Erkenntnisse und Fortschritte anderer, weil sie ihrem Vernichtungswillen hinderlich sind, und sie sind bemüht, alles was sie fürchten müssen, im Keim zu ersticken.“

Manchmal kamen vor Eifer zwei Worte auf einmal aus ihm heraus. Dann lächelte Herr Friedrich mir zu: „Wenn er auf Mendelejew kommt, werden es drei auf einmal.“

„Mendelejew, ja, ja, der sagte immer: ‚Was in Russland fehlt, sind die ruhig schaffenden Menschen, die die Gegenwart zu lenken wissen.' Hätte er gesehen, was der alte Koenig hier ins Leben gerufen hat, er wäre außer sich gewesen vor Freude."

Bei Festen und besonderen Gelegenheiten fanden sich viele Beamte ein. Im Park von Scharowka war in jenem Winter ein Eisberg errichtet worden. Herr Koenig liebte es, seine Angestellten zu überraschen und ihnen Abwechslungen zu verschaffen, die man in der entlegenen Steppe sehr begrüßte.

Ich wunderte mich, dass der Direktor niemals dabei war, und fragte den Chemiker, was er davon halte. „Ich bemerke es auch seit einiger Zeit", er zuckte bedeutungsvoll die Achseln. „Ich glaube, sie vertragen sich nicht mehr. Der Direktor möchte alles alleine bestimmen. Ihm ist der reifere, erfahrene Vorgesetzte hinderlich. Merken Sie es nicht? Der Direktor ist Russe geworden."

Vor Ostern kam Herr Friedrich sehr erregt zu mir nach Oridino. Er hatte dem Direktor rechtzeitig Auftrag erteilt, dass jeder Angestellte, auch jeder Handwerker, zu Ostern ein Ferkel bekommen sollte. Dieser Auftrag war nicht ausgeführt worden. Der Direktor behauptete, er hätte keine Ferkel. „Können Sie mir welche verschaffen?" Selbstverständlich konnte ich das. Er war darüber sehr befriedigt.

Nun wusste ich, wie es in Guty stand. Die starken Bäume des Vertrauens, die bisher den giftigen Winden noch standgehalten hatten, waren entwurzelt.

Herr Koenig entwickelte uns in letzter Zeit auffallend oft

neue Pläne. Eine Zuckerfabrik sollte in Oridino gebaut werden. „Halten Sie diesen Plan nicht doch für bedenklich?“, fragte der Chemiker. Ich gestehe, dass ich nichts Übertriebenes darin sehen konnte. Es gab hier einen Rübenanfall von zweitausendfünfhundert Hektar, Wasser war genügend vorhanden und es war eine günstige Lage für die Abwässer. Mir persönlich konnte es nur lieb sein, wenn der schwierige Bahntransport wegfiel. Das Haus, das sich Herr Koenig am Parkrand von Oridino hatte bauen lassen, würde dann erst seinen Zweck erfüllen. Er fand die Luft unserer Hochebene seiner Gesundheit zuträglicher. Auf die Vorzüge von Scharowka verzichtete er gerne.

Im Frühjahr 1904 sollte ich zur Wanderausstellung nach Danzig fahren, um mich über die neuesten Fortschritte der Landwirtschaft zu unterrichten und danach einen Vortrag halten.

Zu meinem Erstaunen gewahrte ich unversehens Herrn Koenig auf dem Ausstellungsplatz. Er wollte mit einer Braunschweiger Maschinenfabrik über einen Kostenvoranschlag für die neue Zuckerfabrik verhandeln.

Gelegentlich hörte man jedoch auch von rätselhaften Vorhaben. So hieß es eines Tages, Herr Koenig, der oft von seinen Reisen Gemälde und Plastiken mitbrachte, beabsichtige, einen Glaspalast für diese Dinge zu bauen. Einen Glaspalast?

Noch lange Zeit blieb „der alte Koenig“ wie eine mythische Gestalt in Russland weiterhin gegenwärtig. Viele erinnerten sich an seine Aussprüche. Und diese Erinnerungen taten gut in einer Zeit, da sich alles zu ändern schien.

Einer unserer Herren hatte einmal einen kleinen Betrag zu Hause vergessen, als er nach einer Reise zum Abrechnen kam. Beim Abschied erinnerte ihn der alte Herr daran: „Nicht vergessen, das Geld zu bringen!" Da musste der Beamte lachen: „Ja, ja, auch als Reicher rechnet man mit Pfennigen, aber wenn es in die Tausende geht, wird ein Strich gemacht." Da klopfte ihm der alte Koenig auf die Schulter: „So ist es. Durch Pfennige wird man reich. Sie aber nicht, mein Lieber, Sie sind darüber erhaben!" Und sein Blick ergänzte: „Mich schädigen die Pfennige nicht, die Sie vergessen, aber Sie!"

Das Haus in Petersburg wurde seit längerer Zeit durch Michail gesäubert. Michail gehört zu denen, die ohne ein besonders zuerkanntes Recht den Geist des Hauses mitbestimmen. Solch ein Wesen ohne Falsch verpflichtet. Und der treuherzige, absichtslose Humor hebt die allgemeine Stimmung auf unsichtbare Flügel. Michail war einst als sogenannter „Küchenkerl" aus den Arbeitern der Petersburger Zuckerfabrik ausgesucht worden, um das Geschirr zu spülen und die Fußböden sauber zu halten. Eines Tages kam ein Zeitungsreporter zu Leopold Koenig. Er leitete seinen Artikel ein: „Man betritt das Treppenhaus. Alles Marmor und Becken mit Springbrunnen und Blattpflanzen. Und man wird hinaufgeführt von einem in Hemdsärmeln …" Da beschloss die Familie und der Beamtenrat, dass Michail eine Livree bekommen sollte. Strahlend stellte er sich in seinem neuen Anzuge vor: „Ohne fünf Minuten bin ich ein Herr geworden."

„Ohne fünf Minuten?“ Er nickte eifrig und erklärte: „Zum Anlegen einer Krawatte braucht man fünf Minuten. Aber ich brauche keine Krawatte, mein Rock ist bis zum Hals geschlossen!“

Der alte Herr liebte es, dritter Klasse zu fahren, weil er sich da unterhalten konnte. Oft wurde er seines glattrasierten, ausdrucksvollen Gesichts wegen als Schauspieler angesprochen. Dann machte es ihm Spaß, die Rolle zu spielen, die man ihm zuschrieb. Sein eigentlicher Wunsch war es einst gewesen, gleich seinen zwei recht bekannten Brüdern Maler zu werden. Zum Zeichnen fühlte er sich mehr berufen, als zum Rechnen. Nur aus Rücksicht auf die Familie war er Kaufmann geworden. Einmal, als er aus der dritten Klasse ausstieg, begegnete ihm ein Bekannter: „Gestern traf ich Ihre Söhne: Sie fuhren erster Klasse.“ Antwort: „Die müssen einen reichen Vater haben.“

Wenn die Beamten abends bei ihm eingeladen waren, erhob er sich nach geraumer Zeit und schmunzelte: „Meine Herren, es ist schon zehn Uhr.“ Sofort erhob man sich zum Verabschieden und jeder wusste, dass er, wie üblich, seine Uhr eine Stunde vorgestellt hatte.

Nach dem Tod seiner Frau nahm er eine Nichte ins Haus. Sie hatte die beste Absicht, gut für den alten Herrn zu sorgen. Aber sie war zaghaft und traute sich nicht, gelegentlich ein notwendig energisches Hausfrauenwort zu sprechen. So kam es, dass die Anzüge mit der Zeit unbemerkt abgetragen waren. Er reiste gern nach Süddeutschland, um in Schwäbisch Hall die Schwiegereltern seines Ältesten zu besuchen. Eines Sonntags nach dem Gottesdienst sagte jemand: „Ich meinte, der alte Herr Koenig sei vor mir gesessen –, wenn nicht das Sammetkrägele auf dem Paletot gar so abgeschabt gewesen wäre." Kurz darauf aber stand er schon leibhaftig in der Runde.

Die energische Nachfolgerin jener ersten Nichte erzählte, dass sie nach Übernahme ihrer Aufgabe den Schneider bestellt habe, damit er gleich mehrere Anzüge liefere; denn anders konnte sie unmöglich mit ihrem Onkel auf Reisen gehen. Zuerst widersetzte er sich diesem Beschluss. Schließlich aber sagte er: „Nun gut, sorge nur, dass der alte Kerl wieder ein bisschen herausgeputzt wird."

Als die umfassende Tätigkeit bei zunehmendem Alter die Kräfte häufig überforderte, weil er immer mehr leisten wollte, als der zarte Körper hergab, wurde von seinem Mitarbeiterstab beschlossen, ihm von Zeit zu Zeit eine unaufschiebbare Reise vorzuschlagen. Er folgte augenblicks und empfand es jedes Mal als große Wohltat, im Zuge zu sitzen: „Jetzt rollen die Räder, jetzt kann *ich* ruhen."

Wir sahen alle, dass Herrn Friedrichs Gesundheit im feuchten Hauptkontor von Guty Schaden gelitten hatte. Wir bemerkten, dass ihn öfter als früher Atemnot befiel, dass er sich gelegentlich schonte, was seiner Natur wenig entsprach. Die Nachricht aber, dass er nachts einen Blutsturz hatte, traf uns vernichtend. „Ohne jedes Anzeichen?", fragte man sich. Am Abend zuvor war er von einem Besuch bei Verwandten zurückgekommen und hatte zu seiner Frau gesagt: „Seltsam, als wir um den Tisch saßen, wusste ich plötzlich keinen einzigen Namen mehr. Wäre jemand hereingekommen, ich hätte unmöglich vorstellen können. Ich sah sie der Reihe nach an und besann mich: Keinen einzigen Namen wusste ich mehr, keinen einzigen." Seither war eine Angst in seinem Blick, die man vorher nie gesehen hatte. Die Ärzte äußerten nach dem Blutsturz wenig Hoffnung. Schließlich verlangte man die Zuziehung eines berühmten Professors aus Charkow. Frau Laila wartete während der Konsultation totenblass im Vestibül. Als die Tür des Krankenzimmers sich öffnete, eilte sie auf den Professor zu: „Ist noch Hoffnung?" Er entzog sich einer entschiedenen Antwort: „Alles steht in Gottes Hand!", sagte er. Da sank Frau Laila ohnmächtig zu Boden.

Wie ein Alb legte sich die Nachricht auf alle Güter. Sollten wir nun auch ihn verlieren, der uns wie ein Vater war?

„Was sagte der Verwalter auf dem Vorwerk von Iwan Kronstatski? Dass er ein Heiliger sei? Glaubst du daran?"

„Er erzählte von mehreren seiner wundertätigen Heilungen." „Euer Verwalter ist ein besonders gläubiger Mann. Ich habe mich mit so etwas nie befasst."

„Aber wenn er nun doch helfen könnte?"

Im Verlaufe von fünfzehn Minuten waren zweitausend Rubel gesammelt. Der Heilige erhielt ein Telegramm: „Vater Kronstadt, wir übersenden Ihnen zweitausend Rubel für Ihre gottgefälligen Anstalten und bitten Sie zu beten für den kranken Fedor. Dringend."

Um sieben Uhr kam die Rückantwort: „Ich danke Ihnen für Ihre Gabe. Habe heute Abend um sechs Uhr für den kranken Fedor gebetet."

Am nächsten Morgen erfuhren wir, dass es besser gehe. Nachdem Herr Friedrich den ganzen Tag wie tot gelegen hatte, öffnete er um sechs Uhr seine Augen und verlangte zu trinken. Dann sagte er: „Laila, gib mir deine Hand und bleibe bei mir." So schlief er die ganze Nacht. Und am nächsten Morgen bat er um eine Mahlzeit. Der Arzt sprach jetzt nicht nur von Hoffung, sondern von Zuversicht. Alle Zweifler standen beschämt vor dem Unerklärbaren, alle diejenigen, die den Gläubigen belächelt hatten, der den Vorschlag gewagt hatte, sich an einen Heiligen zu wenden. Drei Wochen später war Herr Koenig imstande, nach Wiesbaden zu reisen, wo er ein eigenes Haus besaß.

„Die Deutschen sind so furchtbar kleinlich mit ihren engen Verhältnissen und ihrem Gewissen", sagte der Direktor von Guty und suchte sich seinen Umgang noch ausschließlicher unter seinen russischen Beamten. Seine Neigung für das Leben der Großfürsten, des Adels und was man in solchen Kreisen Gesellschaft nannte in Verbindung mit Paris und der Riviera hatten der Chemiker und ich im Zusammenhang mit den Gutsklatschereien schon seit längerer Zeit beobachtet. Solange jedoch Herr Friedrich Koenig immer wieder unter uns weilte, fühlten wir uns im Schutze seiner Persönlichkeit. Es war, als hätte mit seinem Fortgehen Gedeihen und Frieden auf den Gütern ihr Ende gefunden. Die terroristische Strömung breitete sich aus und erfasste nun auch die ländliche Bevölkerung.

Jedes Jahr hatten wir während der Ernte früh um vier Uhr mit der Arbeit begonnen und sie nicht vor halb zehn Uhr abends beendet. Nie war darüber geklagt worden. Die Erholungspausen waren ausreichend. Jeder sah ein, dass geerntet werden *musste*, dass gedroschen werden *musste*. Manchmal – das ist wahr – herrschte eine fürchterliche Hitze, der Boden war wie mit flüssiger Sonne begossen. Und es war nicht leicht, dabei die schwere Arbeit an der Dreschmaschine zu tun. Aber man tat sie, weil sie sein *musste*! Das war mit einem Mal anders.

Eines Tages erscholl plötzlich ein Pfiff von der Lokomotive. Die Arbeiter legten ihre Geräte hin. Ich ging auf sie zu und schimpfte: „Was wollt ihr denn eigentlich?!" Sie forderten Zulage: „Ihr müsst uns zehn Kopeken mehr pro Tag geben!" Ich fing an zu schimpfen, nannte sie Gauner und Tagediebe und legte die Hälfte zu, fünf Kopeken. „Maschinist, pfeif auf!" Der Streik war zu Ende. Alle fühlten sich befriedigt.

Aber es blieb nicht bei diesem harmlosen Anfang. Die Folgen des verlorenen Krieges gegen Japan machten sich bemerkbar. Wir sahen, dass die Bauern uns nicht mehr grüßten. Es wurde gefährlich, nachts unterwegs zu sein. Auf die Wege legten sie Balken und Stangen. Knüppel flogen gegen die Wagen, Steine und Erdklumpen kamen durch die Fenster. Bei uns auf den Gütern war so etwas bisher noch nicht vorgekommen. Jetzt erschienen plötzlich Trupps von fünfzig bis hundert Mann aus den umliegenden Dörfern, Leute, die noch nie bei uns gearbeitet hatten. Sie forderten in drohendem Tone Handgeld. Und wenn man sie nicht befriedigte, wurden Hunde erschlagen, Zäune und Dachrinnen heruntergerissen, Geräte zerstört. Jede Nacht sah man am Himmel den Widerschein brennender Scheunen. Überall gab es Streiks und Unzufriedenheit mit dem verabreichten Essen. Der dürre Diener im Gutshaus Trostjanez, ein Erbstück des Vorbesitzers, soll empört den Kopf geschüttelt haben: „Eine verrückte Zeit! Gar zu sehr verwöhnt wird heutzutage das Volk, da muss es ja auf Unfug verfallen. Bei unserem alten Herrn Fürsten, da hätte sich einer mal mucksen sollen! Was für ein Herr! Ein Leib wie ein Fass! Fünf Werst weit im Umkreis hörte man ihn, wenn er vors Haus trat und brüllte. Und immer im Schlafrock! Zu ihm kamen Grafen und Exzellenzen, die Brust bis an den Nabel voll Orden: Er aber war im Schlafrock und das Haar wie ein Gestrüpp – ein majestätischer Herr!"

Wir bezweifelten, dass seine gewaltige Stimme heute noch durchgedrungen wäre.

Mitten in den Strudel der Ereignisse traf die Nachricht von Herrn Koenig, dass seine Gesundheit es ihm jetzt erlaube zurückzukehren. Er hoffte, Mitte Oktober in Scharowka einzutreffen. Er ahnte nicht, wie es bei uns zuging. Wir mussten damit rechnen, der Schwäche beschuldigt zu werden. Der neue Direktor schrieb in unser aller Namen, die Witterung sei so schlecht, der Herbst so ungünstig für seine Gesundheit, wir bäten ihn darum, sich noch bis zum Frühling zu kräftigen.

Es war gerade die Zeit, da die Wälder anfingen sich zu lichten. Das rötliche Laub wehte herab und bedeckte den Boden. Es war die Zeit, da man sonst den aufregenden Schrei der Kraniche vernahm und begierig den nördlichen Himmel absuchte nach ihrem streng geordneten Flug und rätselte, ob sie es waren oder die Wildgänse, die das Muster ihres ungleichen Dreiecks über das graue Himmelsgewebe streuten. Weil es in der weiteren Umgebung noch viele Sümpfe gab, blieben sie auch den Sommer über bei uns. Im Herbst gesellten sich Scharen und Scharen zu ihnen, die aus der großen Tundra kamen, um sich bei kurzem Aufenthalt über den Weiterflug zu beraten. In diesem Herbst hörte niemand von uns den Schrei der Kraniche und wir bemerkten nicht, dass sich die Wildgänse aus der Tundra schon aufgemacht hatten. Unser Ohr lauschte gespannt auf andere Laute. Im Oktober begann der Eisenbahnerstreik. Wir hatten noch mehr als tausend Waggons Rüben abzufertigen. Wir standen ratlos. Aber schlimmer noch traf uns die Nachricht, dass Herr Friedrich aufs Neue schwer erkrankt sei und im Frühling nicht werde nach Hause kommen können. Einige Zeit nach seinem Blutsturz hatte Herr Friedrich dem Direktor befohlen, jedem Angestellten bis zum kleinsten Gehilfen zum Dank für die ihm erwiesene Sympathie eine Summe aus seiner Privatschatulle auszuhändigen, und zwar für jedes Dienstjahr ein Monatsgehalt. Diese Auszahlung ist nie erfolgt. Der Beauftragte fand die Anordnung übertrieben. „Kostet es *Ihr* Geld oder *meines*?“, pflegte der alte Koenig in einem solchen Falle zu sagen.

Nun fuhr einer der Herren nach Deutschland, um persönlich nach Herrn Friedrich zu sehen. Er kam mit erschreckenden Berichten zurück. Die Angst, die so unheimlich in seinen Augen gestanden hatte, als er damals vor dem Blutsturz plötzlich keinen einzigen Namen mehr gewusst hatte, diese Angst, niedergehalten durch die Erschöpfung auf dem Krankenlager, war nun gesteigert aufgewacht und jagte ihn. Außerdem beängstigte das Maßlose seiner Handlungen. Er fuhr zum Beispiel mit Frau Laila ins Theater und lud hinterher sämtliche Schauspieler in ein teures Restaurant zum Essen ein, er ging mit ihr in den Zirkus und lud die ganze Truppe ein. Das waren Zeichen einer schweren Krankheit. Er musste in eine Anstalt im Taunus gebracht werden.

Wir wussten nun, dass er nie wieder zu uns zurückkehren würde. Wir fühlten einen schneidenden Schmerz und merkten plötzlich, dass wir in der Fremde waren.

In dieser Zeit schlossen wir uns enger zusammen, der Chemiker und ich. Gewisse Maßnahmen des Direktors machten uns Sorgen. Die letzten politischen Ereignisse hatten unseren Blick auf die gefährlichen Strömungen im ganzen Reich gezogen. Was sollte aus Russland werden?

Der Chemiker erinnerte an eine Vorlesung von Mendelejew: „Es war ergreifend, wie er über das Wort ‚Mir' sprach! Dieses erste Wort, das jedes Kind lernt: Es bedeutet Frieden. In ihm ruht alles Leben. So wird es in der Schule erklärt. Und die Gemeinde, die Gemeinschaft der Erwachsenen benennt der Russe mit dem gleichen Wort, wie den Frieden: Mir. Wenn ihm aber abends die Sterne sagen, wie groß die Welt ist, so hat er für das unendliche Firmament wieder das gleiche Wort: Mir. Dieses Wort führt zu Christus hin, der den Frieden verhieß … Dies alles ist tief im Russen verankert. Aber es schlummert. Er spürt das Umfassende nicht mehr. Sonst müsste Russland ein Land des Segens sein!"

Die Kusine und Freundin von Frau Laila, die einst Herrn Friedrich geholfen hatte, seine Auserwählte nach Trostjanez einzuladen, stand auch meiner Frau nahe. Seit Ausbruch der Krankheit kam sie jeden Tag zu uns herüber. Wir hatten Frau Laila zurückerwartet. Nun ging aus ihrem letzten Brief hervor, dass sie in der Anstalt bei ihrem Mann bleiben werde. Sofort reiste die Kusine zu ihr. Sie war eine beherrschte Natur. Noch nie hatten wir bemerkt, dass sie auch nur für Augenblicke ihre Haltung verlor. Als sie jedoch zurückkehrte, brach sie schluchzend im Arm meiner Frau zusammen.

„Auf dem Friedhof bei den Toten kann man verweilen. Aber nicht in einem solchen Hause. Jeder Gesunde entflieht, so schnell er kann. Die Wände sind wie vollgesogen vom Gift der Auflösung, die Luft wie ausgeatmet von den Schreien unmenschlicher Angst. Ich konnte es nicht ertragen. Aber Laila hat es auf sich genommen. Sie verlässt ihren Mann nicht.

Glaubt mir, kein Hoheslied der Treue reicht an dieses Opfer! Hier gibt es kein Hoffen auf Befreiung. ‚Wenn auch das Leben, das Schicksal ihn preisgegeben hat, ich gebe ihn nicht preis!'"

Meine Frau sagte: „Sie ist unversehrt durch die gefährlichen Feuer des Reichtums gegangen. Nun kommt diese schwerste Probe."

„Ja", fiel die Freundin erregt ein, „jetzt ist diese furchtbare Krankheit neben ihr und zwingt sie, all ihre grauenvollen Abstufungen mitzuerleben bis in die Tiefe ihres zarten, empfindsamen Herzens. Ich machte ihr Vorhaltungen aus meinem eigenen Entsetzen heraus: ‚Hier kannst du nicht bleiben', sagte ich. ‚Die Krankheit begegnet einem ja auf den Gängen, man hört sie in der Nacht. Hier musst du selbst krank werden. Komm mit mir nach Haus! Du kannst ihm ja doch nicht helfen!' Das Grauen vor dieser Krankheit kann man nicht überwinden, es ist immer in ihr.

Als ich bei meiner Ankunft ins Zimmer geführt wurde, stand sie am Fenster und blickte zwischen den Gitterstäben hindurch auf die Anlagen. Das Oval ihres gesenkten Gesichtes schien mir erschreckend schmal geworden. Aber Bescheidenheit und Güte, die von jeher die Schönheit auf ihrem Antlitz bestimmten, vermag kein Gram zu zerstören. Ihr Anzug war schlicht. Sie braucht keine schönen Kleider, keinen Schmuck mehr. ‚Wie lange sie wohl jeden Tag so stehen mag?', dachte ich. Da schaut sie über die Baumgruppen der Anlagen und kennt alle die seltenen Spielarten der Abies und Cryptomerien mit Namen, es sind die gleichen, die hier in Scharowka in ihrem eigenen Park stehen. Vor diesem Fenster dort legen sie auch ihre pendelnden Zweige auf das leuchtende Grün der Rasenflächen. Aber ich glaube, sie sieht die Bäume gar nicht. Keine Arbeit ist so schwer wie dieses

Warten, dieses fortwährende Lauschen zum Nebenzimmer hin: ob er unruhig wird, ob nach ihr gerufen wird. Nicht mit ihrem Namen – Herr erbarme dich! – damit hatte es ja angefangen, dass er die Namen vergaß. Jetzt hat er auch den ihren vergessen: Sie ist für ihn eine Gestalt aus der russischen Sage.

Einmal war ich bei ihr, als der Ruf aus dem Nebenzimmer sie aufschreckte: ‚Rusalka!' Ich habe gesehen, wie Laila zusammenzuckte."

Die Freundin konnte nicht weitersprechen. Sie ließ ihren Wagen zur Abfahrt bestellen. Ich wusste, dass meine Frau sie lieber allein hinausbegleitete. So hing ich meinen Gedanken nach. Ich hätte es ja nicht für möglich gehalten, dass Friedrich Koenig ein Jahr später in sein Wiesbadener Haus zurückkehren könnte. Jetzt sah ich nur: diese Frau, zu der ich immer aufgeblickt hatte, nahm das größte aller Opfer auf sich. Was hatte sie zu büßen? Den Fluch eines Reichtums, der nie Gewalt über sie bekam? Die schuldlose Schuld, dass sie zu spät in das Leben ihres Mannes getreten war? Wir alle wussten, dass er sich früher hatte treiben lassen von den Verlockungen seines Reichtums. Mitten in dieser gefährlichen Fahrt hatte er innegehalten, überwältigt durch die Verkörperung von Herzensreinheit, Güte und Frömmigkeit. Wer diese Frau erwählt hatte, musste sich zur Wandlung entschließen. Denn sie war stark geworden und richtunggebend nach einer elternlosen Jugend.

Ich hatte nicht bemerkt, dass meine Frau ins Zimmer zurückgekehrt war. Erst als sie ihre Arme um meinen Hals legte, erwachte ich aus meinen Grübeleien. Unter ersticktem Weinen bat sie mir alles ab, wodurch ihre Eifersucht mich verletzt hatte. Mir war, als lernte ich sie jetzt erst wahrhaft kennen. Was sich seit jenem ersten Gesellschaftsabend in Scharowka, wenn auch kaum merklich, zwischen uns geschoben hatte, das wich einer gemeinsamen Verehrung.

Seit man nun wusste, dass Herr Koenig nicht wiederkommen würde, hatte der Direktor niemanden mehr über sich. Er galt als Herr einer der größten Besitzungen. Das war umso einschneidender, als seine Ziele – nicht allein die landwirtschaftlichen – ganz andere waren, als die der eigentlichen Besitzer.

In der Ukraine hieß es noch allgemein beim Aushandeln „auf deutsches Wort". Denn seit Generationen hatte sich das Ansehen der Deutschen in Russland vermehrt. Aber die Verbindung des vorletzten Zaren Alexander III. mit der dänischen Prinzessin Dagmar störte diese Entwicklung. Der Verlust von Schleswig-Holstein nach dem vierundsechziger Krieg war für die Dänin Ursache eines erbitterten Deutschenhasses, dem sich ihre ganze Umgebung anschloss. Der schrankenlose Luxus dieser Großfürsten konnte nur in Paris und seinen Filialen befriedigt werden. In solche Kreise zog es unseren Direktor. Er wusste nicht, dass diese reaktionären Kreise der Regierung in den Rücken fielen und die Nihilisten indirekt unterstützten.

Auf den Gütern wurden tüchtige deutsche Beamte entlassen. Alle waren sie studierte Landwirte, fleißige Menschen, denen der alte Koenig sein Vertrauen geschenkt hatte, Menschen, denen man alles in die Hand legen durfte, weil Rechtlichkeit ihnen selbstverständlich war, wie das Einhalten der gebotenen Grenzen. Das setzte eine gute Erziehung und Klugheit voraus. Im Gegensatz zu ihnen suchten die neuen Beamten sich zu den ihnen zustehenden Vorteilen sich solche zu verschaffen, die ihnen nicht zukamen. Sie waren unerzogen, ersetzten Rechtlichkeit durch Schlauheit, bereicherten sich, wo sie konnten, und brachten es nie zur Klugheit. Wie konnte man ihnen Vertrauen schenken? Wenn man sie etwas fragte, erhielt man eine unwahre Antwort. Diese geschickte Art, sich herauszureden, nannten sie „Diplomatie". Den Direktor störte das nicht. Sein Vertrauen gehörte dem Intriganten Kasin. Und der sorgte für Mitarbeiter nach seinem Geschmack. Wir hatten früher die gedeihliche Zusammenarbeit auf den Gütern als Selbstverständlichkeit hingenommen. Darum horchten wir zuerst erstaunt auf, als ungewohnte Laute verrieten, dass die Räder nicht mehr genau ineinandergriffen. Der Direktor lächelte überlegen, wenn man auf die Gefahren hinwies, die in der Luft lagen. Er verfügte über die besten Verbindungen, ihm konnte nichts geschehen. Er erteilte seine Befehle. Aber Kasin führte nur aus, was seinen Zwecken dienlich war. Und sein Ehrgeiz mündete nicht oben in der großen Welt, bei den Großfürsten und Hofleuten. Er ging in die entgegengesetzte Richtung: dorthin, wo von unten her die Revolutionäre und Terroristen aufwiegelten. Es waren auch dort große Namen und studierte Leute zu finden. Der Hass arbeitete hier wie dort, nur die Pole, von denen er ausging, waren verschieden.

Sogar ein Stockrusse, der schon länger bei uns tätig war, trat auf gegen die Verhetzungen, die umgingen. Der Oberbuchhalter warnte vor Unruhe und Unfrieden, die durch Intrigen die Verwalterschaft auseinandersprengen mussten. Er machte den Direktor aufmerksam auf die ungenügende Ausbildung der Neuangestellten, auf die bevorstehenden schlimmen Folgen bei der Bilanz. All diese Stimmen verhallten ungehört. Kasin hatte sein Spiel gewonnen.

Eines Tages kam die Freundin mit einem Brief von Frau Laila. Es strahlte fast etwas wie Freude aus ihr: „Denkt Euch, die Leidensnacht war für zwei Stunden unterbrochen. Er hat *seine* Augen aufgeschlagen, seine Augen, nicht diese furchtbaren Augen der Krankheit. Er hat den Kopf in ihren Schoß gelegt und geweint. Er konnte weinen, wie ein Kind weint. Und er sagte: ‚Ihr denkt, ich fühle nichts. Das ist nicht wahr. Man fühlt alles. Nur anders. Man weiß, dass man wahnsinnig ist. Ich sage dir das für alle, die es sind. Ihr dürft nicht glauben, dass man nichts fühlt!‘ Seine Stimme erstickte in lautem Weinen: ‚Wofür muss ich diese grausame Strafe leiden? Bin ich so schlecht gewesen? Habe ich denn nur Böses getan?‘“ Sie versuchte, ihn zu trösten, erinnerte ihn daran, wie vielen er geholfen hat. „Davon weiß ich nichts mehr. Ich weiß nur noch das Schlechte.“ Sie erinnerte ihn daran, wie er sie durch seine Liebe beglückt hat. Da leuchtete etwas auf. Er nahm ihre Hände und hörte nicht auf zu danken, dass sie bei ihm ausgehalten hatte, und er flehte sie an, ihn nie zu verlassen. Zwei Stunden waren geschenkt. Die Uhr lässt sich ja nicht anhalten. Dann kam die Angst wieder mit dem Sog ins Dunkel. Die beiden Wärter mussten wieder hereinkommen und ihn festhalten.

„Ich glaube", meinte die Freundin, „es wird seither leichter sein und schwerer zugleich, das Stehen am Fenster, das Warten. Sie weiß nun, dass das Opfer nicht umsonst war. Ohne dieses Warten wäre für ihn alles noch viel furchtbarer."

Die Kleinrussen sind nicht sehr streng religiös. Sie leben vom Aberglauben. Das macht die dunkle Steppe. Die Erde ist schwarz. Der Himmel ist schwarz. Wenn man eine Laterne anzündet, so sieht man sie auf fünfzig Schritt Entfernung schon nicht mehr.

Einige vierzig Werst von uns entfernt lag die Grigenka. In diesem Landstrich nördlich des Schwarzen Meeres wohnt seit jeher der Teufel mit seinem Heer von bösen Geistern. Die schickt er aus. Alle Augenblicke werden sie von den jungen Mädchen gesehen, wenn die Sommernächte so dunkel sind. In den Erlengebüschen hocken sie, hinter den Akazienhecken blinzeln sie hervor und schießen giftige Pfeile. In dieser letzten Zeit war es so weit gekommen, dass auch wir anfingen, überall Gespenster zu sehen. Was wird der Direktor gegen uns unternehmen? Wem gelten die Nadelstiche?

Ich musste nach Guty fahren, um mit dem Chemiker zu sprechen. „Was meinen Sie …?", fragte ich. Er verstand sofort: „Sie haben mich doch immer beredet zu bleiben", sagte er. „Ich glaubte, wir seien es dem Andenken des alten Koenig und Herrn Friedrich schuldig."

Mir ist in Erinnerung, dass ich nach diesem pathetischen Satz errötete und schnell hinzufügte: „Es war übrigens nicht der einzige Grund.“ Dann schwieg ich. Er hätte mich womöglich übertrieben gefunden, sentimental. In seinem Laboratorium hatte er nur mit der Verbindung von Stoffen zu tun. Ich dagegen arbeitete mit Menschen.

Schon öfter war ich entschlossen zu gehen. Aber dann kam ich wieder in der Morgenfrühe aus meinem Haus und da stand Iwan und hielt mein Pferd. „Wir wollen lieber einen Mantel holen“, sagte er. „Es ist zwar nur ein winziges Wölkchen dort hinter dem See, aber wer kann wissen! Sonst geht es wie neulich. Du lieber Gott! Kein trockener Faden war mehr am Rock!“ Das war keine Schmeichelei, eher ein Vorwurf, aber *wie* er das gesagt hatte!

Oder man kam über das Feld und alle diese Leute gehörten zu einem. Es bedurfte keiner Worte. Es sind oft gerade die gefährlichsten Zeiten, wenn man eine Sicherheit spürt, die einem sonst kaum bewusst wird. Man vergisst seine Sorgen, wenn man dem Blick der Leute begegnet und ihre Stimmen hört. Manchmal war mir, als müsste ich sagen: „Ich danke euch, ihr wisst nicht, wie wohl ihr mir tut.“ Man sagt es nicht, aber die Leute wissen es, wenn man auch stattdessen ruft: „Ihr Gauner, da habt ihr schon wieder nicht aufgepasst!“

Der alte Koenig hatte seherisch alles vorausgesagt. „Höchstens noch zehn Jahre“, sagte er zu einem seiner Getreuen einmal, „dann wird hier alles anders sein.“ Kaum ein Jahr war seit seinem Tod vergangen. Und schon war alles anders geworden.

Ich bat um meine Entlassung. Ein Jahr später, 1905, brach die erste Revolution aus. Sie wurde von der Regierung niedergeschlagen. Aber das Rad rollte. Zar Nikolaus II. hatte seine guten Absichten bewiesen, als er Stolypin, diesen ebenso einsichtigen wie befähigten Ministerpräsidenten Reformen ausarbeiten ließ, die das ausschweifende Leben der Verantwortungslosen steuern und die Not des Volkes beheben sollten.

Stolypin wurde ermordet. Luxus und Armut überholten sich in ihrem Wettlauf. Der Hass hielt die Peitsche in der Hand. Das Rad rollte, rollte …

Das Werk des „Zuckerkönigs" soll unversehrt geblieben sein und bis heute weiterleben. Ob auch von der unwandelbaren Schlichtheit und Würde des alten Koenig etwas geblieben ist? Ich weiß es nicht. Oder ob hinter den Schlossmauern von Scharowka Neid und Intrigen gefährlich wuchern? Ich weiß es nicht.

Aber wenn ich der uralten Frage begegne: „Was wird werden?", dann denke ich an den vielstimmigen Chor der Erntearbeiter nach Feierabend und ich höre seinen reinen, frommen Klang. Dann weiß ich, dass ich nie aufhören werde, an die guten Kräfte im russischen Menschen zu glauben. Mütterchen Erde lebt noch.

Leopold Koenig

Leopold Koenig wurde am 13. November 1821 als erstes Kind des deutschen Bäckermeisters Georg Koenig und dessen Frau Gertrud Elisabeth Weber in St. Petersburg geboren.

Im Alter von 15 Jahren begann der junge Leopold bei dem Zuckerfabrikanten Karl Papmehl im Stadtteil Kolomna eine Lehre als Zuckersieder. Als Papmehl 1842 starb, wechselte Leopold Koenig zu einer weitaus größeren Raffinerie und erhielt dort den Posten des technischen Leiters. Vier Jahre später hatte sich seine finanzielle Situation deutlich gebessert und er war in der Lage, Caroline Papmehl, der ältesten Tochter des verstorbenen Lehrmeisters, einen Heiratsantrag zu machen. 1848 lieh sich der junge Ehemann Geld und erwarb seine erste eigene Zuckerfabrik auf der Wyborger Seite im Nordosten St. Petersburgs. Jedoch nicht ohne das Zutun seiner Mutter, die den anfangs zögerlichen Leopold stets unterstützte und ihn nach einem plötzlichen Preissturz für Zucker dazu überredete, die Fabrik nicht gleich wieder zu verkaufen.

Der junge Koenig suchte ständig nach Möglichkeiten, den technischen Betrieb auf der Wyborger Seite zu optimieren und so seinen Gewinn zu steigern. Zwei Jahre nach dem Kauf der Raffinerie war Koenig imstande, alle seine Schulden abzubezahlen. Ein weiteres Jahr später verkaufte er gewinnbringend und sah sich nach einer größeren Fabrik um. Im Stadtteil Kolomna pachtete er die Raffinerie seines ehemaligen Lehrmeisters Papmehl, die zweimal so leistungsstark war. Schon zu dieser Zeit beobachtete man an der Börse den jungen ehrgeizigen Fabrikinhaber.

„Als während des Krimkrieges seit 1853 seine Konkurrenten aufgrund der englischen Blockade der russischen Häfen den Preis für Zucker auf dem inländischen Markt in schwindelnde Höhen trieben, beschränkte er sich auf nur mäßig erhöhte Preise. Als der Friede von Paris 1856 für viele Unternehmen überraschend kam, blieben sie auf den gehorteten Waren sitzen, während König nun zu günstigsten Bedingungen ein- und verkaufte. In jener Zeit legte er die Basis für sein späteres Vermögen.“[1]

Währenddessen war in den deutschen Zuckerraffinerien der Dampfbetrieb eingeführt worden. Anstatt seine Fabrik jedoch einfach nur umzurüsten und sich so von deutschen Meistern abhängig zu machen, ging Leopold Koenig 1855 für einige Monate nach Hamburg, um dort als Arbeiter in der Elbsiederei den Dampfbetrieb in jeder Einzelheit zu erlernen. Noch im selben Jahr kaufte er nach seiner Rückkehr eine große Raffinerie in Katharinenhof und rüstete sie auf Dampfbetrieb um. Diese Umrüstung wurde ein langwieriges und umfangreiches Projekt, bei dem Koenig viel Unterstützung von seiner tatkräftigen Mutter erhielt. Sie beaufsichtigte die Bauten, übernahm Gerichts- und Geschäftsarbeiten und half ihm bei den Umzügen. 1857 beendete Leopold die Pacht der Papmehlschen Fabrik in Kolomna und eröffnete kurze Zeit später seine neue Raffinerie in Katharinenhof. Durch den Dampfbetrieb konnte er dort fast zehnmal mehr Zucker herstellen, als bisher.

Doch nicht nur in der Umstellung auf Dampfbetrieb war Leopold Koenig einer der ersten Großindustriellen in Russland. Auch bei dem Übergang zur Rübenzuckerproduktion war er Visionär und Geschäftsmann zugleich. So stellte er bald die Hälfte der Petersburger Gesamtproduktion her. In den Folgejahren verdrängte Leopold Koenig andere Zuckerhersteller vom Markt und wurde so mächtig, dass sie entweder gezwungen waren zu schließen oder an ihn zu verkaufen. Als er schließlich auf der Wyborger Seite einem Fabrikbesitzer dessen große Raffinerie abkaufte, gaben auch die letzten Konkurrenten auf und Leopold Koenig beherrschte das gesamte Petersburger Absatzgebiet. So erhielt er schon bald den Ruf des „sachamij korol'", des so genannten *Zuckerkönigs*.

Koenig kam aus einer Familie die stark pietistisch geprägt war. Er und seine Geschwister wurden zu christlichen Tugenden erzogen.[2] Dementsprechend führte Koenig seine Fabriken und fühlte stets die soziale Verantwortung seinen Arbeiterinnen und Arbeitern gegenüber, ganz im Gegensatz zu der damaligen Gleichgültigkeit der anderen Fabrikbesitzer. „Er sorgte für den Bau von Arbeiterwohnungen, für Kantinenessen und medizinische Betreuung"[3] und ließ die höheren Angestellten mit Prozentsätzen am Gewinn des Unternehmens teilhaben.

Gegen Ende der 1860er Jahre war das Eisenbahnnetz in Russland so weit ausgebaut, dass Raffineure im Westen und Süden des Landes dem *Zuckerkönig* Konkurrenz machen konnten. Dieser erkannte die neuen Entwicklungen und entschloss sich 1867, seine Fabrik in Katharinenhof still zu legen und zog ein Jahr später mit seiner Familie nach Bonn in die heutige Villa Hammerschmidt. Das mildere Klima sollte der Gesundheit seiner Frau Caroline gut tun. Von dort aus führte er seine Fabrik auf der Wyborger Seite weiter und verbesserte stetig dessen Produktivität, während er selbst nur noch für dringende Geschäfte persönlich nach St. Petersburg reiste. In Bonn selbst saß er in den Hörsälen der Universität, schloss Bekanntschaften mit Professoren, empfing Freunde und Verwandte, baute die Villa Hammerschmidt um, gestaltete den Garten und hielt sich Pferde, Kühe und Hunde. Doch zur Ruhe setzen wollte Leopold Koenig sich noch lange nicht. In der Zwischenzeit hatte sich die Rübenzuckerproduktion im Süden des Landes gut entwickelt, denn die Schwarzerde war besonders gut geeignet, um Zuckerrüben anzubauen.

Koenig griff die Gelegenheit beim Schopf und kaufte 1874 im Gouvernement Charkow das Gut Trostjanez an der Bahnlinie Charkow – Kiew, um in der Zukunft Zukker aus seinen eigenen Zuckerrüben herstellen zu können. Von Bonn aus brachte Koenig wieder Struktur und Ordnung in das Gut, das bisher ohne Leitung geführt worden war, und machte sich auch an die Erneuerung der verwüsteten Waldbestände, die zu Trostjanez gehörten.

1881 erwarb Koenig das Gut Guty, sechzig Kilometeröstlich von Trostjanetz, und organisierte wieder mit seiner flinken Entschlossenheit das Gut, das viele Jahre unter Misswirtschaft gelitten hatte. Trostjanez und Guty wurden die beiden Mittelpunkte, von denen aus

Koenig weitere Landankäufe tätigte. Damit konnte der *Zuckerkönig* seine Position in der russischen Zuckerrübenindustrie festigen. Schließlich kehrte er mit seiner Familie wieder nach St. Petersburg zurück und nahm seinen Wohnsitz auf Wassili Ostrow ein.

In den Folgejahren wuchs das Eisenbahnnetz weiterhin stetig an, die Kapazitäten und technischen Möglichkeiten der Industrie vervielfachten sich: Die Zuckerproduktion erfuhr für kurze Zeit einen gewaltigen Aufschwung. Doch dann überschwemmten die riesigen Mengen von Zucker aus dem ganzen Land den Markt, die Bevölkerung konnte mit ihrer Nachfrage das Angebot nicht mehr decken und die Preise sanken. Das Resultat war eine schwere Krise für die Zuckerindustrie im Jahr 1885, die die Regierung mit staatlichen Regelungen versuchte aufzufangen. Leopold Koenig vergrößerte trotz der Krise seine Fabrik auf der Wyborger Seite, baute in Trostjanez eine große Raffinerie und erwarb im Laufe der Jahre zwanzig weitere Güter. Auf Guty, Trostjanez und den neuen Gütern beschäftigte Leopold Koenig bald 20.000 Arbeiterinnen und Arbeiter, für die er Schulen, Krankenhäuser, Kirchen und Arbeitsunterkünfte baute und für deren großzügige Entlohnung er sorgte.

Den privaten Koenig suchten allerdings neben Alterskrankheiten nun auch einige Schicksalsschläge heim. Die Geschwister verstarben einer nach dem anderen und 1894 entschlief auch seine Frau Caroline, mit der er zuletzt in einem Herrenhaus auf der Wyborger Seite gelebt hatte. Doch der Schaffensdrang, den Koenig sein Leben lang gespürt hatte, trieb ihn auch zu dieser Zeit noch an und so brachte er alle seine Fabriken so wie seine Güter auf den höchsten Stand der Entwicklung. Er stand am Höhepunkt seiner Karriere.

Seit dem Tod seiner Frau verbrachte Leopold Koenig seine letzten Lebensjahre mit der ältesten noch lebenden Schwester auf der Wyborger Seite. Eine Nichte pflegte ihn und war seine ständige Begleiterin auf seinen Reisen. Mit der Zeit verschlechterte sich sein Zustand immer mehr. Am 17. Dezember 1903 verstarb Leopold Koenig im Alter von 83 Jahren.

Anmerkungen

1 Prof. Dr. Dahlmann, Dittmar: Leopold König, der „Zuckerkönig" von St. Petersburg, in: „Eine große Zukunft". Deutsche in Russlands Wirtschaft, hg. von D. Dahlmann, K. Heller [u.a.], Berlin 1999, S. 210.

2 Vgl. ebd., S. 209.

3 Ebd., S. 210.

Leopold Koenig (Mitte) und Hertha Koenig (Rechts)

Carl und Julie Koenig, die Eltern von Hertha Koenig

Hertha und Bruder Siegfried Koenig

Hertha Koenig

Das Gut Trostjanez des Zuckerkönigs in der Ukraine

Das Gut Trostjanez des Zuckerkönigs in der Ukraine

Transport der Zuckermelasse zur Bahnstation

Die Zuckerfabrik Trostjanez in der Ukraine

Hertha Koenig auf Gut Böckel

Hertha Koenig im Pendragon Verlag

Die kleine und die große Liebe
Roman, Euro 15,40

Die Letzten / An Jedermann
Prosa, Euro 12,80

Die lippische Rose
Roman, Euro 9,95

Frühling im Herbst
Ausgewählte Gedichte 1910–1946, Euro 12,80

Neue Gedichte
Gedichte, mit Zeichnungen von Heinrich Vogeler, Euro 19,90

Hinter den Kulissen eines Lebens
Erinnerungen, Euro 19,90

Erinnerungen an Rilke / Rilkes Mutter
Erinnerungen, Euro 19,90

*

Rainer Maria Rilke
Briefe an Hertha Koenig (1914–1921)
Briefe, Euro 16,90

Rainer Maria Rilke
Briefe von Gut Böckel (24. Juli–2. Oktober 1917)
Briefe, Euro 19,90

Günther Butkus (Hg.)
Gut Böckel
Euro 8,00

Der Roman erschien erstmals unter dem Titel „Der Fährenschreiber von Libau“ 1964 im Neske Verlag.

Wir danken für die Förderung dieses Projektes:

Hertha Koenig-Gesellschaft e.V., Rödinghausen

Mit freundlicher Unterstützung der

Stiftung der
Sparkasse Herford

Pendragon Verlag
gegründet 1981
www.pendragon.de

Gedruckt auf holz- und säurefreiem Naturpapier

Veröffentlicht im Pendragon Verlag
Günther Butkus, Bielefeld 2012

Lektorat: Anja Schwarz, Theo Neteler
Umschlag und Herstellung: Uta Zeißler
Foto: „Bauernhaus mit Birken“ von Gustav Klimt
© ullstein bild – Imagno
Satz: Pendragon Verlag auf Macintosh
Schrift: Adobe Garamond
ISBN 978-3-86532-336-1
Gedruckt in Deutschland